Dados Internacionais de Catalogação na Publicação (CIP)
(Câmara Brasileira do Livro, SP, Brasil)

Lyberato, Ingra
A natureza oculta iluminada / Ingra Lyberato. — 1. ed. — Belo Horizonte : Quixote+Do, 2020.

ISBN 978-65-86942-02-6

1. Autoconhecimento. 2. Ficção brasileira. I.Título.

20-36663 CDD-B869.3

Índices para catálogo sistemático:
1. Ficção : Literatura brasileira B869.3

Maria Alice Ferreira — Bibliotecária - CRB-8/7964

Revisão Valter Braga
Revisão crítica Emmanuel Mirdad
Projeto gráfico Caroline Gischewski
Foto da capa Ricardo Lage
Foto do miolo Jeremy Bishop
Editores Alencar Perdigão, Cláudia Masini, Luciana Tanure
Assistência editorial Sofia Rossi

FSC www.fsc.org MISTO Papel proveniente de fontes responsáveis FSC® C092828

PRINTED WITH SOY INK®

QUIXOTE+DO EDITORAS ASSOCIADAS
WWW.QUIXOTE-DO.COM.BR

A NATUREZA OCULTA ILUMINADA

Ingra Lyberato

EDITORAS ASSOCIADAS

À Mãe primordial.

À ancestralidade feminina que me toca através de minha mãe Alba Regina, artistas que se contentaram em manifestar sua alma colorindo a rotina da casa e plantando sementes de liberdade em cada filha, para que as próximas gerações pudessem desejar e romper as próprias amarras.

Para essa linhagem de mulheres vitais compartilho a arte, o amor próprio, a dança e a possibilidade de voar.

PRELÚDIO

Neste livro Ingra se torna um canal da existência e da passagem para uma mensagem poderosa que ensina, conforta e transforma.

Existem momentos abençoados em que a existência nos presenteia com vislumbres da verdade. É como uma brisa que nos preenche da sabedoria original. Expressar essa experiência em palavras é algo tremendamente difícil. São raros aqueles que conseguem. Isso requer talento, sensibilidade e graça. É como um encontro da poesia com o místico. Senti esse fenômeno acontecendo neste livro: a tradução simples e bela de verdades profundas da alma humana e seus anseios por expansão, liberdade e conexão. Naveguei por essa história e fui me encantando com o jogo de palavras, com o desenho dos acontecimentos, com as nuances dos personagens.

O processo de expansão da consciência pode ser entendido como a jornada evolutiva do ser humano e é permeado por encontros e desencontros. Esse caminhar muitas vezes se traduz em sinais, sincronicidades, que nada mais são do que a própria existência nos conduzindo e nos dizendo: "Você não está sozinho. Você está comigo. Estou aqui te guiando".

As mais desafiadoras experiências de nossas vidas são muitas vezes ritos de passagem. Servem para o nosso aperfeiçoamento. São como uma lapidação intensa a serviço de nosso crescimento e desenvolvimento. As dificuldades servem para nos colocar em contato com aspectos profundos de nossa personalidade. Nos instigam a ser melhores. E o que é ser melhor? É ser mais compassivo, mais bondoso, mais paciente, mais desapegado. Nos tornando mais conscientes de quem somos e do que viemos fazer aqui. Enquanto não temos consciência dessa verdade, caímos em ciclos repetidos, sofremos das mais diferentes maneiras.

Este livro apresenta a jornada de três buscadores, no encontro com sua profundidade, suas descobertas a respeito de quem são e as curas que vão se apresentando pelo caminho. A partir desse lugar de inconsciência e sofrimento, percorrem o trajeto que permite alcançar maturidade e entendimento. A espiritualidade sendo desenvolvida e percebida para além das idealizações, como algo real e transformador. Considero essa leitura uma ferramenta de estudo pessoal, que se apresenta por meio da ficção de maneira tão honesta, que é impossível não se identificar e aprender sobre si mesmo. Eu desejo que você se permita mergulhar nessa experiência. Que descubra mais sobre você e sobre os mistérios da vida à medida que se deleita e se encanta com essa preciosa leitura.

Namastê!

Sri Prem Baba

CAPÍTULO 1

Quem olha para fora, sonha. Quem olha para dentro, desperta.
C. G. Jung

Eu simplesmente estava voando! Que loucura é essa?! Sentia meu corpo muito leve... via a sala lá do alto! Não dava para acreditar! Talvez seja ilusão de ótica ou algo parecido. Tentei me acalmar para entender o que estava acontecendo. Era uma altitude de mais ou menos quatro metros, e não tinha nada que pudesse ser um apoio e explicasse eu estar ali. Buscava aceitar que pairava flutuando no ar, quando tive a ideia de procurar alguém que me esclarecesse aquela situação. Então pude perceber que lá embaixo havia algumas pessoas reunidas e, com muito esforço, consegui descer um pouco. Nada fácil me movimentar, afinal era a primeira vez que experimentava a sensação de estar voando, e isso seria divertido, se não estivesse apavorada pela possibilidade de estar louca. Um turbilhão de pensamentos passava por minha cabeça, quando finalmente comecei a identificar aquela cena.

Era uma sala de hospital, com dois médicos em cima de alguém que passava por um tipo de cirurgia. Eles estavam de cabeça baixa, concentrados no que faziam, e não dava para falar com eles. Foi então que o rosto do paciente capturou minha atenção, me deixando aterrorizada: era eu! Eu estava lá embaixo num procedimento cirúrgico?! Achei que a constatação me faria desmaiar, mas, no estado em que estava, isso não era possível. Existiam duas de mim: uma na cama desacordada e outra em espírito flutuando pela sala. Levei um tempo para acalmar os pensamentos e aceitar o que via. Eu estava entre a vida e a morte, no fio da existência, na borda da vida. Navegava entre os mundos e não fazia ideia de como me salvar. Então, intuitivamente, comecei a entrar em contato comigo e percebi uma tristeza profunda.

— Será que quero me salvar? Minha vida vale a pena?

Não conseguia me lembrar de fatos da minha história e sentia um aperto no peito que parecia ser culpa.

— Culpa de quê? O que fiz de tão grave?

Me veio uma voz, provavelmente de uma consciência que eu nunca havia acessado:

— O sentimento de culpa é por estar desperdiçando sua jornada.

Naquele momento reconheci que a voz estava certa. Não sabia o que deveria fazer, mas uma coisa era verdade: nos últimos tempos, eu não prestava a menor atenção no que encontrava pelo caminho, fazia tudo sem prazer e com pouca dedicação. Não enxergava valor em nada.

De repente me vi num jardim exuberante, e um sentimento de amor universal me invadiu a alma. A primeira coisa que pensei foi: morri. Ou talvez não fosse isso. As cores e os perfumes daquele lugar eram tão inebriantes, que senti vontade de ficar. Me deitei no chão e olhei para o céu mais azul e brilhante que já havia visto na vida. As copas das árvores dançavam ao vento suave e pareciam cantar para mim. As folhagens se moviam como se estivessem gesticulando, como se quisessem dizer algo. Comecei a chorar muito. As lágrimas desciam pelo meu rosto até encontrar a terra atrás da minha cabeça. Minha sensibilidade era tanta, que identifiquei o cheiro da terra molhada pelas lágrimas que brotavam por uma felicidade que nunca havia sentido. Levantei do chão e me pus a caminhar muito lentamente, para não agitar a vibração sutil daquele lugar sagrado, onde tudo era formatado com uma geometria perfeita e multidimensional. Algo mágico demais para ser descrito em palavras. Cheguei diante de uma árvore que parecia milenar e fiquei algum tempo ali parada, em um estado de paz que eu não sabia que existia. Então aquela árvore se transfigurou em uma mulher mais madura e encantadora, que me disse:

Esse lugar está lá embaixo. Dentro e fora do seu corpo físico. Distribua o seu amor e verá.

Nessa hora me veio uma certeza: só o amor importa. Fechei os olhos e supliquei silenciosa que o Universo me mostrasse o caminho do coração e acordasse o amor dentro de mim. Senti as mãos da mulher-árvore tocando as minhas e me levando por algum lugar que não ousei olhar. Aceitei sua condução obedecendo a uma força que se mostrava maior do que eu. Guiada pelo coração, como há muito tempo não acontecia, decidi voltar. O quadro, que já se configurava em batalha perdida para os médicos, ganhou novas cores, e o eletrocardiograma voltou a pulsar.

Abri a porta do meu apartamento com cuidado, como se algo desconhecido e assustador estivesse me esperando do outro lado. E estava. Tentei reconhecer o que deveria ser meu espaço, mas naquele momento ele me pareceu estranho, como se pertencesse a outra pessoa. Coloquei a bolsa num cabideiro em forma de tridente que ficava logo na entrada e parei. Os acontecimentos recentes estavam doendo na alma, e eu me sentia fraca. Sabia que teria que buscar forças para dar os próximos passos. Na verdade todo meu ser ansiava por se transformar. O enorme desconforto emocional me fazia querer fugir, mas por um instante senti que o lugar que me chamava estava dentro de mim.

Me sentei no sofá branco que ficava no meio da sala. Nunca gostei daquele móvel. Estava sempre preocupada em conservar sua brancura e, em vez de relaxar em cima dele, ficava tensa. Uma vez havia pensado em jogar um pano colorido, mas, em uma sessão de fotos para uma revista de celebridades, fiquei sabendo que não combinaria com a sala, e obedeci. Nesse momento percebia pela primeira vez que a sala inteira não combinava comigo.

Olhei para o tapete cinza e vi uma sombra leve do sangue que não havia sido apagado totalmente. Me senti só. Uma lágrima desceu carregada de tristeza. Me levantei tentando afastar a dor. Passei reto por um quarto que estava fechado e entrei no meu. Pelo menos ali senti um pouco de aconchego. Um porta-retratos digital com fotos da minha família aliviou meu coração. Pela primeira vez eu gostei de olhar para ele. Havia ganhado da minha irmã mais nova e tinha pensado várias vezes em virá-lo para a parede. Só agora percebia que aquelas fotos me incomodavam, por tocarem num ponto há muito tempo adormecido: a união familiar.

Desde o retorno de meus pais para sua terra natal e a mudança das minhas irmãs para fora do país, que o laço com minha família foi se enfraquecendo. Pelo menos da minha parte. Aliás, não só o contato com eles, mas também com todas as referências das minhas raízes. Um constante distanciamento de quem eu realmente era. Me lembrei da visão feliz que tive no hospital e por um instante pensei se deveria ter voltado para essa realidade tão dura.

Estava muito infeliz e só agora me dava conta disso.

Na novela de sucesso estrondoso que havia acabado de protagonizar, brigara com todos os diretores e a maioria da equipe. Não sabemos nada do que se passa no íntimo de cada um. Nesse momento eu era uma atriz de sucesso, era próspera financeiramente e considerada modelo de beleza. No entanto, não sentia verdade nem valor em nenhum desses atributos. Me sentia pobre, desvalorizada e feia. Não conseguia enxergar o que a vida havia me dado, e viver nesse estado depressivo estava se tornando insuportável. Alguma coisa precisava ser feita.

Naquele momento eu estava decidindo mudar. Me lembrei do que precisava encarar: o quarto. Reuni todas as forças e me levantei, seguindo na sua direção. Parei diante da porta, pois minhas pernas bambearam. Deixei meu corpo descer para o chão e me entreguei a um longo choro. Fiquei ali sentada por alguns minutos, na esperança de que a dor se fosse junto com as lágrimas. Aliviou um pouco, e eu me levantei para entrar. Abri a porta, achando que não suportaria o sofrimento, mas, estranhamente, nesse momento a dor cessou. Caminhei até o berço cor-de-rosa, que já estava pronto para receber um bebê. Apenas olhei. Um pensamento me veio: Apesar de tudo, algo fundamental está sendo resgatado. Uma parte do meu ser simplesmente tomou as rédeas e fez o que era necessário para a mudança de rumo que viria a seguir.

Fui até um canto, me sentei no chão e comecei a abrir uns presentes que estavam empilhados. Roupinhas e brinquedos, embalados em papéis coloridos. De repente me dei conta de que abrir os pacotes não fazia sentido. Decidi que doaria tudo sem olhar mais nada. Mas enquanto juntava estranhei um volume grande, e a curiosidade gritou. Rasguei o papel, e era um quadro com a foto de uma linda paisagem. Havia uma intervenção digital com imagens de olhos soltos e animais, submersas nas sombras das árvores. Busquei algum nome atrás e encontrei escrito com caneta: "Chapada Cristalina por Alva Mãe, 2003".

O ano me chamou atenção, pois foi um dos anos mais incríveis da minha vida. No trabalho e na intimidade tive momentos inesquecíveis. Resolvi pendurar o quadro na sala. Fui até lá e olhei em volta. Como tudo naquele espaço, havia um quadro que nunca gostei. Era uma pintura em acrílico elogiada e concorrida, mas para mim, um buraco negro. Uma profusão de cores escuras com uma língua vermelha no meio. Sem pestanejar tirei o quadro e substitui pela foto luminosa da Chapada Cristalina. Senti um alívio libertador.

Como pode um movimento tão simples levar tanto tempo para acontecer? Será que decisões importantes acontecem a partir de um gesto singelo como esse? Será que as mudanças significativas estão em nossas mãos, prontas para serem deflagradas por nós? Passei os últimos anos da minha vida permitindo que muitos tomassem decisões por mim. Já não me reconhecia. A partir de agora assumiria a responsabilidade das minhas escolhas, por mais simples que fossem. Resolvi me deitar um pouco.

Acordei num susto. Olhei o relógio na cômoda, e eram nove horas da manhã. Eu tinha apagado por mais de doze horas. Parecia estar dopada, mas não me lembrava de ter tomado nada. Provavelmente ainda estava sob efeito dos remédios do hospital. Olhei em volta recordando o que aconteceu antes de apagar. Resolvi ligar o celular e comer alguma coisa. Fui para a cozinha e abri a geladeira quase vazia. Digo "quase", porque havia uma maçã solitária. Essa vai me salvar. Dei duas dentadas, e mais uma vez o peso da dúvida sobre o sentido da vida me travou. Para que tanto esforço? Por que não morri de uma vez naquela cirurgia?

Começava a embarcar no drama, quando um toque de celular me tirou daquele estado. Por um segundo senti alívio por alguém estar me ligando. Corri para o telefone e olhei a tela do aparelho. Era Pietra, minha empresária. Atendi e fui atropelada por uma avalanche.

— Cadê você? Tô te ligando desde ontem! Tem um monte de revistas e jornais me procurando pra saber como você tá, mas claro que eles só querem vender notícia da desgraça dos outros.

Aquela antepenúltima palavra quase me fez desligar o telefone. Nunca gostei dela. Pesada demais, até para mim, que não me importava muito com o palavreado dos outros. Mas reuni forças e decidi conservar a máscara.

— Oi, Pi! Só liguei o celular agora, porque o médico me obrigou a descansar. Vi que ele tinha muitas mensagens, mas não li nenhuma. Eu tô ótima e talvez não queira falar com ninguém da imprensa.

— Tá louca! Tô perto da sua casa. Chego aí em cinco minutos.

Desliguei o telefone pensando seriamente em sumir e depois inventar alguma desculpa esfarrapada, mas senti que a fuga só adiaria o que eu precisava enfrentar. Resolvi me esparramar no sofá branco até Pietra chegar. Pela primeira vez não tinha medo de sujá-lo. Parece uma mudança de atitude boba, mas esse pequeno passo refletiria todos os outros que poderiam ser dados de forma diferente. Percebi como tinha desperdiçado energia em coisas sem importância.

O interfone tocou. Era Pietra. Provavelmente ela já estava indo para minha casa antes de ligar. Autorizei sua subida. Ela entrou no apartamento como se estivesse surtada.

— Que bom poder te abraçar, minha musa maravilhosa! Vamos sacudir essa poeira e deixar todo mundo de queixo caído com sua força! Já tô conversando com a emissora pra você fazer uma minissérie. Assim consigo descansar sua imagem por uns meses, mas você já emenda outro trabalho, pra não ficar parada. Também tô marcando duas capas de revista. Vamos bolar títulos bem positivos pras entrevistas. Tipo: *Ayara Flor se renova em novo trabalho*. Não. Uma mais dramática: *Ayara Flor se refaz da perda encarando a vida*. Não. Ainda não tá bom. Vamos achar.

De repente ela estancou diante da minha mudez e disse:

— Já sei. Você também tá precisando se divertir! Dois anos de noivado com um idiota... ninguém merece. Vamos achar um ator gato e gente boa pra sair com você. Se der namoro, melhor ainda. Relação nova sempre dá mídia! Aí a gente pode conseguir mais algumas capas que não sejam falando da sua desgraça.

— Pietra! – interrompi. – Você pode evitar essa palavra? – disse, olhando firme nos olhos dela – Essa última?

— Oi? Ok. Você deve estar deprimida. Claro! Mas você é forte. Um namorado novo, um novo trabalho, e você vai bombar. Me obedeça e depois vai me agradecer. Ih! Já ia esquecendo. Sua mãe queria te visitar, mas eu disse que você não ia ter tempo pra passear. Melhor, né? Você sempre me disse que ela te atrapalha um pouco.

Até aquele momento, eu estava ouvindo sem dizer quase nada. Mas nesse ponto tive que reagir.

— Como assim? Você disse pra minha mãe não vir?! Eu preciso dela!

— Sério? Mas você nunca precisou!

— Pois é, mudei. Agora preciso. Não sou forte. Não pretendo ser forte e não quero saber de trabalhar em nada neste momento. Tô mal! Tô despedaçada!

Pietra me olhava como se nunca houvesse me visto antes, e não havia mesmo. O que ela conhecia não tinha nada a ver com a realidade.

— Ayara, você é o máximo! Você é sucesso! É poderosa! Irresistível! Minha índia urbana! Tá louca?!

Eu precisava fazê-la parar com esse esquema que eu já conhecia, mas agora via como delírio e não conseguia mais compactuar.

— Não. Você é que tá louca. Me sinto horrorosa e fracassada. Não quero mais! Arranje outra atração pro seu circo.

Em vez de parar, ela ficou ainda mais histérica. E quanto mais ela falava, mais soava como alguém "fora da casinha". Queria me convencer de que estampar capas de revista era tudo o que a maioria dos mortais precisava para ser feliz. De repente parei de escutar. Olhei para a parede, e o quadro da Chapada me chamou. Entrei por aquelas árvores, e a paz sentida na visão do hospital me visitou de novo, aquietando meu coração. Fiquei alguns segundos sentindo o bem-estar daquele lugar. Então me virei para Pietra, que havia parado de falar e agora me olhava como se eu estivesse louca de pedra, e informei:

— Não se preocupe. Eu preciso fazer uma viagem, mas volto. Perdi uma coisa muito preciosa... vou buscar. Nada do que você disser vai me fazer desistir. Eu sei o que eu tô fazendo.

É claro que ela não fazia ideia do que era importante para mim, e nem eu sabia o que estava fazendo. Algo me dizia que era a coisa certa, mas ainda existia muito medo nessa tomada de decisão. Então pela primeira vez Pietra não esperneou. Olhou para mim e se dirigiu para a saída. Antes de ir, tirou da bolsa um jornal do dia, jogou em cima da mesa de centro e saiu batendo a porta.

Provavelmente não me representaria mais. Era uma empresária concorridíssima, e tinha uma fila de atrizes promissoras e loucas para trabalhar batendo em sua porta. Pela primeira vez não me preocupei em ficar sem empresária ou sem trabalho e senti como se um enorme peso tivesse saído das minhas costas.

Apesar de perceber um sussurro me pedindo para colocar o jornal direto no lixo, um fio de curiosidade, ou vaidade, me obrigou a olhar. Abri o segundo caderno, que era onde eu costumava estar, e não havia nada sobre o acontecido. Apenas uma foto tirada em algum aeroporto, enviada por um fã e selecionada pela redação. Resolvi abrir o caderno principal, e lá estava, já na segunda página, uma foto minha acompanhada do título: *Triste fim*.

Senti como um golpe de punhal. Comecei a ler e vi que havia uma descrição detalhada do que acontecera. Então lembrei que uma amiga jornalista tinha ligado para o hospital para saber sobre meu estado, e eu lhe contei tudo. Sob efeito dos remédios, recebi a pergunta como se fosse de alguém realmente preocupada comigo. Quanta ilusão... Cada palavra de dor pela perda sofrida estava entre aspas, estampando a matéria de meia página no início do jornal. Mais uma vez senti vontade de desistir de tudo e, de novo, ouvi o sussurro daquela voz: Você pode desistir do mundo, mas não desista de você. Queimei o jornal na pia e entrei no computador para comprar uma passagem para o aeroporto mais próximo da Chapada Cristalina.

CAPÍTULO 2

Já estava dirigindo há duas horas, quando acendeu uma luz no painel. Era a figura de um termômetro indicando que o motor estava superaquecido. Só me faltava essa. Por que não contratei o serviço completo?

Havia descido no aeroporto da cidade grande mais perto e alugado um carro. O rapaz que me atendeu sugeriu que eu contratasse também um motorista para me levar, mas eu não queria arriscar ter uma companhia desagradável até chegar ao meu destino. Pedi um mapa, e ele detalhou o percurso que eu deveria fazer. Além disso, tinha o aplicativo de navegação por satélite. Não queria ninguém do meu lado, para não responder perguntas que me levassem às lembranças dos últimos acontecimentos. Raramente me sentia satisfeita, mesmo que os fatos transcorressem como planejei. Era melhor fugir da proximidade e do atrito com outra pessoa. Mas a vida me colocou justamente na situação que eu mais queria evitar.

A ventoinha que refresca o motor parou de funcionar, e eu já havia passado por isso com um carro velho emprestado. Precisava trocar o cebolão que refrigera o radiador, para não bater o motor. Só que agora estava sozinha numa estrada onde não avistava nenhuma oficina. Resolvi parar em um posto de gasolina que tinha apenas um frentista, que fumava calmamente sentado com as pernas para o ar e nem se abalou com minha chegada. Chamei-o com um aceno, e ele se levantou, mas em vez de vir me atender, entrou numa sala que poderia ser o escritório. Difícil para uma pessoa acostumada com bajulação não ser atendida imediatamente. O enfurecimento já me enchia de vontade de ir atrás para lhe dizer algum desaforo, quando uma senhora, que havia assistido toda a cena, me perguntou:

— Posso te ajudar?

Em outro momento teria fingido que não havia escutado a pergunta, mas nesse caso era eu que estava precisando de ajuda. Mesmo sem paciência, me voltei para ela.

— Preciso achar uma oficina. Você sabe onde tem?

— Oficina, não sei. Mas talvez a gente esteja indo pro mesmo lugar e eu possa te dar carona.

Mas que coisa irritante! Uma região daquele tamanho, e essa intrometida achando que existia alguma mínima possibilidade de estarmos indo para o mesmo lugar! Mais uma vez, e com menos paciência, respondi ríspida, pensando que poria um fim na conversa.

— Vou pra uma palestra.

— Palestra da xamã Alva? Alva Mãe?

E vendo minha expressão de surpresa, completou:

— Tô indo exatamente pra lá! – disse sorridente, como se essa coincidência improvável fosse algo natural.

Fui obrigada a me comunicar com ela. Falei que estava com um carro alugado, e ela sugeriu que eu avisasse a locadora que o carro havia quebrado, pois eles poderiam buscar o que deu problema e me levar outro na Chapada, caso eu ainda precisasse de um. Concordei azeda e aceitei a carona.

Pegamos a estrada, e eu resolvi ficar muda para deixar claro que não estava a fim de conversa. Imaginava que aquela senhora era uma mulher carente e louca para tagarelar. Ledo engano. Para minha surpresa ela colocou um CD de Luiz Gonzaga e permaneceu muito à vontade em seu silêncio. Me lembrei da minha família. Costumávamos ouvir do Rei do Baião a Smetak. Bastava ser original ou inovador. Minha família era antenada, pouco convencional e aberta a novas propostas. A liberdade de escolha era o grande legado de meus pais, e agora minha cabeça estava tão cheia de conceitos pré-concebidos, que mais parecia uma prisão. Aquela mulher não tinha nada a ver com o que eu imaginara, estava ali aberta para me ajudar, e eu travada...

— Como é seu nome? – perguntei depois de um tempo.

— Ester – disse sorrindo. – E você?

— Ayara Flor... prazer.

— O prazer é meu. Seja bem-vinda. – me fitando nos olhos.

Mas eu continuava preferindo pouca conversa, e ela percebeu. Acho que sentiu meu estado nada harmônico e decidiu apenas responder às minhas escassas perguntas. Passou mais um tempo. A música e a estrada iam me suavizando, e o entardecer ficando deslumbrante. Mais uma vez me manifestei:

— Que pôr do sol lindo!... É sempre assim?

— Sempre assim e sempre diferente – respondeu, doce.

A compreensão silenciosa de Ester aos poucos ia me fazendo ver minha face nada bela. Resolvi me olhar no espelhinho do carro para passar batom, como se uma cor nos lábios pudesse mudar minha aparência para mim mesma. Sem pedir licença abaixei o quebra-sol, e uma foto caiu no meu colo. Era o retrato de um rapaz. Quase involuntariamente fiz a pergunta:

— Quem é? Desculpe, caiu.

— É meu filho Davi, que fez a passagem num acidente de carro aos vinte anos.

Estremeci. Desde que saí de casa havia prometido para mim que esqueceria a perda. Por ter tido um aborto espontâneo aos cinco meses de gravidez, me sentia a pessoa mais desafortunada do mundo. No entanto, essa mulher perdera um filho com vinte anos! E estava ali, vivendo a vida com leveza! Como ela conseguia?

No céu, variações de tons rosa, laranja e lilás dançavam a cada centímetro da descida do sol. Algumas nuvens iluminadas pela luz dourada tinham formas longilíneas, como se fossem asas de anjos. Era divino. Desde a minha infância eu não tinha visto pôr do sol tão mágico como esse. Ou era o meu olhar que havia recuperado por um instante aquela sensibilidade perdida?

Chegamos no Círculo Mágico Despertar da Luz Divina. Era uma casa grande com várias entradas e uma ampla varanda em torno dela. Ainda tinha muita gente do lado de fora, mas já começava um movimento orgânico para dentro do recinto. Por ironia, o encontro com Ester viabilizou minha chegada a tempo, pois os últimos quilômetros eram de estrada de terra e com quase nenhuma placa indicativa. Talvez eu nem conseguisse chegar sozinha e ficaria perambulando pela cidade até achar alguém que pudesse me levar. Tudo isso passou racionalmente pela minha cabeça, menos o sentimento de gratidão.

Ester parecia ter intimidade com as pessoas e era recebida com enorme carinho. Eu esperava ser reconhecida pelo menos pela metade do salão, mas apesar de serem cordiais com a minha presença, demonstravam nunca terem me visto antes. Eu não podia imaginar uma sala cheia, onde ninguém me reconhecesse da televisão, e ali ninguém me tratava como uma celebridade. Em que mundo essas pessoas vivem?! Um mundo bem diferente do meu. Parecia bem mais pacífico e harmonioso. Senti um cheiro familiar, mas não pude reconhecê-lo. Aliás, algumas pessoas também me pareciam estranhamente familiares.

Ester me guiava apresentando o lugar de maneira gentil, e quando entramos no salão, ele já estava quase lotado. Era amplo, com abajures de uma luz âmbar muito agradável, espalhados por todos os cantos. O chão era coberto por tatames com almofadas em cima. Fui pedindo licença, até encontrar um cantinho mais reservado. Já acomodada, percebi um círculo de mais ou menos três metros de diâmetro protegendo o centro, de onde irradiavam suaves luzes coloridas. Estiquei o pescoço e pude ver maravilhada uma fonte de água cristalina, que refletia a luz dos cristais que a rodeava, formando pequenos arcos-íris que saíam em várias direções. Uma mulher se encaminhou para a fonte e se sentou numa poltrona lilás que estava ao lado. Estremeci até o último fio de cabelo. Era a mulher-árvore da visão fantástica que tive durante o procedimento no hospital!

A lembrança veio como um turbilhão, e eu me senti tonta. Não estava acostumada a viver situações sem explicação, nem a ser estimulada a buscar um sentido subjacente para o que acontecia à minha volta. Talvez na infância e adolescência, quando minha criatividade e entusiasmo estavam a mil, tenha sentido vibrações parecidas, mas há muitos anos nada mexia verdadeiramente comigo. O fato é que estava tentando esquecer aquele delírio maravilhoso e inexplicável, quando a vida colocava diante dos meus olhos a própria visão materializada e com um magnetismo incrível. Como se minha presença naquele lugar tivesse algum propósito maior do que poderia compreender. Atordoada pela busca de significados, resolvi pausar os pensamentos, respirar e receber o que estava sendo dito de coração aberto. A vibração daquela mulher foi me pacificando como um colo de mãe, e aos poucos relaxei. Ainda não estava conseguindo focar no que ela dizia, quando Ester, que havia sentado perto, tocou meu braço e perguntou baixinho:

— Você tá bem? Essa é Alva Mãe.

Pensei: Eu preciso confiar nesse momento e simplesmente ouvir. Alva falava de maneira firme, suave e pausada, e foi ganhando minha atenção. Percebi um brilho de luz irradiando de sua cabeleira levemente grisalha.

— Vocês não vão me ver fazendo palestras com frequência. A qualquer momento desta estadia vocês podem me procurar pra conversar, mas recomendo o silêncio e a observação como o melhor caminho para o aprendizado. Neste momento, vou compartilhar algumas experiências pessoais pra ajudar a entender que a conversa mais importante que vocês vão ter aqui vai ser com vocês mesmos. Vamos falar dessa voz mais sutil, na qual muitas vezes escolhemos não prestar atenção, pois ela tá nos dizendo verdades que não queremos ouvir. É com esse ser que eu busco me comunicar. Essa voz é da sua consciência e ela não se importa com o que você quer escutar. Ela diz apenas a verdade, o que você precisa saber. Te orienta a encontrar o caminho que você planejou trilhar antes mesmo de nascer. Uma das maneiras dela falar com a gente é através do que sentimos lá no fundo. Não falo do diálogo turbulento e superficial da mente. Falo das águas mais profundas, que abrigam nossa natureza, nossa história evolutiva, nosso DNA carregado de informações da nossa ancestralidade e marcas da vida. Esse ser vive em contato com sua verdade. Ninguém nem desconfia como você realmente tá se sentindo, mas você sabe e vai carregar esse sentimento pra onde quer que vá. Não adianta fugir ou fingir. Pode se distrair com mil afazeres da vida, mas um dia vai ter que encarar suas profundezas, pra saber quem você realmente é e o que veio fazer aqui. Esse caminho de encontro com você mesmo pode ser um processo longo, às vezes doloroso, mas depois de um tempo costuma trazer um estado de graça. Não viemos aqui pra lutar por sobrevivência e sermos punidos por alguém ou algo. O distanciamento da nossa essência de união e amor incondicional é o que nos faz sofrer. Por causa da ilusão da separação, criamos internamente a projeção do inferno. A verdade do que somos tá obscurecida pelo medo e pela crença no pecado, culpa e tantas outras inverdades que nos sugam como vampiros. Sabe o famoso juízo final, esse que nos julga e nos condena o tempo todo? Não é outro senão nós próprios. Ou melhor, nosso ego. Mas a voz sutil da consciência, muitas vezes ignorada durante toda a vida, vai se fazer presente em algum momento crucial. Não pra nos punir, e sim porque estamos aqui pra realizar algo específico, que ficou no esquecimento. Precisamos sair de nossas bolhas… Vocês vão ver acontecimentos extraordinários neste lugar. Mas cada coisa que vocês experienciarem vai estar intimamente conectada com a verdade dentro de cada um de vocês.

Eu estava petrificada. Ela era a mulher da minha visão e falava de assuntos tão densos, com uma leveza e sorriso tão cativante, que mais uma vez me permiti escutar. Continuou:

— Às vezes a gente não é capaz de escutar nosso próprio grito de socorro. Portanto, não escutar nada pode significar distração e fuga pra não encarar algo que a gente precisa transformar, pra evoluir do lugar que estamos. Porque vamos precisar sair da zona de conforto. Não tô falando de realizações externas. Isso é consequência. Quando a gente tá conectada com nossa essência, naturalmente manifestamos nossos dons, e naturalmente os dons a serviço do mundo fazem florescer muitas realizações. Essa parece ser a grande busca, realizar o tempo todo. Agora eu te pergunto: independentemente das realizações, você seria capaz de simplesmente se sentir em paz, sem esforço nenhum, como se estivesse num colo protegido?

Sentia que cada palavra estava sendo dita diretamente para mim. Eu já tinha me perguntado algumas vezes sobre esse simples estado de paz, mas não acreditava que isso era possível. Estava ocupada demais correndo atrás de alguma coisa, fazendo enorme esforço para me sentir bem e ser aceita por todos. Voltei para o que Alva dizia, pois parecia um farol para o que eu estava sentindo. Então um rapaz pediu para falar:

— Com licença, Alva Mãe. Meu nome é Tomás. Sou novo aqui. Obrigado por me receber… Eu tenho algumas dúvidas. Dizem que você é xamã, mas há alguns anos vi uma palestra sua sobre Jesus. E te ouvindo agora, vejo alguns conceitos que podem ser encontrados na filosofia ou em religiões mais libertárias. Isso aqui é uma religião?

— Obrigada pela pergunta, Tomás, seja bem-vindo. Não, não somos uma religião. Talvez até o contrário disso – nesse momento, escutei algumas pessoas rirem discretamente. – Sobre Jesus, sinto que Ele é o Mestre dos Mestres. Vejo esse Mestre maior como a própria encarnação da luz da consciência. Mas como tenho uma visão muito particular sobre Ele e já fui mal interpretada, decidi parar de citar Seu nome e trazer mais a essência dos Seus ensinamentos. Pra mim, Jesus foi um grande revolucionário que nos mostrou o poder do amor, da compaixão e do perdão, num tempo em que as pessoas só acreditavam nas guerras, na dominação do outro e no "olho por olho, dente por dente". Ele ousou trazer como cura pra todos os males, do corpo e da alma, o amor incondicional. Já frequentei algumas religiões e pude ver a verdade que tá disponível pra todos, sendo enquadrada num conjunto de regras de comportamento. Sinto que não precisamos dessas regras, que na maioria das vezes excluem um grupo de pessoas e aceitam apenas os virtuosos e obedientes. Se a gente despertar nossa consciência, vamos ser naturalmente éticos e amorosos uns com os outros. E pra começar um círculo virtuoso de bem querer, que seja capaz de suplantar toda a crueldade que se manifesta hoje no mundo, precisamos começar a partir de nós mesmos, aceitando nossa luz e nossa sombra. Rejeitar qualquer aspecto negativo dentro de nós é a base pra gente rejeitar um grupo de pessoas. A partir dessa autoaceitação, vamos abrindo espaço pra aceitar e cuidar do outro, sendo canal de amor pra quem cruza nosso caminho. Então a gente vai perceber o Universo sendo amoroso conosco também. Nós realmente atraímos tudo o que pensamos e sentimos. É uma lei física. O mundo exterior é um espelho do mundo interno. Isso nos dá um enorme poder, liberdade e responsabilidade. Depois de muitos estudos e experiências religiosas, que foram importantes pro meu amadurecimento, eu realmente encontrei o sagrado aqui dentro – disse, colocando suavemente as mãos no peito. – E essas terras habitadas pelos cristais e a Água Mater têm nos inspirado a reconectar o sagrado dentro de nós e a ajudar as pessoas a fazerem o mesmo. Ainda não encontrei um nome pro que a gente vivencia aqui. A gente pratica o xamanismo, yoga, budismo, autossustentabilidade, serviços coletivos, amizade, compaixão... – e enquanto falava, seu sorriso se alargava como se estivesse visualizando cada prática ou comportamento citado. – As pessoas me chamam de xamã com muito carinho e respeito, mas eu sou uma estudante como vocês. Talvez um pouco mais comprometida, porque descobri meu propósito como dirigente desse estudo, e isso me enche de gratidão pela oportunidade de contribuir.

Alva fez uma pausa. O que era aquela história de Água Mater? Sinceramente eu adoraria me aquietar com tudo o que estava sendo dito, mas não conseguia. Pelo menos minha ansiedade era tanta, que não deixava sombra de dúvida: eu precisava me tratar. Alva seguiu falando, e eu me esforçando para permanecer no salão.

— Regras de conduta são como gaiolas. Um belo dia me dei conta de que eu me mantinha numa prisão construída por crenças limitadoras, nas quais havia um general do mal me julgando e me punindo. Depois de muito olhar pra dentro descobri que essa gaiola era uma ilusão, a porta sempre esteve aberta e o melhor da vida estava me aguardando. Não existe punição fora da gente. Nós somos nossos únicos carrascos e os criadores de nosso próprio inferno ou paraíso. É preciso encarar a verdade e suportar o orgulho ferido por termos nos enganado, culpando os outros. Isso é como um despertar. No início desse processo é natural pensar que não seremos capazes de reconhecer a verdade. Mas então as ilusões vão se desfazendo e iniciamos o renascimento. Puros, simples e prontos pra viver o agora, fazendo nosso melhor. Aconteça o que acontecer à nossa volta, vamos acolher e transformar. Vamos descobrindo uma firmeza e confiança pacífica na vida e em nós próprios. Aprendendo a abrir mão do controle, porque percebemos que somos capazes de lidar com o que vier pela frente. Enxergamos finalmente que não controlamos nada lá fora, mas, com autoestudo e amor próprio, somos capazes de nos governar e transmutar o que quer que seja em nosso interior. Essa é a partezinha que nos cabe, e esquecemos dela. Passamos uma vida tentando transformar os outros, achando que precisam de cura, mas estamos aqui pra curar a nós mesmos. E só há um caminho: iluminar nossa natureza oculta.

Eu não me sentia bem. Minha sombra estava sendo cada vez mais exposta para mim, e eu avisei a Ester, que ia ao banheiro. Queria vomitar. Precisei usar toda a minha concentração para andar com firmeza, olhando para frente.

Será que o consumo de remédio para dormir estava desencadeando o mal-estar? Algumas vezes acordava à noite suando frio e enjoada pela ação de soníferos. Então me veio um pensamento: Você tem se envenenado e, se houver consequências, você terá que assumir.

Era uma sentença verdadeira e dura. Deve ser o "general do mal" de que Alva falou há pouco. Não vou dar tanta importância a "ele". E um novo pensamento surgiu: Isso não é o "general" julgando moralmente o que você faz. É sua voz da consciência constatando as consequências do seu próprio ato. Isso é autorresponsabilidade.

Corri para o banheiro e abri a primeira torneira que encontrei, na intenção de lavar o rosto com água fresca, como se isso pudesse limpar minha mente de todos os pensamentos. Fiquei alguns minutos sentindo a água e imaginando estar à beira de uma cachoeira bem longe dali. Longe... de quê? De quem? Aonde quer que eu fosse, estava condenada a carregar meus próprios pensamentos. Levantei o rosto disposta a encarar a realidade que, aos poucos, ia se apresentando. Fui abrindo os olhos. No espelho, eu estava diferente... não sabia por quê.

Peguei algumas toalhas de papel e comecei a enxugar o rosto. Há muitos anos não fazia isso na rua. Estava sempre maquiada. Era uma máscara que não podia ser desfeita publicamente e revelar minhas imperfeições. Curiosamente agora não me importava com isso e gostei do olhar sensível que via refletido na minha frente. Estava assim, usufruindo o momento em toda sua intensidade, quando, no reflexo, a imagem de um homem apareceu atrás de mim. Era um bonito diferente, moreno. Eu não conseguia precisar a idade, mas parecia um homem de quarenta anos, com energia de vinte. Senti faíscas saindo de seu olhar. Ele permanecia em silêncio, e então eu disse:

— Já tô de saída.

Ele respondeu:

— Fique à vontade. Mas se quiser usar de novo, vai se sentir mais confortável no banheiro das mulheres aqui do lado. O das mulheres tem um vaso com flores. E esse dos homens tem um cipó plantado no canteiro da entrada.

Nos olhamos por um segundo e caímos na gargalhada. O acesso de riso foi aumentando e não passava. Comecei a chorar de tanto rir. Doía meu abdômen. O peso dos últimos tempos estava sendo aliviado.

— Como eu posso adivinhar o significado de flores e cipós pra distinguir os banheiros?

E continuávamos a rir. Até que finalmente fomos parando.

— É sua primeira vez aqui, claro! – ele disse.

— Sim. Meu nome é Ayara Flor. E o seu?

— Ângelo...

E ficou parado me olhando. Eu, nervosa. Não queria me sentir exposta diante desse estranho tão interessante.

— Você parece uma mulher da floresta com esses traços indígenas. Bem-vinda – disse ele.

— Obrigada – respondi e saí suando com um calor que me subia da terra.

O que foi isso?! Me senti mal! Uma mistura de desejo e aversão. Desde os últimos e dramáticos eventos da minha vida, não tinha me permitido sentir atração como aquela que acabara de me sacudir. Esquece esse encontro, Ayara! Me ordenei e saí meio perdida, quase trombando com Ester, que vinha na direção contrária.

— Você tá bem? A palestra acabou. Venha, vou lhe apresentar pra Alva.

E me pegou pela mão. Me deixei guiar, respirando fundo e me aprumando para parecer no controle. Voltamos para o salão, e toda aquela gente se aglomerava em torno de Alva, que disse de um jeito amoroso:

— Amados, amanhã temos meditação às seis e vamos ter alguns dias pra conversar. Vamos descansar? Por hoje tá bom. Sejam muito bem-vindos!

Todos deram "vivas" e começaram a se movimentar para a saída, liberando nossa anfitriã, que agora recolhia com calma uma sacola e outros pertences que estavam ao lado da poltrona. Fomos em sua direção. Eu sentia grande força vindo daquela mulher, que já havia adentrado minha visão sagrada, e essa sensação me incomodava. Me sentia inferior e fraca diante de tanta inteireza. Mas no momento em que ela levantou o olhar e me fitou, uma onda de amor e pacificação veio em minha direção. Alva abriu um sorriso luminoso:

— Então você é Ayara...

E me abraçou com um carinho de mãe com saudade. Me entreguei àquele gesto, que durou alguns bons segundos. Então ela me afastou, olhou nos meus olhos e disse:

— Seja bem-vinda de volta.

De volta?, pensei, mas deixei para lá. Já tinha muita coisa para tentar entender e agora queria evitar mais informações fantásticas. Simplesmente agradeci e retribuí o sorriso. Ester e Alva se abraçaram em uma atmosfera de cumplicidade, e fomos as três saindo juntas. Íamos passando, e Alva ia se despedindo de todos sem nenhuma pressa, com uma presença que se destacava. Uma vibração diferente da maioria das pessoas. Ela emitia paz.

Aos poucos eu ia me entregando à experiência de estar naquele lugar. Afinal eu não tinha muita escolha; com a vida virada de ponta a cabeça, faltava forças para reclamar. Começava a enxergar o equívoco da busca desesperada em ser tratada como rainha. Talvez eu estivesse cansada do trono. Nos últimos anos eu escolhi caminhos que me levaram à construção de uma rainha má, tirana e insatisfeita, afastando as pessoas do meu convívio e me deixando infeliz e cansada de mim mesma. Era preciso mudar a direção da minha vida, me descobrir outra.

Quando ainda estava em casa, depois de me sentir atraída pela paisagem do quadro, busquei o nome "Alva Mãe" na internet. Num site discreto, ela apareceu como uma anfitriã que recebia pessoas em seu centro esotérico na Chapada Cristalina. Passei por alguns hinos que não tive paciência para escutar, copiei o contato e enviei uma mensagem que, para minha surpresa, foi respondida rapidamente. Como um centro voltado para a espiritualidade estava tão conectado a internet? A pessoa do outro lado me explicou que a área destinada aos visitantes estava lotada, mas que ela iria conversar com a dona do centro. Pediu meu nome e o motivo da visita. Dei apenas o primeiro nome, como costumava fazer quando não queria ser reconhecida, e disse, sem ter muita certeza, que buscava autoconhecimento. Eu não sabia direito o que esse conceito queria dizer, mas exatamente por isso me parecia algo que deveria ser investigado. Talvez fosse essa porta desconhecida, esse lugar inexplorado, a libertação da vida que eu não queria mais. Em poucos minutos obtive a resposta de que poderia ficar alguns dias na casa da xamã até surgir vaga na área dos visitantes. E que sincronicamente estaria acontecendo uma palestra de abertura de uma temporada de estudos, exatamente na noite em que eu planejava chegar. Me passou as indicações de como encontrar o local e disse que estaria à disposição para esclarecer outras dúvidas. Como eu estava louca para fugir de tudo que me cercava, nem busquei mais informação. Eu daria um jeito de chegar e encontrar o Círculo Mágico Despertar da Luz Divina. E agora lá estava eu iniciando o que seria a maior aventura da minha vida.

Paramos na saída do salão, e Ester se despediu de nós duas, indo na direção de umas pessoas que estavam sentadas em volta de uma fogueira. Peguei minha mala, e andamos mais um pouco, quando reparei que Alva procurava por alguém. Ela me olhou e disse:

— Vou achar o moço que vai nos acompanhar até a nossa casa – e saiu sorrindo.

Que mulher bonita! Quantos anos ela tem? Parecia ter uns trinta e cinco, mas os cabelos levemente grisalhos e algumas poucas marcas de expressão indicavam que ela poderia ter passado dos quarenta. Aliás, que integridade admirável dessa mulher, que permitia a existência dos cabelos brancos, sem a fácil solução de simplesmente pintar! E logo em seguida me perguntei se ela era casada. Imaginava como seria o marido da Alva, quando a vi com Ângelo, caminhando de mãos dadas na minha direção.

— Ayara, esse é Ângelo. É o moço que eu tava procurando.

Então ela percebeu meu olhar para as mãos entrelaçadas dos dois.

— Ah, me esqueci de dizer. Ele é meu irmão.

Me esforcei para não transparecer um suspiro de alívio e contei:

— Tivemos a oportunidade de nos apresentar. Quer dizer... Ele apareceu atrás de mim e me avisou que entrei no banheiro errado. Eu não conhecia as plantas, quase me mijei de tanto rir.

De repente me senti falando besteira e me calei. Alva comentou:

— Que ótimo que já se conheceram. Meu irmão é bom pra descobrir novidades. Mano, Ayara vai ficar uns tempos lá em casa, porque o retiro tá lotado, e ela precisa desse descanso agora. É melhor você ir com a gente e dormir um pouco antes de pegar a estrada. Pode ser?

Ângelo concordou e, nessa altura, já tinha assumido minha mala para levar até o carro. Nos acomodamos e partimos.

Eu ouvia cigarras, via vaga-lumes, e as estrelas eram tão numerosas, que pareciam se aproximar do chão. Me sentia como se estivesse entrando num lugar meio mágico, mas minha racionalidade me jogou para baixo, me lembrando de que era apenas um lugar ermo, sem civilização. Nada demais. Você está no mato. Só isso, me dizia meu "general do mal".

— Vocês tão com muita fome? – Alva perguntou.

— Eu tô! – disse Ângelo.

Eu preferi ficar calada, pois estava perturbada com a presença dele. Depois do acontecimento traumático do aborto espontâneo, sentir atração física me causava culpa. Talvez estivesse fantasiando, na tentativa de me agarrar a algo palpável. Diante da experiência nova que essa viagem representava, buscava uma prática bem conhecida para me apoiar: o jogo da sedução, meu velho companheiro. Claro que Ângelo não se parecia com os homens que eu conhecia. Era silencioso e transbordava confiança. Bem diferente dos caras inseguros do meu convívio diário, que viviam se exibindo e disputando entre eles quem era o melhor, o mais forte, o mais famoso, o mais irresistível… Cansativo demais! Ângelo era bem diferente. Também não parecia querer me convencer de nada, apesar de transmitir uma sensação de que já havia estudado muito e poderia falar horas sobre qualquer assunto.

— Vou precisar ficar mais do que uma semana fora, mana.

Era bom ouvir o som de sua voz.

— Catarina vai junto e deve ficar por lá até a exposição dela.

— Quem é Catarina? – perguntei num ímpeto, deixando minha voz soar num volume um pouco acima do necessário.

Me veio o pensamento de que aquilo não era da minha conta e senti o rosto esquentar de vergonha, mas dane-se! Queria saber e normalmente falava o que dava vontade. Esse povo suave teria que se acostumar comigo.

Ângelo respondeu:

— Catarina é minha namorada. Ela é artista plástica e tá preparando uma exposição. Você gosta de pintura, Ayara?

Fiquei paralisada com a notícia do compromisso dele. Demorei para responder.

— Gosto... Quer dizer, quando vejo, gosto.

Disse aquilo querendo diminuir as artes plásticas, já que era a atividade da namorada dele, mas aquilo soou grosseiro da minha parte, e senti um leve arrependimento. Mas o que é isso? Estou toda sensível? Relaxa, respira. Você acabou de perder um filho, pensei.

Comecei a chorar. Minhas emoções eram como uma montanha russa. Ninguém aguenta isso! Não me admira estar tão cansada aos vinte e sete anos. Estava contrariada com a existência da namorada de Ângelo. Para mim a coisa mais difícil era aceitar algo que não estava no meu roteiro. Vivia às voltas com meu mau humor e insatisfação, porque nada era como eu queria. Chorei e chorei, sem me importar se estavam escutando. Alva, que havia começado a cantarolar alguma coisa, parou. Naquele momento, escolheram ficar quietos. Pareciam saber que não adiantaria me mostrar o que eu teria que descobrir por mim.

Chegamos na casa. Enxuguei os olhos e fui entrando em silêncio, enquanto eles falavam alguma coisa sobre o jantar. Eu não sentia fome. Queria dormir e acordar num dia novo. E foi o que eu fiz. Mal olhei para os lados. Caminhei até o meu quarto guiada gentilmente por Alva, dei boa noite e fechei a porta. Antes de me jogar na cama, catei um comprimido solitário de sonífero na bolsa e apaguei a luz, sem saber que estava prestes a descobrir mundos que eu não fazia ideia que existiam.

CAPÍTULO 3

Acordei no dia seguinte com sol alto. Pulei da cama num sobressalto, tentando entender onde estava. Me lembrei de alguns eventos da noite anterior, desconfiada de que poderiam ter sido sonho. Que horas são? Busquei meu celular, mas estava sem bateria. Andei pela casa procurando as pessoas. Não tinha ninguém. Foi sonho? Me senti confusa. Saí pela porta da frente e então vi um senhor jardineiro.

— Cadê Alva? E Ângelo? – perguntei, ainda na dúvida se eles realmente existiam.

— Bom dia – ele disse.

— Bom dia – respondi, envergonhada por minha falta de educação e irritada por ter que bancar a boa moça.

— Saíram cedo. Deixaram seu café da manhã na mesa da cozinha. Dona Alva foi fazer compra e volta pra almoçar com a senhora.

Já me subiu o calor da ira. Como assim?! Como me deixam sozinha na primeira manhã em que acordo numa casa estranha?! E se eu desistir desse retiro maluco e voltar para o meu inferninho habitual? De repente me dei conta de que eu estava ameaçando a mim mesma! Se voltasse para o meu inferno sem tentar nenhuma melhora, estaria me abandonando mais uma vez. Tem algo muito errado comigo. E resolvi me acalmar.

Com frequência meu temperamento revoltado se apossava de mim. Eu realmente achava que as minhas reações ao mundo eram cheias de razão e que não havia como eu ser diferente.

Voltei para o quarto e tentei achar o carregador do celular. Ter que tirar tudo da mala foi aumentando minha irritação. Xingava a mala, xingava a bagunça, e a raiva foi tomando conta de mim como fogo na palha. Estava bufando e praguejando sozinha, quando bateu cansaço. Sentei na cama e comecei a chorar, como quem quer aliviar um pouco a pressão interna. Deu certo. As lágrimas rolavam. O drama foi cessando, e eu apenas olhava para frente quando vi o carregador conectado na parede. Talvez tenha caído da minha bolsa e Alva tenha encaixado para indicar a tomada. Levantei e conectei meu telefone.

— Bom dia, Flor! Você devia tirar férias do celular – escutei, atrás de mim.

Era ela parada na porta do quarto com seu sorriso delicado. Aposto que só consegue essa paz porque vive longe de tudo! Não faz ideia do que é ter uma crise nervosa! E, para minha surpresa, escutei:

— Você deve estar de saco cheio, né? Já fui assim. Já tive essa vontade de chutar tudo que encontrava pela frente, tamanha era minha falta de paciência.

— Você?! – me ouvi dizer num tom acima, quase mal-educado.

— Sim, amada. Ainda hoje às vezes esse processo tem início, mas aprendi a não alimentar. Descobri que cultivo o sentimento que eu quiser. Não é negar o que tô sentindo. Reconheço, busco o motivo, mas não alimento. Que bom que você já tá desfazendo sua mala. Quando acabar, você me ajuda no almoço?

— Preciso organizar minhas coisas. Talvez eu vá depois.

Alva aceitou minha recusa e saiu sorridente. Como ela pode estar animada só por fazer um simples almoço? Saco! Olhei o celular já conectado na tomada. Ainda estava sem bateria suficiente para ligar. Me sentia só. Saí atrás dela.

A cozinha era ampla, com uma grande mesa no centro. O fogão era do tipo industrial, e o ambiente tinha estrutura para ter umas trintas pessoas ao mesmo tempo, mas, agora, só tinha Alva.

— Você tem uma cerveja ou vinho? – perguntei, sem me importar com julgamentos.

— Deve ter algum vinho na dispensa. Você pode procurar? Ali à direita da estante com pratos.

— Vou olhar – mas não me dirigi à dispensa e fiz a pergunta que queria fazer desde o início. – Tem farmácia por aqui? Preciso de remédio pra dormir.

— Posso conseguir, se você precisar muito. Mas, sinceramente, acho que você vai ficar bem. Aos poucos você vai dominar.

— Dominar o quê?

— Dominar a si própria, Ayara. Você vai ter uma oportunidade de renascimento. Vamos com calma nesse início. Acho que você pode ser mais tolerante com você mesma. Os últimos tempos têm sido duros pra você. Se quiser, sente na varanda pra tomar seu vinho. O abridor tá nessa gaveta amarela e as taças estão na estante dos pratos.

Procurei e encontrei três garrafas de vinho. Peguei o abridor e uma taça.

— Fique à vontade. Vou cuidar do almoço. E se você sentir muita necessidade, consigo os remédios. Mas tente resistir. Vai me agradecer depois da primeira experiência.

Resolvi aproveitar a deixa e sair sem perguntar que experiência era essa. Precisava daquele gole de álcool! Passando pela sala, vi um quadro, perto de um altar com flores. Era uma foto de Alva com intervenção digital, como a paisagem que me levou até à Chapada Cristalina. Nessa foto víamos dimensões entrelaçadas. Animais e folhas flutuavam como uma moldura mágica em torno do seu rosto, e na testa brilhava uma mandala. Ela irradiava uma paz que não parecia ser deste mundo. Aquela visão me fez sentir algo diferente do que eu estava acostumada.

Chegando na varanda, olhei em volta, e o jardineiro tinha sumido. Melhor assim. Comecei a beber na tentativa de me anestesiar... O torpor veio. Até que enfim. Fui me acalmando, mas com uma sensação de desconforto permanente. Ria sozinha por nada. Uma patetice bem-vinda. Mergulhei naquela garrafa. Lembrei que há anos só dormia com álcool ou remédio tarja preta. Eu preferia me distrair. Para que enxergar tanto? Melhor não enxergar nada e fazer o que eu quero. Tentava me convencer que essa gente iluminada era irritante, mas, no fundo, tinha esperança que a tal "experiência" me desse opções de repouso verdadeiro e não a hipnose esquisita e artificial dos entorpecentes. Esses lampejos de lucidez começaram a acontecer desde que eu tive a visão no hospital, e eu ainda não dava muita atenção, pois eram como sussurros que não faziam questão de serem ouvidos. Na verdade eu me sentia mais confortável na dor. E foi aí que busquei refúgio.

Em poucos minutos estava bêbada e me perguntando: Cadê o irmão da Madame Luz? Se ele estivesse ali, eu estaria me divertindo bem mais. Se havia uma situação em que me sentia superior, era seduzindo alguém. Sempre tive provas de que era irresistível. Desde a adolescência namorava ou ficava com quem eu quisesse. E, quando me tornei adulta, seduzia e ganhava qualquer um que surgia na minha mira: solteiro, casado, hétero, gay. Ah! E com mulheres, atraía e beijava só para escandalizar e provocar o ambiente. Eu tinha o dom. A energia sexual me trazia vitalidade e, mesmo tendo perdido um filho e sentindo culpa, aquela vibração me dominava. No fundo, estava infeliz e extremamente só.

Comecei a dançar, me tocando, num delírio. Embarcava nessa viagem aparentemente divertida, quando um carro chegou e parou próximo. Era um importado grande, novo, e saíram dele um homem e uma mulher. Jovens, lindos. Foi como se minha vibração sexual tivesse atraído aqueles dois. Pareciam se encaixar perfeitamente no que poderia ser o resto do meu dia. A luxúria me visitando. Me senti mal e parei de dançar. Entrei antes que eles se aproximassem e fui até a cozinha avisar a Alva que um casal havia chegado. Ela saiu para recebê-los. Fiquei sentada na grande mesa escutando de longe o diálogo animado, enquanto minha dor voltava a me incomodar. Mas eu tinha algumas máscaras na manga, e ultimamente a mais usada era a de resolvida.

Alva adentrou a cozinha com o casal. A alegria exposta no rosto de cada um.

— Ayara, esses são Luana e Juarez, dois amigos muito queridos que não me visitavam há mais de um ano! Amados, essa é Ayara. Chegou ontem e vai ficar uns tempos aqui em casa.

Nos cumprimentamos. Luana me deu um abraço caloroso, e Juarez me fitou com aquele olhar profundo. Eu, com minha expressão de resolvida, ofereci o vinho a todos, e só Juarez aceitou. Ele se sentou ao meu lado.

— Vai participar da vivência, Ayara? – Luana quis saber.

Eu olhei para Alva sem entender do que se tratava. Ela respondeu por mim:

— Ainda não conversei com ela. Vamos ter oportunidade de fazer isso agora, durante o almoço.

— Que vivência é essa?

— Bem… – Alva deixou de lado o almoço e se concentrou em me explicar com leveza. – Você já sabe que nós temos no Círculo Mágico uma série de atividades que são caminhos pro autoconhecimento. Você vai conhecer. São palestras, yoga, meditação e atividades na natureza. Só que temos uma prática esporádica, que é um mergulho mais profundo. Nem todos querem ou estão preparados pra esse encontro consigo mesmo. É uma ritualística que acontece sob efeito da Água Mater.

Ah! A tal água. Ela continuou:

— Essas terras eram da minha bisavó. Uma xamã muito conhecida na região por causa do poder de cura dos seus rituais. Minha família se afastou dela porque tinham medo das suas práticas, e, quando ela faleceu, as terras ficaram abandonadas. Eu não sabia da existência dela, até que um dia eu tive um sonho em que ela aparecia me contando que era minha bisavó e pedia que eu continuasse seu trabalho. Procurei saber se ela tinha existido, e era verdade. Regularizei a posse das terras e descobri como ela fazia as vivências de cura. Você viu uma pequena fonte no centro do salão principal, não viu?

Confirmei com a cabeça. Ela seguiu:

— Pois então. A água que brota daquela nascente tem o poder de nos acordar. Um poder de cura espiritual, como se ela nos conectasse com a nossa consciência divina.

— Essa água contém alguma substância alucinógena? – perguntei.

— Nos estudos feitos nunca apareceu nada. O fato é que a Água Mater tem algum enteógeno desconhecido, que provoca uma visão ampliada de nós mesmos e do Universo. A ingestão dela promove uma hipersensibilidade, e com isso você vai a lugares que nunca visitou dentro de você. Provavelmente zonas de sombra, mas também terá acesso a muita luz.

Ouvindo aquilo me lembrei da visão. Mesmo tendo sido um momento sublime, a possibilidade de reviver todo aquele amor me causava medo. Resolvi escutar até o fim, pois apesar de não me sentir segura para dar esse passo, no fundo havia uma sensação de que estava ali para ter essa experiência.

— Nem todos estão prontos pra se olhar no espelho e se enxergar de verdade, sem ilusões, sem máscaras. Você tá num momento muito delicado. Se decidir não participar, tá tudo certo. Vá no seu tempo.

— Eu acho que você deve aproveitar essa oportunidade – disse Luana. – Você não acha, amor?

— Ela que sabe, Lu. Você tem essa animação toda hoje, mas lembra de quando começou? Os primeiros passos são mais difíceis – Juarez alertou.

— Claro, meu amor. Mas vale a pena! – sentou no colo de Juarez, fez um chamego, virou-se para mim. – Eu quero te influenciar a participar. Pode ser o passo mais importante da sua vida. Se você tá cansada de se enganar, Ayara, a hora é essa.

— Mas que metida! – disse Juarez, fazendo cócegas em Luana, que se contorceu rindo em seu colo. O contraste da pele negra dele com a brancura ruiva dela, deixava o casal ainda mais lindo.

Alguma coisa me fazia ficar e escutar atentamente as esquisitices que estavam sendo ditas.

— A vivência vai ser daqui a três dias, Ayara. Se você decidir participar, vai ter que ficar sem beber álcool a partir de amanhã – sentenciou Alva. – Isso é fundamental. Além das propriedades misteriosas da água, existe o ritual de invocação da visão através de hinos recebidos por minha bisavó. Mas pra atingir o estágio desejado, precisamos purificar o corpo. Pense bem, e eu te ajudo nessa preparação. As atividades comigo vão começar depois dessa vivência. Vou ficar esses dias com você. E agora, que Luana e Juarez chegaram, vocês podem fazer alguns passeios pra explorar nossas cachoeiras.

— A cachoeira, já aceito. A vivência, vamos ver – falei, receosa do que estaria por vir.

— Eba! Vamos na cachoeira da Gota agora à tarde? Muita saudade daquele lugar! – disse Luana.

Concordamos os três. Alva decidiu que iria ficar, pois precisava organizar coisas da casa. Saí de fininho e fui para o quarto. Detestava afazeres de cozinha.

Me esforçava para parecer animada. Estava mentindo. Nada daquilo me estimulava. Até a sexualidade, que sempre me dava um gás, estava tão encoberta de culpa, que o melhor da brincadeira perdia a graça.

Olhei para o celular. A tela piscava com as mensagens que chegavam. Me aproximei e li apenas uma. Era de uma atriz conhecida, que sempre manifestava afeto e preocupação comigo, mas, exatamente por causa dessa generosidade, me causava muita inveja. Levantei o olhar, sentindo um aperto no peito, e vi uma plaquinha pendurada em cima da estante. Estava escrito: "Seu tesouro está intacto, pois você não pode ver". Tive um insight: me sentia tão inferior diante da capacidade de afeto daquela colega, que não havia espaço para enxergar a minha própria luz. Resolvi não ler as outras mensagens que chegavam sem parar.

Voltei para a grande cozinha com uma mochila contendo toalha e biquíni. A mesa estava posta com uma comida supernatureba. Eu, Alva e o casal sentamos e almoçamos. Mastiguei rápido, como sempre fazia. Falei qualquer coisa para parecer bem disposta e fiz de conta que estava animada.

— Posso levar a outra garrafa de vinho? – perguntei para Alva. – Essa já tá acabando, e, como não vou poder beber a partir de amanhã, vou enfiar o pé na jaca hoje!

Os três me olharam como se ainda não estivessem convencidos de que eu realmente participaria da vivência. Eu estava surpresa comigo mesma por declarar a decisão de participar e me veio o pensamento de que, entre querer e a participação de fato, existia um caminho que poderia ser longo.

O casal ofereceu ajuda a Alva para arrumar a cozinha, mas ela não aceitou. Mandou que saíssemos logo, para não ficar tarde. Eles se organizaram, e saímos com a incumbência de passar na vendinha para comprar lâmpadas, pois elas haviam queimado na noite anterior.

Luana e Juarez não paravam de manifestar a alegria por estarem de volta à Chapada. Eu estava incomodada com o amor deles, quando finalmente chegamos à cachoeira da Gota. Era uma grande lagoa, cercada de pedras altas, e o volume de água era tanto, que parecia cair gotas em qualquer ponto da lagoa. Em um dia quente como aquele, realmente parecia um paraíso. Ainda dentro do carro coloquei a parte de baixo do biquíni e saí só com ela. Topless. Não tinha mais ninguém além da gente, e aquele casal me parecia suficientemente resolvido.

Luana me olhou e disse:

— Ayara, você sabe tudo. Esse é o melhor jeito de tomar banho aqui. Melhor ainda é ficar sem nada – e já foi tirando toda a roupa enquanto falava.

Juarez não estava nem aí. Muito pelo contrário, se divertia, e acho que também não tirou toda a roupa para não me intimidar – afinal, a gente tinha acabado de se conhecer. Resolvi manter a parte de baixo para não o intimidar também.

Luana foi a primeira a mergulhar e nadar até o centro da lagoa. Enquanto ela gritava agradecendo ao Universo por aquele presente, eu entrava na água devagar. O fundo era escuro, e, apesar de ter crescido me banhando em águas muito parecidas com aquela, senti medo. Travei. Me lembrei de Ayara menina, como alguém muito distante de mim, naquele momento. Então Juarez percebeu minha hesitação e se ofereceu para me levar até o fundo. Me disse que eu não podia perder aquela oportunidade de sentir a força da natureza pulsando dentro e fora de mim. Ele estava certo. À medida que a água subia pelo meu corpo, um arrepio agradável se mostrava na superfície da minha pele. Enquanto me conduzia, Juarez observou a sensibilidade que eu estava experimentando e, me pegando pelas duas mãos, me fez rodar em torno dele. À medida que ele me girava, eu afundava na água, mas dessa vez não tive medo. Ao contrário. Senti uma forte energia percorrendo meu corpo e me enchendo de vida! Pulei no pescoço dele, que nadou até o centro me levando nas costas. Passou pela minha cabeça que era ousado demais estar abraçada às suas costas, sem sutiã. Mas dane-se! Precisava me desfazer de cada autocensura, e essa era uma bela oportunidade.

Luana, divertida, gritou para nós dois:

— Isso, meu amor! Traz essa sereia pra conhecer um prazer de verdade!

Sim, eu já estava sentindo a energia vital pulsando intensamente. Então Juarez me soltou, e eu virei um peixe. Mergulhava e rodopiava, me divertindo muito com Luana.

— Tira o biquíni, boba! É muuuito gostoso!

Eu já estava na água. Por que não? E tirei a parte de baixo, jogando-a o mais longe que consegui. Caiu na mata. Provavelmente perderia o biquíni, mas experimentei uma sensação inesquecível. A água agora deslisava livremente pelo meu corpo, e a vibração crescia ainda mais, num misto de vitalidade e excitação. Parecia que eu ia explodir! Assim como Luana, comecei a gritar.

— Agora você tá me entendendo, Flor! – disse Luana, feliz por ver que eu estava me soltando.

Juarez nadava em círculos, nos olhando. Parecíamos três crianças nos divertindo na melhor brincadeira do mundo.

Depois de muitos mergulhos e abraços, que deveriam ser rápidos para não virar outra coisa, fomos nos aquietando. Me lembrei que meu biquíni havia caído na mata. Comentei com os dois, e rimos da situação.

— Quer saber? Adorei ficar sem roupa. Vou pra casa desse jeito – disse, me divertindo.

— Acho que Alva não vai aprovar, Ayara. Você é muito bonita. Atrapalharia a concentração dos seguidores dela – disse Juarez, abraçando Luana.

— Concordo. Mas aqui a gente pode. Vamos dar uma volta pelados? – convidou Luana.

— Vão lá vocês duas. Vou nadar um pouco.

A alegria de Luana era irresistível, e eu topei. Saímos as duas despidas por cima das pedras. Sentia cada poro vibrar de prazer por estar exposto ao calor do sol, em contraste com a brisa que soprava suave. Chegamos numa trilha de areia e começamos a caminhar em silêncio. Eu olhava para Luana, que seguia na minha frente, e me perguntava como ela conseguia ser tão positiva diante da vida. Aquela era uma questão que estava se tornando recorrente. Eu notava a presença de pessoas que me despertavam alguma atração e desejo de seguir seus passos. Primeiro foi a Ester, depois Alva, e agora Luana.

Elas tinham algo em comum. A ausência da culpa e a vontade de ver o outro bem. Refleti que, quando estamos felizes, trabalhamos para que todos se sintam da mesma forma. Quando estamos mal, também.

Minha culpa ia desaparecendo aos poucos. Tinha baixado a guarda e estava me sentindo acolhida. Luana falou sobre o Ângelo, e me imaginei com ele naquela natureza potente. Eu ia gostar se ele estivesse ali.

Chegamos em casa com a noite já entrando fresca e Alva nos esperando na varanda. Esquecemos as lâmpadas, claro. E tudo bem. Aquela gente realmente não perdia tempo com lamentação. Alva pegou algumas velas e iluminou a mesa de jantar. Bebi mais um tanto e nem vi a hora que capotei.

Na primeira noite sem meus entorpecentes não consegui dormir direito. Apaguei algumas horas por causa do álcool, perambulei pela casa e me torturei nas redes sociais, me comparando a cada pessoa que parecia ser a mais feliz do mundo. A presença de Juarez me entretinha um pouco, mas não era suficiente. Não havia ânimo nem para ser antiética, azarando um cara com a namorada por perto. Decidi me comportar. Estava sendo bem trabalhoso lidar com as minhas dores. Vamos ver se eu aguento.

Na manhã após a primeira noite em claro, estava na cozinha, comendo qualquer coisa, sem prestar muita atenção, quando Alva chegou.

— Acordou cedo ou não dormiu?

Não respondi, e ela entendeu:

— Posso conseguir o remédio, mas, se tomar ou beber álcool, você não vai poder participar da vivência. Acho que você não consegue dormir por alguma questão importante que precisa vir pra consciência e ser resolvida. A insônia é um sintoma, um aviso. Esse processo vai te dar trabalho, mas é o que você deve fazer pra descobrir a causa e se curar de verdade. Se você toma o remédio, o problema continua causando insônia, e você não sai do lugar. Não evolui. A decisão é sua.

Passei mais uma noite em claro. Me sentia um zumbi, e essa sensação estava bem de acordo com a realidade. Saúde emocional zero, de uma pessoa que não conseguia colocar a cabeça no travesseiro e dormir em paz. Estava sendo atravessada por sentimentos de solidão, raiva, ressentimentos, e sem nenhum poder de condução das minhas emoções. Me encontrava tão cansada, que havia parado de reagir a qualquer coisa. Meus pensamentos, altamente destrutivos, tinham tomado conta. Uma batalha acontecia dentro de mim, e pela primeira vez eu resolvi assisti-la inerte.

Chegou o dia da vivência.

CAPÍTULO 4

Era mais uma manhã em que os três acordavam cheios de energia, mas dessa vez estavam mais concentrados em transpor a fronteira do medo natural que aparece diante da possibilidade de expansão. Eu havia escutado essa sentença em uma conversa entre eles e ainda não sabia o que isso queria dizer. Resolvi concentrar o pouco de energia que me restava para chegar no local da vivência sem desistir no caminho.

Comemos frutas e conversamos um pouco. Alva sugeriu uma meditação em grupo antes de sairmos. Me sentei em roda com eles e obedeci, mas nada fazia muito sentido para mim. Pegamos nossas sacolas com agasalho para a noite, caso ficássemos o dia todo, e levei no colo uma grande travessa com lasanha de berinjela, feita por Alva com muita dedicação na noite anterior.

Fomos no carro de Juarez, em silêncio quase o tempo todo. Muitas vezes as pessoas da Chapada ficavam quietas e transmitiam conforto. Com meus amigos, isso era algo impossível. Tinham uma compulsão por falar, como se estar em silêncio fosse uma possibilidade assustadora de ouvir o que não se quer. Um medo de que algo desconhecido e doloroso viesse à tona. Pois naquele lugar as pessoas buscavam esse "algo desconhecido e doloroso". Queriam o contato com esse lado oculto para se conscientizarem, iluminando a sombra que nos acostumamos a evitar. Aos poucos eu começava a enxergar a tal verdade.

Chegamos na casa onde tinha acontecido a palestra. Agora eu podia ver que o terreno em volta parecia um grande jardim. Era um dia de sol, e muitas pessoas estavam chegando a pé. Paramos o carro no portão de entrada e seguimos andando pelo caminho que eu já conhecia, mas que hoje estava bem diferente pela presença da luz.

Alva e Luana foram para a cozinha com os mantimentos que levamos. Juarez me acompanhou até um vestiário, disse que lá eu encontraria armários para deixar minhas coisas e que eu poderia dar uma volta, conversar com as pessoas ou deitar numa rede para descansar. Agradeci e entrei para guardar minha sacola. Não sabia o que queria fazer. Resolvi colocar óculos escuros para esconder as olheiras e saí para andar no jardim.

Muita gente estava circulando, e, mesmo com duas noites em claro, eu não conseguiria relaxar nas redes da varanda. Andei um pouco e me sentei na grama para tomar sol. Passaram-se alguns minutos, e alguém veio me perguntar se eu estava bem e se queria comer uma fruta. Aceitei. Era uma garota de uns quinze anos, muito sorridente. No caminho encontramos um menino, que ela me apresentou como seu irmão. Logo depois passamos por seu pai e outras pessoas que trabalhavam plantando no jardim. Como no dia em que cheguei, senti um cheiro familiar. Entramos na cozinha, que estava supermovimentada. Ela me deu um punhado de pitanga, e me conduziu ao grande salão onde aconteceria a vivência. Havia muitas cadeiras dispostas em círculo em torno da fonte mágica. A garota me aconselhou:

— Melhor escolher seu lugar. É sua primeira vez, né? Prefere perto da porta? Pode ficar naquele canto ali – e apontou para uma cadeira, que eu achei convidativa por estar ao lado da saída.

Eu ia concordando com tudo o que ela dizia. Coloquei o lenço que trazia no cabelo para marcar o lugar e fiquei um tempo parada, sem saber o que fazer. Então ela me pegou pela mão e me levou para um grupo de pessoas que conversavam debaixo de uma mangueira.

— Minha mãe tá com aquele grupo. É a primeira vez deles também. É melhor você ir escutar. A vivência deve começar logo depois. Té já – disse, saindo na direção da cozinha.

Me juntei ao grupo.

— Seja bem-vinda! Eu sou Maria. Como é seu nome?

— Ayara Flor.

— Venha, Ayara. Sente aqui do meu lado. Eu tava falando pra eles que o mais importante é lembrar de respirar profundamente e se manter confiante de que o processo mais intenso tem início, meio e fim…

Maria continuou falando, mas um casulo de lagarta grudado no tronco da árvore puxou minha atenção. Pensei naquela experiência tão exótica da lagarta-borboleta, que numa mesma existência experimenta praticamente dois corpos, duas aparências diferentes conectadas pela metamorfose. Seríamos capazes de uma transformação tão radical, de um ser rastejante para um ser que voa?

Estava eu nessa reflexão, quando uma voz masculina soou na minha frente.

— Essa água pode fazer mal? – um rapaz perguntou à Maria.

— Não. A água é pura. O que a gente experimenta aqui é um mistério, já que as pesquisas mostram apenas propriedades medicinais da água. Acredita-se que o despertar acontece porque a Água Mater nasce desse subsolo, que é feito de cristais de quartzo, capazes de ampliar a energia sutil, ativar os chakras e intensificar a energia vital. Esses efeitos, associados ao poder xamânico do ritual que vem pela linhagem espiritual de Alva Mãe e pelos hinos, nos leva à transcendência. Alguns também acreditam que a fonte transborda água de um portal de outra dimensão, pois a princípio não existe esse fenômeno em outro lugar. Temos feito inúmeras pesquisas há anos, mas ainda não encontramos uma explicação lógica de como entramos no estado de expansão da consciência. De qualquer forma, a água é benéfica pro corpo e pra alma. O efeito sempre passa, então aproveitem. Conviver com os mistérios faz parte do aprendizado. Mais alguma pergunta?

Nos olhamos, e ninguém tinha mais nada a perguntar. O que você diria diante de um extraterrestre? Era mais ou menos essa a sensação. Tudo novo demais para termos um padrão de perguntas.

— Vamos pro salão. Quem escolheu um lugar pra sentar pode ir se acomodando. E quem ainda não escolheu, eu indico onde pode ser. Recomendo que cada um vá ao banheiro antes. Boa vivência a todos.

Fui ao banheiro, seguindo o conselho de Maria, e me dirigi ao meu lugar. Reparei que Alva já estava acomodada na poltrona central e o casal de hóspede estava sentado separadamente. Luana, mais próxima de mim, e Juarez, do outro lado do salão.

Quando me viu sentar, Alva veio na minha direção e perguntou se estava tudo bem. Disse que eu relaxasse, me lembrasse de simplesmente respirar, cantar, e que teriam pessoas atentas caso eu precisasse de alguma coisa. Perguntei pelo caderno com as músicas que algumas pessoas tinham na mão, e Alva acenou para Luana, que saiu em busca.

Logo ela trouxe um para mim e me explicou que o caderno se chamava *Hinário*. Me desejaram boa vivência e saíram para seus lugares.

Comecei a ficar tensa. Será que isso realmente é seguro para mim? Mas tanta gente participa… Pessoas com quem tenho convivido de perto e que têm me encantado por sua vibração harmônica. Vou confiar. Pior do que estou não vou ficar. E percebi que a sala já estava quase lotada. Alguns jovens, que usavam bata branca, organizavam bandejas com pequenos copos de cristal. Eles colocavam água até a metade, com jarras que haviam sido enchidas na fonte de Água Mater, e iam entregando um copo para cada pessoa. Recebi o meu. Toda a movimentação acontecia organicamente, e quando os últimos se acomodaram em suas cadeiras, os jovens concluíram a distribuição.

Alva se levantou, segurou seu copo com as duas mãos, elevando-o acima da cabeça, e depois trouxe até a boca dizendo:

— A serviço da luz.

Todos, que também haviam ficado de pé, disseram ao mesmo tempo, levando o copo à boca: A serviço da luz! E com muita suavidade, beberam o conteúdo líquido.

Esse movimento inicial foi tão rápido, que eu só completei a fala e a ingestão alguns segundos depois. Vi que outros novatos também haviam demorado um tempo para entender o que deveria ser feito. Percebi que ali as pessoas não ficavam explicando tudo de forma detalhada. Existia uma atenção com cada um, mas também uma postura de que todos tinham a capacidade de entender o que era preciso na hora certa. Muitas vezes perguntamos de forma compulsiva, sem nem prestarmos atenção na resposta. Não ficar explicando era uma maneira de não alimentar esse vício. Cada pessoa era considerada capaz de obter as respostas pela observação, caminhando com as próprias pernas.

A Água Mater era inodora, mas o cheiro suave que eu havia sentido na chegada ao Círculo Mágico, e me parecera familiar, agora se espalhava pelo salão. Como se um fluido tivesse sido liberado... Era estranho. Como achar familiar um cheiro que eu não conhecia? Ou conhecia?

Fomos nos sentando. A música que começou a ser cantada e tocada falava de seres da floresta, e eu resolvi cantar junto. No início achei que não estava sentindo nada, até que uma conexão diferente começou a chegar. Fechei os olhos. À medida que eu expirava, sentia que me aprofundava num mergulho. A escuridão começou a me causar medo, e olhei para fora. Continuei vendo tudo escuro e tive que me concentrar muito para me manter sentada sem cair no chão. Tentava trilhar o caminho de volta para a luz, mas não conseguia. Me vi num lugar que mais parecia o umbral da humanidade. Muita gente afundando numa lama espessa. Choravam, sentindo uma tristeza profunda e muita culpa. De alguma forma eu estava conectada a esse umbral e não conseguia sair. Me veio em mente vários momentos em que não tive consciência e magoei alguém. Me lembrei do dia em que tratei minha mãe como se eu fosse melhor do que ela; outro em que humilhei minha irmã, exaltando minhas conquistas diante do seu fracasso; outro em que fui grossa com meu pai, e ele ouviu silenciosamente; e até as inúmeras vezes em que fui infiel a um namorado. Todos esses eventos foram sendo revividos, e eu senti como se cada ação ferisse a mim mesma. Vivenciei a dor dos maus-tratos como se o outro fosse parte de mim, e essa dor trazia culpa, que virava mais sofrimento, e eu ia afundando naquele mar de pessoas que agonizavam. Já havia desistido de reagir, como se aquilo fosse uma condenação eterna, quando escutei uma música sublime sendo cantada e vi ao longe uma legião de anjos que se aproximava trazendo muita luz. Eu continuava sem conseguir me mover e então, de repente, senti meu corpo sendo erguido. Com muito esforço pude levantar a cabeça e ver um ser dourado que me elevava da lama. Ele possuía asas negras, se diferenciando dos outros. Senti que era um companheiro invisível de toda minha vida. Pouco a pouco a luz foi tomando conta, e eu abri os olhos.

Dessa vez enxerguei o salão. Estava banhado de um colorido brilhante, e meu corpo pendia para meu lado direito, quase caindo da cadeira. Então me aprumei com uma agilidade surpreendente e vi que, no canto oposto ao que eu estava, umas dez pessoas, entre homens e mulheres, cantavam em pé. Pareciam os seres divinos que haviam me resgatado do umbral. Mergulhei na sensação daquela música que falava de luz e força da vida. Comecei a sentir um relaxamento incomum e me deixei levar. Acompanhei os hinos com uma enorme familiaridade. Segui cantando, e então uma onda que parecia se elevar do estômago até a garganta me sacudiu. Fechei os olhos e curiosamente escutei cada palavra dita embaixo da mangueira na hora em que eu estava distraída com o casulo da lagarta-borboleta. Tive certeza de que haviam sido essas as palavras, como se um portal do espaço-tempo tivesse me levado para o instante com as informações necessárias para aquele momento. Escutei Maria falando, como se o passado estivesse se fundindo com o presente:

— Estamos prestes a viver uma experiência de transcendência. Isso quer dizer que vamos pra um terreno pouco visitado do nosso ser. Foquem na luz, respirem e confiem no trabalho. Tentem silenciar a mente, que ela pode querer resistir à expansão, e se esforcem pra se entregarem a algo novo, que são vocês próprios. Não tenham medo. Vocês vão se olhar no espelho e se ver, talvez pela primeira vez como vocês realmente são. É um processo que diz respeito à nossa evolução aqui na Terra. Uma vivência que pode nos transformar radicalmente.

"Transformar radicalmente"... Aquelas palavras ficaram ecoando dentro de mim. Voltei a atenção para o salão e percebi que estavam cantando algumas musicas à frente e eu não conseguia encontrar a página correspondente. Desisti e comecei a cantar de olhos fechados. Me conectei com o coletivo, e a letra vinha de forma telepática. Um jovem de bata veio em meu auxílio e começou a folhear o hinário. Deixei que ele procurasse, mas sabia com toda a certeza que a conexão que deveria ser proporcionada pela música já estava acontecendo. Senti gratidão por aquela pessoa ter vindo me ajudar, e isso era o mais importante. Que sentimento lindo o da gratidão! Havia me esquecido como era... Comecei a chorar, e, muito diferente do choro das últimas semanas, esse era um choro de alegria, de amor fraternal.

Uma energia forte ia crescendo dentro de mim, e por um instante me assustei. Me lembrei de respirar e da indicação para aceitar a visão do meu ser mais profundo. A força circulando no meu corpo era tão intensa, que eu pensei que fosse morrer, e surpreendentemente esse pensamento me causou uma paz indescritível. A luz trazida pelos anjos ainda estava em mim, transmutando o medo em confiança. Senti como se todo o Universo fosse uma extensão do meu ser físico e energético. Num impulso me abaixei e tirei as sandálias, colocando o pé no chão. Meus pés criaram raízes, se conectando com o solo. Sentia a morte como uma grande comunhão entre todos os seres vivos e desencarnados. Pensei: Vou morrer, mas está tudo bem. Sou uma com o todo. Estou banhada de amor... E me lembrei da filha que havia perdido. Tive certeza de que era uma menina e a vi iluminada. Em paz. Senti que o ocorrido fazia parte de um plano necessário para aquela alma e eu tinha sido instrumento da realização desse propósito. Entendi que meu julgamento era limitado e que não ter nascido foi a realização daquele ser. Aquela alma seria eternamente grata, e estaríamos conectadas pelo cumprimento de uma ordem maior. Pela primeira vez me perdoei por tudo o que aconteceu e senti como se meu corpo estivesse sendo purificado com águas que corriam dentro dele. Muita energia circulando, como se alguém tivesse desbloqueado todas as travas de uma vida inteira. Uma cachoeira descia do topo da minha cabeça até os pés, lavando minhas mágoas. Não havia mais culpa.

Era muita coisa acontecendo por segundo, e eu senti vontade de vomitar. Me levantei, saí em direção ao jardim e vomitei no segundo passo. Senti alívio e respirei fundo, erguendo a cabeça devagar. Foi então que vi um espetáculo: tudo à minha volta vibrava e era composto por uma geometria perfeita, como na visão do hospital. A grama, minha mão, as plantas, tudo continha um mapa geométrico multidimensional. Senti como se fosse a malha que tecia o Universo. Vi as plantas se movimentarem, se comunicando comigo. Um arbusto se transfigurou em um rosto severo, me fazendo lembrar dos sentimentos de desunião que eu havia alimentado nos últimos tempos. Senti vergonha e vomitei de novo; era como se a sombra estivesse sendo derramada na terra, junto com o líquido que meu corpo expelia. Diante do sagrado pedi clemência. Me ajoelhei e me perdoei por não ter valorizado meu precioso tempo neste planeta.

Fiquei ali por um bom tempo, até que alguém se aproximou devagar e se ofereceu para me guiar de volta. Era Ester que mais uma vez me encontrava no meio de um caminho e me conduzia. Me senti grata. Tinha vontade de pedir desculpas por toda a ingratidão da minha vida, aos irmãos e ao Universo, que havia me presenteado com inúmeras bênçãos, e eu nunca enxerguei.

A vivência seguiu mais um tanto. Eu havia perdido completamente a noção do tempo e entendi que a ideia era esta: me entregar à contração e dilatação natural no agora, livre dos ponteiros do relógio.

A intensidade foi diminuindo aos poucos, mas ainda estava alta. Meu corpo vibrava, e filetes de energia saíam como raios da ponta dos meus dedos. Eu estava em êxtase. Senti que a vivência ia acabar e fechei os olhos, abrindo apenas na hora em que a música parou.

Todos tinham um semblante cheio de vida! Eu era capaz de ver suas auras e sentia que essa capacidade era inerente ao ser humano, se tivéssemos nossa visão mais treinada para isso. Era lindo e real.

Alva falou alguma coisa que eu não ouvi. Outras pessoas falaram, e com isso o tempo ia passando e suavizando o efeito da Água Mater. Quando a última pessoa falou, os músicos tocaram mais um hino, e todos explodiram em urras de gratidão e alegria. Eu me sentia uma criança pronta para viver o melhor da vida. Isso, sim, era uma festa de verdade! Festa do espírito, festa da alma consagrando o amor e a união!

Cessamos aos poucos. Cada um foi se movimentando devagar, recolhendo seus pertences e cumprimentando os outros. Abraços, sorrisos e olhares plenos de cumplicidade. Como ainda vibrava muito intensamente, fiquei sentada. Sentia energia para correr uma maratona, mas resolvi ter cuidado com meu corpo, privado de sono nas últimas noites.

Alva veio ao meu encontro. Durante toda a vivência eu havia ficado muito longe dela, e agora ela se aproximava irradiando ainda mais luz e paz. De novo me peguei fascinada com a sua beleza sem nenhum artifício.

Alva parou na minha frente, olhou fundo nos meus olhos e disse com um sorriso largo de quem realmente sabe ser feliz:

— Parabéns por sua coragem. Você tá bem?

— Sim – eu disse. – Mas ainda não consigo andar sem cambalear.

— Vou pedir pra alguém te levar pra comer alguma coisa.

E chamou um rapaz com bata branca, recomendando que ele deixasse que eu apoiasse meu braço e andasse devagar. Ele gentilmente foi me conduzindo e fazendo perguntas para estimular minha "volta". Só dei conta de responder meu nome, sentindo que isso me ajudava a "aterrissar". Chegamos ao refeitório. As mesas estavam cheias de alimentos, preparados coletivamente. As pessoas vibravam com muita intensidade, e por isso seus gestos precisavam ser suaves. Agradeci ao rapaz, que havia me conduzido até a mesa, peguei um pedaço de melancia e sentei para comer. Então entrei em uma nova e deliciosa experiência: o sabor daquela fruta. Foi a melancia mais saborosa da minha vida! Senti cada dentada e seu gosto se espalhando pela minha boca como se fosse uma iguaria de outro mundo. Quase gemi de prazer. Dessa vez, prazer de verdade.

CAPÍTULO 5

Acordei cedo depois de uma noite tendo sonhos tão reais, que não me surpreenderia estar cansada, no entanto me sentia renovada e cheia de energia. Queria encontrar alguém para tirar algumas dúvidas. Na noite anterior conversamos apenas no trajeto de volta, e tudo era tão novo, que eu não sabia o que dizer. Por mais que tentasse racionalizar a experiência, eu não conseguia. Os três – Alva, Luana e Juarez – haviam trocado algumas impressões, dizendo que a vivência tinha sido profunda e amorosa; o transe, muito "alto"; o coral, sublime, e outras observações que só quem já experienciou mais vezes poderia ter parâmetro para comparar.

— Mas a vivência não é sempre igual? – eu havia perguntado.

Alva respondera:

— A ritualística é a mesma, mas tem variações induzidas pela força do grupo daquele dia e pela energia do astral. Você vai perceber que essa força traz experiências novas em cada trabalho. O que acontece dentro da gente vai ser sempre diferente de todas as outras vezes, e é esse estado de espírito renovado que transforma cada ritual. Estamos falando do nosso universo interior, que é infinito. Cada mergulho é único.

Eu havia entendido mais ou menos e sentia que essa compreensão ainda se alargaria, mas hoje tinha levantado ansiosa para perguntar mais. Aliás, o tempo passava e a quantidade de perguntas só aumentava. O interessante é que pela primeira vez eu estava me ocupando de buscas internas, de autoconhecimento, e não de realizações externas. Isso era inédito para mim!

Vinha do quarto navegando em meus pensamentos, quando topei com Alva chegando do jardim.

— Bom dia, flor do dia! – ela falou.

Respondi com um sorriso sincero e lhe disse que queria fazer algumas perguntas.

— Claro! Vamos tomar café e conversamos. Aqueles dois devem acordar tarde.

Entramos na cozinha, e ela já foi se ocupando em fazer tudo sem deixar de me dar a devida atenção. Me sentei, pois sabia que essa conversa seria importante.

— Vou fazer um cuscuz de tapioca bem gostoso. É o favorito da minha filha Clara, que tem quase a sua idade.

— Você tem uma filha adulta? Onde ela tá?

— Em Barcelona, estudando piano. Deve vir pro Brasil nas férias. Geralmente sou eu que vou, mas acho que este ano vou pedir pra ela vir matar a saudade da terra natal. Tenho sentido a presença dela nesta casa. Talvez um dia vocês se conheçam. Mas me conte – disse, dando a impressão de que queria mudar de assunto. – Como você se sentiu durante a vivência? Ontem você não falou muito, mas, como estávamos todos cansados, eu quis te deixar à vontade.

— Eu simplesmente não sabia que era possível sentir tudo aquilo neste corpo! É como se eu tivesse sido atravessada por um cometa! Pela primeira vez tive muita consciência da vida neste corpo e do que tá além dele. Foi maravilhoso! Mas teve um momento que foi bem difícil.

Alva me encarou com um brilho nos olhos, e senti que ela se deliciava de ver alguém acordar para um mundo inteiramente novo.

— Sim, amada. Você pode ter mergulhos bem desafiadores, e o tempo pra conseguir iluminar cada canto sombrio é um mistério. Não dá pra controlar a força que se manifesta, mas a gente vai aprendendo a surfar a onda do jeito que ela vier. À medida que confiamos no poder transformador da vivência, vamos conseguindo nos entregar e aproveitar os aprendizados, mesmo quando tá difícil. E isso se reflete na vida. Graças à compreensão de que não controlamos nada fora da gente, passamos a receber os acontecimentos com aceitação e transmutamos o que não queremos, através da nossa postura. Com humildade, firmeza e amor, tudo pode ser transformado. Aqui na vivência você pode acessar um medo inconsciente, que, por estar escondido, trava algum aspecto em sua vida. Com a consciência expandida, você identifica o medo e o acolhe. Quando a gente encara o medo, passamos a conhecer sua origem e aí podemos curá-lo. Tudo pode acontecer em uma única vivência, pois o processo é muito intenso. É como uma lente de aumento, que faz enxergar a maneira como você reage aos acontecimentos. Pequenas atitudes, que você não percebe no dia a dia, ficam muito claras e, a partir dessa consciência, você tem a chance de mudar.

— Mas enxergar todas as nossas limitações pode ser muito duro – constatei.

— Tem toda razão. Por isso, ao mesmo tempo que ganhamos essa lente de aumento, também ganhamos acesso ao amor universal. E nesse estado de receptividade a cura pode acontecer como processo amoroso, e não duro, severo. Você acolhe suas partes imperfeitas, que foram excluídas do seu campo de visão, se integrando novamente. Nossa essência é acolhedora. Nosso ego é que nos maltrata, por nos fazer acreditar que estamos separados, que vamos morrer ou ser abandonados.

Senti que entendia completamente o que ela estava dizendo sobre o ego, pois o meu nunca havia estado tão exposto para mim. Depois de uma breve pausa, ela continuou:

— Enxergar a verdade por trás das aparências é enxergar a união, e isso é uma grande ameaça pro ego, pois ele só pode existir se acreditamos que estamos isolados dos outros. Então o ego vai usar todos os artifícios e criar todas as desculpas possíveis pra afastar a pessoa da verdade de que estamos conectados como um corpo único. No início parece que vamos desaparecer nessa unificação, mas aos poucos nos libertamos das máscaras e não morremos. Pelo contrário. A vida começa a se manifestar de uma forma muito mais intensa e verdadeira.

— É isso! Depois que passou o perrengue senti um amor infinito por mim e por todos. É como se experimentasse na pele a conexão com o Universo e com os seres vivos, sem distinção. De uma forma palpável, concreta.

— Porque você tava olhando para a verdade. Sempre que temos dúvida e sentimos medo, estamos olhando para a ilusão.

A simplicidade e a clareza das palavras de Alva satisfizeram minha ânsia de saber um pouco mais sobre a vivência.

— Quer ajuda? – perguntei, me surpreendendo com a nova disposição.

— Quero! – respondeu Alva rapidamente. – Você pode pegar um saco com pedaços de coco na geladeira? Pode cortar em tirinhas? Vou fazer um doce de banana com coco, sem açúcar.

Me levantei, feliz por ajudar.

— E você acha que a única forma de enxergar a verdade é bebendo a Água Mater?

— Não. Existem muitos caminhos, mas, pra mim, é a Água Mater. Muitas pessoas se conectam com a verdade através da meditação, yoga, arte, orações. E outras podem despertar pro autoconhecimento pela vivência do amor ou do sofrimento, por causa de uma perda importante. Também existem espíritos mais evoluídos que não precisam de uma experiência radical. Pessoas que enxergam a verdade de maneira natural e sabem o que realmente importa na sua vida. Minha filha é assim. Tem muita conexão com sua essência amorosa desde pequena. Aprendo muito com ela. Não é meu caso. Sou um espírito adolescente e rebelde, que apanhou na vida e se cansou de sofrer por nada.

— Você? – me surpreendi.

— Sim, senhora – ela disse, desmistificando minhas expectativas. – Já dei muito trabalho pra mim e pros outros. Queria me rebelar contra as regras, até perceber que o que fazia eu me sentir aprisionada não era a prisão de fora, mas a prisão de dentro. A gente pode obedecer a tudo o que mandam fazer. Se a gente se sente livre pra mudar nossas crenças ou comportamento, somos realmente livres. A gente não precisa impor nada aos outros. Bastar abrir espaço dentro da nossa mente. Portanto, tô recuperando meu tempo perdido. Que não é perdido, porque precisei dele pra amadurecer e ter uma compreensão maior. Aprendi a encarar os desafios com alegria, realizando o que tá ao meu alcance e dando meu melhor pra tudo o que faço. Às vezes não consigo. A diferença é que agora eu tenho consciência e aceito que tudo tem seu tempo... Quer tomar esse suco de pitanga que eu fiz hoje cedo? – se sentando ao meu lado.

Tomamos o suco, que estava delicioso, me levantei e peguei pratos e talheres para todos, inclusive para os dois que iam chegar depois. Me senti bem por simplesmente lembrar do casal e fazer a gentileza de arrumar os pratos deles.

Mais uma vez o sabor do que eu comia pareceu um presente dos céus. E não era mesmo?

Passou uma semana desde a primeira vivência. Para mim, a transformação estava sendo gigantesca. Sentia intensamente cada coisa que fazia. Se fosse uma meditação, mergulhava; numa refeição, me deliciava. Um simples banho, e me demorava, sentindo o contato da água com a minha pele, como se fosse uma criança brincando na chuva. Sem falar na cura pela qual serei eternamente grata: conseguia dormir em paz, sem necessidade de remédios.

Comecei a rever minha vida. Realmente os últimos cinco anos haviam sido de autodestruição travestida de escalada de sucesso.

Como eu estava equivocada. Quanto desperdício de tempo e energia com coisas sem o menor valor. Muito pelo contrário, tudo o que cultivei tinha o poder de destruir o que realmente importa. Sentia também que meu corpo estava renascendo. A sensibilidade à flor da pele, o paladar, a audição, visão e olfato. Tudo estava mais aguçado e presente. Por sorte, eu me encontrava num ambiente agradável e tranquilo. E se não fosse?

Já estava na rotina de yoga, meditação e encontros filosóficos há dias. E se eu aceitasse um dos vários convites que havia recebido para conhecer um festival de música em alguma localidade próxima? Perguntei a Alva o que ela achava. Ela foi reticente. Disse que provavelmente eu não me sentiria confortável, mas a decisão seria minha. Bem, se eu tinha uma característica favorável ao autoconhecimento, essa era a coragem para correr riscos. No mesmo dia encontrei com uma garota que trabalhava no Círculo Mágico e também na produção de shows pela Chapada. Ela se chamava Nix e já havia me falado de um festival de música eletrônica com DJs europeus, que estava acontecendo ali perto. Ela viabilizaria um carro para me levar naquela mesma noite, se eu quisesse. Ela iria junto. Topei.

Acabei a meditação, já mexida pela possibilidade de experimentar um pouco de «vida real». Fui para casa tomar um banho e voltei para encontrar Nix, que havia deixado seu carro comigo para que eu fizesse esse movimento mais rápido, sem atrapalhar Alva. Eu me sentia bem. Desde minha chegada, tinha me acalmado, e, com isso, minha vibração havia se transformado. Estava leve. Refletindo meu estado de espírito, coloquei um vestido branco de costas nuas e permaneci sem maquiagem. Começava a gostar da minha aparência assim, ao natural.

Às vinte horas em ponto chegou o carro para nos buscar. Nix era uma jovem produtora que transitava nos dois mundos concomitantemente: o da espiritualidade e o da farra. Acho que ela não via contradição nesse hábito. Gostava de se harmonizar no retiro e se agitar nas raves que ajudava a produzir. Até hoje me pergunto como conseguia fechar essa conta. Enfim... Ela também era a única pessoa em todo Círculo Mágico que sabia quem eu era e me bajulava. Se mais alguém me conhecia da tevê, não se manifestava. Nix deixava claro que achava incrível poder estar comigo e estranhava que eu estivesse ali, e não desfilando em cima de um tapete vermelho. Uma vez ela havia me perguntado se meu retiro tinha a ver com a perda do bebê, eu confirmei, e só. Já que ela estava sempre circulando em outros grupos, eu queria evitar a possibilidade de alguma fofoca vazar para a imprensa, comprometendo a minha estada.

Nix estava feliz da vida por me levar ao festival. Passou o caminho todo tentando mandar mensagens para suas colegas providenciarem camarote para mim. Não conseguiu. Sinal de internet fraquíssimo. Aliás, estávamos no meio do nada, e eu não podia imaginar como alguém poderia promover uma festa num lugar tão ermo. Foi então que, depois de uns quarenta minutos de viagem por estrada de terra, avistei um clarão, e, aos poucos, a sinfonia dos sapos foi dando lugar ao som de uma música tecno. Nos aproximávamos, e, por trás dos canhões de luz, comecei a identificar a estrutura de megashow, como se estivéssemos numa metrópole. Fiquei chocada. Paramos no estacionamento já lotado com alguns ônibus e vans numa entrada lateral, que deveria ser para os convidados VIPs. O tumulto do lado de fora era grande, e eu imaginei que dentro estaria muito maior. Comecei a não me sentir bem.

Nix me disse que teríamos que andar sem segurança até o camarote, pois não tinha conseguido falar com sua equipe. No minuto que disse isso, seu telefone tocou. Era uma colega dizendo que a mensagem tinha chegado e ela estava enviando um segurança para nos buscar. Ufa! Graças a Deus! Eu sabia que, se uma pessoa naquela multidão me reconhecesse, eu não conseguiria andar mais nem um metro. Claro que, se uma artista anda discreta, sem fazer alarde, talvez as pessoas nem notem, mas é bom estar prevenida. Chegou a outra produtora com o segurança, e fomos para o camarote. No local vi que havia algumas pessoas que eu conhecia. Normalmente os festivais badalados levavam artistas como presenças pagas, para repercutir na imprensa, e esse não seria diferente. Dois atores com quem eu já havia trabalhado e ficado por uma noite estavam lá. Também estavam alguns fotógrafos de revista de celebridade e jornal de fofoca. Me perguntei se deveria ter ido e me concentrei para manter meu estado zen. Falei cordialmente com os atores que conhecia e fui para um canto com Nix. Ela perguntou se eu queria uma bebida, e foi buscar. Eu tinha aceitado no impulso, mas, quando ela chegou, tentei beber e não consegui. Ela percebeu.

— Que estranho. Não tá descendo. Fiquei tonta com um gole mínimo – eu disse.

— Tranquilo, baby. A ingestão da Água Mater faz isso no início. Comigo também foi assim, mas depois você vai voltar a beber. Vem aqui, quero te apresentar prum amigo – já me levando pelo braço.

O cara estava sozinho no parapeito que dava visão para o palco. Antes mesmo de chegarmos, ele se virou e fez um charme para mim.

— Esse é Jota. Jota, essa é Ayara Flor – disse, enquanto beijava seu amigo no rosto.

Falei com ele meio tímida, ou me fazendo de tímida, para ganhar distância da Ayara despachada e sofrida do meu passado recente. Ele era expansivo, e isso logo me cativou. Senti vontade de conversar, e começamos um papo gostoso. Ele já foi dizendo que me conhecia da tevê, e eu já fui dizendo que estava na rave por acaso, pois o meu interesse na Chapada Cristalina era o retiro espiritual. Então ele perguntou:

— Com a Alva Mãe? Já fiquei um tempo no retiro dela. Mudou minha vida. Acabo de voltar da Amazônia. Passei três meses numa aldeia indígena participando de rituais xamânicos.

Ao dizer aquilo, ele obteve a chave para ter a minha companhia pelo resto da noite. Começamos uma conversa sobre a experiência de expansão da consciência com a Água Mater, e o mundo à minha volta desapareceu. Eu era iniciante, e Jota, um explorador do autoconhecimento há anos... Para mim, um expert. Sedutor. Eu não tinha ideia de quanto tempo havia passado, até notar a ausência de Nix. Começava a me sentir embriagada mesmo sem ter bebido, como se estivesse incorporando o estado de espírito daquelas pessoas à minha volta. E, com isso, fui ancorando num lugar nada seguro: a entrega irresponsável aos prazeres do corpo. Jota já tinha me ganhado e foi fácil. De repente notei que um DJ havia começado o show, pois uma galera veio para o lugar em que estávamos, deixando nosso cantinho apertado. Jota então, aproveitando a deixa, me convidou para nos misturarmos na multidão. Topei, e saímos do camarote de mãos dadas. Fomos andando em direção ao palco enquanto eu sentia o calor de sua mão em contato com a minha. A química é algo poderoso. E perigoso... Eu simplesmente perdia o freio quando sentia o sangue esquentar por causa de um contato físico. Ficamos alguns segundos com as mãos unidas. Adiar um possível beijo era excitante para mim, mas poucos segundos depois os hormônios foram mais fortes, e nos beijamos. Estava me deliciando como uma adolescente, quando, de olhos fechados, senti uma luz pipocar como um flash. Na mesma hora abri os olhos, e lá estava o fotógrafo clicando e logo em seguida fugindo como um ladrão. Fiquei estarrecida, indignada, paralisada. Jota perguntou o que havia acontecido, e eu disse com raiva:

— Você não viu? Um paparazzo acabou de registrar nosso beijo!

— Sério? Não pode ser! Você tá enganada.

Fiquei ainda mais irritada com a dúvida dele! Larguei o Jota e saí em direção ao camarote. Por causa do paparazzo, um balde de água gelada tinha caído sobre mim. Todo o romantismo de segundos antes não existia mais. Jota, que andava ao meu lado, me segurou carinhosamente pelo braço, e eu disse a ele que ia ao banheiro. Acho que ele percebeu que talvez não me visse mais pelo resto da noite. Ou da vida.

No camarote procurei Nix para pedir que chamasse um carro que me levasse embora. Olhei em volta e vi vários paparazzi, como se fossem urubus na carniça, clicando alguns famosos. Foi exatamente essa a energia do momento. Tive vontade de vomitar, mas segurei. Nix não aparecia e, para piorar, um dos atores com quem eu já havia ficado veio ao meu encontro, cheio de braços, como se fosse um polvo pegajoso. Deus do céu, eu estava pirando! Minha sensibilidade intensificada, e eu não dando conta da energia do lugar. Me livrei educadamente do colega e fugi para o banheiro. Minha vontade era passar o resto da noite escondida lá dentro, mas felizmente encontrei Nix retocando a maquiagem. Contei-lhe sobre o paparazzo e disse que queria ir embora. Ela me abraçou solidária e chamou o segurança pelo rádio.

— Tem um carro disponível pra te levar. Pode ir andando pra saída do camarote, que um segurança vai junto. Vou ver se descubro quem foi o fotógrafo e vou conversar com ele, mas você sabe que não temos como controlar essas coisas. Desculpe por isso.

— Claro. A culpa não é sua. É totalmente minha. Relaxa.

Antes da meia-noite já estava no meu banheiro escovando os dentes. Me transformei na Cinderela. Com esse pensamento, sorri diante do espelho, na tentativa de desafogar meu coração. Não funcionou. Que vexame essa foto, que provavelmente já estaria na internet! De repente percebi que minha primeira semana era apenas uma gotinha no mar de aprendizados que ainda atravessaria, para ter a capacidade de lidar com os meus monstros.

Me deitei na rede da varanda e fiquei ali refletindo sobre o que acabara de passar. Pensei em como estava me sentindo bem depois da vivência com a Água Mater. Provavelmente eu teria que fazer escolhas mais conscientes de agora em diante. Precisaria ter uma base sólida de autoconhecimento e controle, para frequentar esses ambientes caóticos sem me desequilibrar.

Aos poucos fui voltando para a vibração harmônica. Fiquei escutando os grilos e brincando de identificar as diferentes distâncias de cada um. Tinha um que cantava tão perto, que o busquei com os olhos e tive a impressão de conseguir enxergá-lo na folhagem. Alva apareceu e perguntou como havia sido a festa. Contei-lhe tudo. Ela é uma daquelas pessoas cujo olhar nos encoraja a tirar as máscaras e nos revelar.

— Bem que você insinuou que talvez não fosse uma boa ideia ir a um lugar com muita gente nesse momento.

— Sim, Flor. E é menos pela quantidade de gente e mais pela vibração do evento. Quando a gente expande a consciência, abrimos portas de percepções muito sutis, que normalmente estão fechadas. Consciência também é visão, e aqui começamos a enxergar além das aparências. A gente passa a sentir mais a vibração das pessoas. Elas podem disfarçar tudo, menos a vibração. Você também vai perceber que, com esse trabalho que realizamos, muitas vezes vamos ter a impressão de que estamos lendo os pensamentos dos outros. Vai sentir a intenção por trás das atitudes e vai ter que aprender a lidar com isso. Não absorver as energias à sua volta. Se proteger pra perceber o ambiente sem se contaminar.

— Entendi... Vou aprender a lidar com essa sensibilidade. A impressão que tenho é que eu não enxergava nada! Por que a gente vai perdendo nossa sensibilidade e nossa visão com o tempo?

— Pelas dores do caminho. Como não somos estimulados a lidar com as dores e ir nos transformando, cada decepção que a gente vive causa dor e medo de sofrer de novo, e vamos bloqueando nossa sensibilidade. Você consegue se lembrar de quando era criança? Cada vez que se entregou a uma nova amizade ou até à semente de um amor? Se a gente não é correspondida, sofremos muito. Aí decidimos parar de sentir. Como não podemos sentir só as coisas boas, quando bloqueamos a sensibilidade da dor, bloqueamos tudo. A dor e o amor.

Ficamos na varanda curtindo o silêncio e refletindo. Cada vez mais eu entendia a existência do silêncio na vida daquelas pessoas. Como poderiam trazer à tona tanta compreensão sobre si mesmos, se estivessem sempre falando sobre coisas já debatidas e conhecidas? Como escutar a voz da consciência, se não fosse pelo silêncio? Alva se despediu e foi dormir.

De repente me lembrei de Ângelo. Senti sua presença na casa. Será que ele estava de volta? Se eu precisava pacificar minha vibração para me harmonizar, a presença de Ângelo definitivamente não ajudaria. Além do mais, o cara tinha namorada. Respirei fundo e resolvi dormir. Andando pelo corredor escuro, senti que Ângelo dormia no penúltimo quarto. Fiquei impressionada. Se ele estivesse de fato ali, sua energia estava se comunicando comigo de uma forma incrível. Respirei fundo mais uma vez e segui em frente.

CAPÍTULO 6

Pulei da cama assim que o despertador do celular tocou. Era cedo. Geralmente ficava alguns minutos olhando as redes sociais e e-mails antes de meditar, mas hoje queria acelerar minha saída do quarto para ver se Ângelo realmente havia voltado. Resolvi tomar banho. Sentia calor.

Cheguei na sala e estanquei... Ele estava sentado no tapete de meditação. Era difícil acreditar que minha intuição sobre a presença dele estava certa. Me concentrei para parecer natural. Ele me olhou e se levantou para me abraçar.

— Como você tá, moça? – perguntou, enquanto me envolvia num abraço acolhedor.

— Bem... acho – e ensaiei minha habitual risada de nervoso. – Participei de uma vivência, e foi a experiência mais extraordinária da minha vida!

— Quero saber tudo – disse com aquela voz que mexia comigo. – Mas antes vamos meditar? Sugeri que fosse no jardim. Alva já tá esperando a gente.

Saímos juntos, e percebi que teria que ter muito foco para não avançar nele nas próximas horas. O fato é que eu normalmente era muito à vontade para tomar a iniciativa quando ficava a fim de alguém, mas, nesse caso, ele tinha namorada. Eu estava acordando minha consciência e sabia que qualquer atitude nessa direção seria extremamente antiética. Queria aproveitar a oportunidade para finalmente amadurecer e me responsabilizar pelos meus atos e suas consequências. Vai ser uma grande prova, pensei. Sentamos, fechamos os olhos, e esses pensamentos continuaram povoando minha mente. Não consegui relaxar.

Fomos tomar café e, graças ao Ângelo, a descontração deu o tom da conversa de toda a manhã. Contei sobre minhas experiências daquela semana. Parecia que já estava lá há um mês no mínimo. Muita coisa havia acontecido, e ele declarou que sentiu minha vibração diferente.

— Tá mais leve e conseguiu ficar ainda mais bonita – disse.

Deus do céu! Ele não estava facilitando as coisas com esses elogios. Para piorar, não falou nem uma vez na tal namorada. Será que acabaram? Não tive coragem de perguntar. Além do mais, a situação poderia ser viagem minha. Talvez ele tivesse o hábito de elogiar e olhar dessa forma para todas. E continuei conversando, como se o elogio fosse a coisa mais corriqueira do mundo.

Alva contou que Luana e Juarez haviam dormido três noites lá, e Ângelo manifestou sua vontade de revê-los.

— Liga pra eles! – disse Alva. – Estão numa barraca lá no terreno do Círculo Mágico. Foi ótimo tê-los aqui. Contei com os dois pra recepcionar Ayara, e já no primeiro dia foram na cachoeira da Gota.

— Sério? – se surpreendeu Ângelo. – Não me esperaram pra ir na cachoeira da Gota? Pois vão ter que ir de novo comigo!

Senti meu coração palpitar, pois havia desejado isso há poucos dias! Decidi não mexer uma palha para isso acontecer. Poderia significar meu fracasso diante da tentativa de controlar o desejo por ele. No entanto, Ângelo se levantou da mesa e ligou para o amigo:

— Fala, amigo! Tô de volta! Que saudade! E Luana? Quero ver vocês. Vamos hoje na cachoeira da Gota? Ahhh... Amanhã então... Também? Tá bom. Esse Círculo Mágico tá muito cheio de tarefas. Desse jeito, em vez de se harmonizarem, vão ficar estressados... hahaha. Tá bom, Jura. A gente se vê mais tarde. Beijos pra você e pra Lu!

Ângelo comentou que eles não poderiam ir na cachoeira nos próximos dias. Então Alva sugeriu que fôssemos nós dois. Congelei, e as palavras não saíram da minha boca. Tossi e consegui dizer que era melhor a gente esperar pelo casal. Os dois se olharam, e não tocamos mais no assunto.

Passei os dias seguintes lidando firmemente com meus desejos. Aos poucos fui dominando uma fera que sempre agira solta dentro de mim. O ambiente e a busca de consciência ajudavam.

No terceiro dia desde que ele voltou estávamos com um grupo no Círculo Mágico, conversando debaixo de uma árvore, quando uma garota perguntou:

— Ângelo! E o tantra?

— Você quer dizer a filosofia tântrica? – a garota travou na resposta e ele seguiu. – É uma filosofia de vida muito antiga, e tem algumas linhas diferentes. Rege as relações entre as pessoas e com o mundo… se reflete em tudo, até na relação com os alimentos e com a natureza. Ou você quer saber sobre algo específico?

— Na verdade, quero saber sobre o sexo. A prática sexual tântrica? Como é isso?

E todos começaram a rir, dizendo que era um terreno perigoso.

— Não é perigoso. Isso é o que todo mundo pensa, mas perigoso mesmo é não conhecer e reprimir nossos desejos – e me olhou com um olhar que me fez sentir nua. – A filosofia tântrica vai muito além da sexualidade. Envolve uma maneira de ver e sentir o mundo. Vejo o tantra como o caminho da liberdade, da verdade. Então tudo o que é tabu numa sociedade, tudo o que tá debaixo do tapete, vai ser o ponto de trabalho e de cura pelo tantra. E como no nosso mundo ocidental a sexualidade não é desenvolvida normalmente, como os outros aspectos da vida, então pra gente o tantra precisa necessariamente tocar nesse ponto. Como a maioria das religiões ocidentais negam as experiências físicas, a sexualidade se torna um estudo importante pra quem busca a verdade, porque lida com os aspectos sensoriais do corpo em contato direto com a alma. Se estamos encarnados, acho até óbvio que todo o trabalho de transcendência precise passar pelos sentidos físicos.

— Explica isso melhor – insistiu a garota, enquanto os outros continuavam as brincadeiras.

— Se vocês querem falar de sexo, vamos lá. As pessoas não fazem ideia de como a experiência sexual pode ser transformadora. Pense no ato sexual como um ritual de expansão da consciência. Todo mundo aqui sabe do que eu tô falando.

— Você quer dizer o ato sexual como se fosse a vivência com Água Mater? Com todas aquelas sensações e descobertas sobre nossos medos e desejos? Acho que eu não daria conta. – eu disse, impressionada com a coragem de me revelar assim para Ângelo.

Todos riram com minha colocação, e a conversa ficou menos tensa para mim.

— Exatamente, Ayara! Você só foi em uma vivência por enquanto, mas com o tempo vai transitar tranquilamente nas suas águas mais profundas. Mesmo tendo dificuldade em alguns momentos, vai entender que todo obstáculo da travessia existe pra ser vivenciado, superado, e a descoberta do que vem depois vale ouro. O tantra também é assim e oferece a oportunidade de você fazer isso a dois. O ato sexual deveria ser de entrega mútua e sem máscaras, pra poder desbloquear e trazer à tona nossos sentimentos mais profundos. O que acontece é que vemos o sexo com culpa e o fazemos com pessoas nas quais não confiamos plenamente. Dessa forma, a gente tem só o prazer do corpo. Mas poderia ser uma experiência do amor universal a dois. Isso é muito especial. Como a energia vital hoje é usada de forma distorcida, ela acaba sendo destrutiva, porque sobrecarrega o corpo em vez de alimentar. A gente costuma dar passagem pra uma qualidade de energia de dominação e devoração, que é insaciável.

— Você tá querendo dizer que o sexo pode ser uma experiência espiritual? – perguntou um rapaz.

— Bingo! Exatamente isso. Acredite se quiser. Mas claro que, sem amor e confiança, isso não é possível. O sexo existe pra ser comunhão de corpo e alma entre duas pessoas. Também abre canais de muita energia vital, que é a intensidade de energia mais poderosa do

Universo, capaz de gerar vida. Temos medo dessa energia, porque ainda não sabemos lidar com ela. A gente tá jogando fora a possibilidade de sermos atravessados por um portal gerador de energia, transcendência e autoconhecimento em nosso próprio corpo.

— Tá, então faz de conta que tem duas pessoas que se amam e são capazes de se entregarem plenamente. E a prática? Como funciona? – perguntei, aproveitando o fato de estar entre outras pessoas, e isso me deixava um pouco mais à vontade diante de Ângelo.

— Pra começar, o tantra é uma filosofia matriarcal. Isso já muda tudo. A sexualidade como a gente conhece é guiada por imagens pornôs e pela energia masculina distorcida. Na prática sexual sem consciência, também temos a mulher adotando uma postura às vezes submissa, às vezes violenta. Ao contrário disso, no tantra estão presentes no homem e na mulher os elementos genuínos do feminino potente e sagrado, que é a receptividade, a entrega. Tendo esse estado de abertura e a consciência de que a prática é um ritual de expansão do amor, o caminho se apresenta naturalmente. É só ser espontâneo, não alimentar culpas de qualquer natureza, nem deixar a mente nos levar pra lugares já conhecidos, por medo do novo. Nesse caminho é o coração que manda, vivendo o momento como algo único, diferente das experiências anteriores. A entrega começa pelo olhar. Um dos maiores estímulos pra canalização de energia é a mirada sem medo. Isso também vale pra todas as relações da vida. Depois da vivência do olhar por tempo indeterminado, que pode levar horas ou dias, o toque pode ser algo vivenciado com o máximo deleite. Não existe regras pro toque. Tudo pode ser experimentado com delicadeza.

— Por que delicadeza, Ângelo? Eu gosto de uma violência de vez em quando – disse Luana, provocando uma gargalhada geral.

— Claro, Lu. Sei bem do que você tá falando. Se vier uma energia mais violenta, deixa fluir. Se os dois estiverem à vontade, tá valendo. A ideia é não julgar nem bloquear nada. Tudo é material de estudo sobre nossas carências e traumas. Mas se lembre de que a prática do autoconhecimento serve pra gente aprender a transformar as energias e pacificar os impulsos violentos. Não é negar. Jogar para debaixo do tapete não adianta nada. Ela ainda vai estar lá e, na primeira oportunidade, vai dominar a gente de forma destrutiva. A repressão é o que gera a pornografia e a violência sexual. Quando, no processo, aprendemos a pacificar a energia violenta, podemos experimentar a força da sutileza. Essa energia que surge de forma mais densa pelo estímulo físico pode se sutilizar, sendo ponte pra vibrações mais altas. Como a vibração do amor, que é a energia mais sublime e criativa do Universo.

— Sou testemunha disso – disse Luana. – Eu e Juarez estudamos o tantra há alguns anos, e nossa relação se transformou completamente. O nível de intimidade que a gente compartilha aumentou. E olha só o mais louco de tudo: a penetração pode acontecer ou não. Todo toque, todo olhar no dia a dia, já tá fazendo parte desse namoro. As palavras também são sentidas como um toque de carinho. A gente tá constantemente construindo esse amor, esse prazer, essa união.

— Quer dizer que vocês tão numa transa eterna? – perguntou uma moça, e mais uma vez todos riram.

— Tipo isso – respondeu Luana. – Mas o foco do estímulo é o sentimento, nossa alma. O corpo é uma ferramenta. Um caminho. A revolução sexual liberou geral pro prazer físico. Ok. Valeu. Agora a gente pode transcender essa etapa, passando pelo corpo e buscando a comunhão espiritual. Como Ângelo disse, a gente pode se abrir pra conexão com o amor universal, que traz uma potência de realização que a gente conhece pouco.

Nesse ponto estávamos todos em silêncio. Que raciocínio lindo sobre a sacralidade do sexo! Eu realmente nunca havia imaginado algo parecido. Eu nunca imaginei nada parecido. Já tinha ouvido falar que o amor é o segredo do prazer sexual, mas nunca que poderia ser a chave para abrir o portal para uma experiência tão sublime de transcendência do corpo em comunhão com a alma. E mais uma vez lembrei: Tenho muito que aprender.

CAPÍTULO 7

Faltavam menos de dois dias para minha segunda vivência, e eu me sentia um pouco tensa. Talvez isso tivesse relação com o fato de estar reprimindo meus desejos por Ângelo. Já não aguentava mais. Sentia uma excitação constante e estremecia cada vez que ele chegava perto. O fato dele quase não falar da namorada piorava tudo. Ou terminaram ou ele é um tremendo cafajeste e só quer me possuir como troféu. Talvez a vivência pudesse trazer alguma resposta sobre como eu deveria agir ou me deixaria mais relaxada para seguir aguentando a privação. Estou aprendendo a me controlar.

Eu estava na cozinha, lavando os pratos do almoço, quando Ângelo chegou por trás e disse:

— Tô indo agora pra cachoeira da Gota. Precisando relaxar pra estar bem depois de amanhã. Vamos comigo?

E, diante do meu silêncio, arrematou:

— Também tem um lugar absurdamente lindo que quero te mostrar.

Ele nem precisava ter insistido. Tirei as luvas e disse:

— Vou vestir meu biquíni.

Entrei no quarto com a respiração ofegante. Coloquei o biquíni, peguei uma muda de roupa, toalha, xampu, e de repente me dei conta de que estava pegando tudo que provavelmente não usaria. Levei assim mesmo. Vamos fazer de conta que estou indo passear com um amigo de infância. Vou rir e me divertir. Lembrei que, por causa dele, meu sono nas últimas noites havia sido difícil. Ou daria um jeito de relaxar com esse cara ou ficaria doente.

Entramos no carro falando amenidades. Ele perguntou sobre a torta de banana da sobremesa, e eu disse que havia feito pela primeira vez, fruto da aula de culinária que começara a participar. Ele pediu que eu lhe contasse como fazer, e eu falei de cada detalhe do preparo, com a maior dedicação, para alongar ao máximo aquele assunto bobo. Mas agora eu tinha consciência de que a verdadeira comunicação acontecia com minha vibração e, com certeza, eu vibrava algo bem mais intenso do que receita de bolo. Ele ouviu tudo balançando a cabeça, e, quando eu acabei o relato, perguntei:

— Aprendeu?

E ele:

— Claro, mas já esqueci tudo.

E caímos na gargalhada. O clima estava tenso. Por vezes eu sentia tonturas na tentativa de conter meus impulsos. Pensei: Ele também é responsável pelo que estou sentindo, me estimula o tempo todo, não sei se vou dar conta caso ele também continue se aproximando. E seguimos uns quinze minutos sem dizer uma palavra.

Chegamos na lagoa. Ele desceu primeiro, e eu fiquei mexendo em alguma coisa na sacola, só para ganhar tempo e descobrir o que fazer. Resolvi que dessa vez usaria todo o biquíni. Ele já estava na água, na parte mais funda e me chamou.

— Você veio até aqui no meio da outra vez?

— Fui, mas hoje tô com medo.

— Mas eu tô aqui. Venha, te ajudo – insistiu.

— Você não entendeu. Tenho medo de você!

— Ah! Nisso você tá certa. Sou bem perigoso mesmo – e ria como um garoto.

Lindo demais esse Ângelo! Fiquei ali no raso, suspirando sozinha e rezando para que ele não se aproximasse. Ele sentiu minha vibração e captou o recado. Brincou com a água e parou de me chamar.

Existe uma possibilidade de eu estar fantasiando sobre a atração mútua. Pode ser uma viagem só minha. Vou tratar de esquecer isso. Depois de um tempo eu já estava mais relaxada. Ele ficou na dele, e isso ajudou. Então falei que era melhor voltarmos antes que escurecesse, e ele lembrou que queria me mostrar um lugar no pôr do sol.

Aceitei. Saímos de carro pela estrada de terra. Já próximos da nossa casa, ele entrou num desvio. Parecia ser uma outra propriedade, e era. Ângelo contou que gostava de ir para aquele lugar sozinho para assistir o pôr do sol. Disse que era a primeira vez que trazia alguém, e aquilo me soou verdadeiro. Descemos do carro num vale cheio de flores dentes-de-leão, que brilhavam, douradas pela luz do fim da tarde. Peguei uma flor e soprei ao vento. Ângelo perguntou:

— Fez um pedido?

— Não. Nem sabia que era pra fazer pedido.

— Claro que é. A flor é a semente que vai semear o que você pediu.

E dizendo isso, colheu outra flor e me entregou, para que eu fizesse dessa maneira. Ficou me olhando em cada movimento meu. Disfarcei meu nervosismo. Fingi que me concentrava, e soprei. Não pedi nada. Estava com medo dos meus desejos.

Começamos a subir um pequeno morro, que tinha uma árvore solitária no topo. Em um momento da curta subida havia um buraco, e Ângelo quase me carregou para transpor o obstáculo. Senti seu cheiro. Imediatamente toda a atração foi ativada, e eu o olhei como quem pede clemência. Ele riu e disse:

— É… Também tá difícil pra mim. Pode ter certeza.

Fiquei estarrecida. Então eu estava certa. Passávamos pelo mesmo processo, e tudo o que eu sentia vindo dele era real. Mesmo vivendo o drama do desejo proibido, não pude deixar de me encantar por essa conexão com Ângelo, pois pela primeira vez estava vivenciando conscientemente um diálogo que dizia tudo sem usar palavras.

Uma parte de mim pedia para que eu não fosse adiante, mas meus instintos foram mais fortes, e eu o agarrei com a voracidade que sempre me guiou diante dos homens. Naquele momento me tornava a Ayara tão conhecida dos últimos anos. Uma garota cheia de desejo e sem nenhum freio.

Dane-se, pensei, cansei desse chove não molha. E liberei toda minha volúpia por esse homem intensamente desejado há dias. A cada mergulho em sua boca, nosso gosto se misturava e se derramava. Deslizei minha língua por sua pele, me lambuzando como se finalmente tivesse alcançado o precioso pote de mel. Pensamentos de autocensura me atacaram, mas a voracidade era maior. Apenas a negação de Ângelo poderia me fazer parar. No entanto ele estava me oferecendo tudo, aceitando entrar na dança dos impulsos mais primitivos de prazer. Em meio a essa festa dos sentidos, pedi que me penetrasse, e ele obedeceu. Me guiava com maestria, me fazendo diminuir o ritmo no auge da intensidade, para estremecermos juntos com o vulcão que nos sacudia por dentro. Cheguei a sentir uma dor estranha por segurar o orgasmo quando ele ficava parado dentro de mim. Mas, alguns segundos depois, me conduzia para retomar a movimentação, que parecia ser estimulada por forças além de mim. Chegamos na beira algumas vezes, até sentir que era a hora de saltar. Era abismo. Nos atiramos juntos.

CAPÍTULO 8

Acordei na cama dele. Mas estava só. Ainda sentia o gosto e o tremor que havia me sacudido incontáveis vezes na tempestade do dia anterior. Fiquei deitada, me deliciando no prazer que ainda vibrava em cada pedacinho do meu corpo. Imaginei o dia que teríamos pela frente. Queria fazer tudo com ele por perto. Queria tocar nele a cada dez minutos no máximo! O que Alva vai pensar disso? Será que Ângelo também está sentindo como eu? E à medida que a mente ia apresentando seu drama, a sensação de felicidade foi dando lugar a um desconforto crescente.

Decidi ir para meu quarto antes que Alva me visse na cama de Ângelo. Lembrei que ele havia me conduzido para lá e me envolvido num abraço de forma tão deliciosa, que busquei registrar para sempre aquela sensação e aceitei dormir com ele. Senti que, depois das horas vividas juntos, nenhum dos dois suportaria se separar, estando sob o mesmo teto.

Andei devagar pelo corredor, sentindo um pouco de dor nos quadris. A casa estava silenciosa. Minha cama intacta. Me deitei nela e fiquei quietinha, esperando um comando interno do que fazer. Nenhum barulho.

Tomei banho e saí para a sala, já um pouco ansiosa para saber o que estava acontecendo. Casa vazia. Parecia aquela primeira manhã na Chapada Cristalina. Fui até a varanda, e lá estava o senhor jardineiro. *Déjà-vu*. Desconfiando que ele me responderia exatamente a mesma coisa, decidi entrar sem perguntar nada, já um pouco irritada. Na cozinha, frutas e chás postos na mesa com prato e talher para uma pessoa. Saíram sem me acordar. Falta de consideração. Já era hábito meditarmos juntos todos os dias. Será que tinha a ver com o que aconteceu? Ângelo teria fugido para não encarar a situação?, me questionei. Mesmo contra minha vontade, senti a zanga que se misturava ao sentimento de vítima.

Ah, os homens... Quando a gente pensa que as coisas estão acontecendo como deveriam, eles resolvem nos surpreender. Ou melhor, confirmar a versão negativa. Não estou aqui para isso! Tenho muito o que curar, o que aprender, e esse cara me fazendo perder meu precioso tempo? Mas... e se não foi nada disso? E se Ângelo e Alva saíram para fazer algo urgente? De repente me dei conta que, de novo, estava vivendo a montanha russa das emoções, o que me fez adoecer antes de chegar à Chapada. Deus do céu, será que nunca vou conseguir viver sem os altos e baixos do meu ego desejando e se frustrando o tempo todo?! – me perguntei. Nessa hora bateu um cansaço tão grande, que, se pudesse, me deitaria no meu quarto e dormiria por dias seguidos. Mas eu sabia que essa fuga de nada adiantaria. Teria que encarar os fatos e entender como curar a angústia dentro de mim. Sem fome para tomar o café da manhã, respirei fundo e me lembrei de minha mãe. Vou ligar para ela. Estou correndo para o colo da mãe? Talvez. Mas é o melhor que consigo fazer neste momento, concluí. Busquei meu telefone, disquei e, depois de algumas chamadas não atendidas, desisti.

De certa forma, estava surpresa com a vontade súbita de falar com minha mãe. Depois dos últimos acontecimentos na minha vida, fiz de tudo para mantê-la informada através de mensagens e breves ligações, evidenciando meu desejo de ficar isolada de todos. Na época ela se esforçou em respeitar meu autoexílio, com a firmeza amorosa própria das mães. Então me lembrei de uma conversa que havia tido com Alva, em que ela me explicou a importância de enfrentarmos nossas dificuldades de relacionamento com a família. Eu estava aprendendo que a intimidade fazia vir à tona nossas sombras, e esse era um dos meus grandes desafios. Mais do que outras relações, o convívio com a família servia como uma lente de aumento para minhas limitações, já que com os familiares era muito mais difícil usar as máscaras com as quais eu enganava todo mundo. Eles me conheciam. Lembro que Alva brincou, dizendo que até mesmo para as pessoas mais espiritualizadas a relação familiar era a grande prova de evolução. Eu começava a sentir que ela estava certa, mas precisava de mais tempo para dar esse passo.

Duas horas depois Alva chegou carregada de frutas e verduras orgânicas. Foi ao meu encontro com seu sorriso iluminado, e eu percebi que estava com saudade de sua leveza.

— Bom dia, amada! Tomou seu café? Ângelo fez com muito carinho antes de viajar. Te deixou um beijo.

Então era isso! Fuga mesmo, deduzi. Senti um misto de raiva e arrependimento por ter me entregado. Talvez ele não merecesse.

— Quer conversar sobre o que aconteceu entre vocês?

Fui surpreendida pela pergunta e silenciei. Senti que, se seguisse meu impulso, o xingaria de aproveitador para baixo.

— Você tá se sentindo usada por Ângelo ou por seus instintos?

— Como assim, pelos meus instintos? – perguntei, completamente dominada por eles.

— Pelo que eu tô sentindo, vocês se entregaram a um desejo que estava claro desde o início. A decisão de ficarem juntos implica numa série de consequências. Uma delas é a tentação de fantasiar.

— Fantasiar o quê?

— Só você pode responder essa pergunta.

Ela estava certa. Desde o início eu sabia que Ângelo tinha namorada. Claro que ele me estimulou a desejá-lo, mas eu dei permissão para que isso acontecesse. De qualquer forma, eu estava disposta a levar aquilo adiante, e ele não.

— O que você gostaria que acontecesse depois do encontro poderia ter sido o desejo dele ou não. Isso tá fora do seu controle.

Meu sangue esquentou.

— Tô me sentindo um troféu pro seu irmão. Me sentindo usada. Em muitos momentos ele me pareceu romântico e apaixonado. Era tudo mentira?

— Não tenho como saber. Não conversei com ele. Meu irmão é muito reservado. Eu entendo o que você tá sentindo, mas quem te usou foram seus instintos e sua carência. É disso que você precisa se libertar. Você também usou o Ângelo… – e, vendo meu cenho se tencionar, completou – pra saciar sua vontade. Provavelmente nenhum dos dois foi motivado pelo afeto.

— Mas eu continuaria a me relacionar... se ele quisesse... se não tivesse namorada.

— Será? Ou você tava apenas querendo tapar um buraco, atendendo a algum sonho fantasioso de ter alguém pra você?

— Talvez... mas o que tem de mal em querer ter alguém?

— Não tem nada de mal. Contanto que você não se sinta vítima, caso o outro não queria o mesmo, porque a gente tá falando de pessoas, né isso? Não é objeto.

De novo ela estava certa, e lá no fundo eu reconhecia, mesmo extremamente irritada como uma criança que pediu doce e não teve seu desejo atendido. A consciência disso foi aos poucos me acalmando, como se distanciasse minha essência daquele ser infantil que se manifestava. Resolvi desenvolver mais essa conversa com Alva e tentar entender um pouco esse padrão de comportamento que sempre se repetia. Intuí que ela queria me ajudar a enxergar e não apenas defender o irmão, como me pareceu a princípio.

— Alva, reconheço que sempre fantasio sobre os homens. Como posso saber se é algo de verdade ou apenas meus instintos ou minha imaginação? Minha libido me domina completamente. Você tem razão.

— Minha flor, é por isso que você tá aqui. A parceria nasce da admiração e da entrega com plena confiança. A atração física faz parte desse processo, mas não deve ser a força que comanda tudo. Se existe algo a mais, vocês vão saber. Mas, se forem só os instintos e jogo de dominação, é melhor que nem vá adiante. Se desapegue da história que você construiu na sua cabeça. Vocês precisam de tempo para enxergar o outro e não apenas sua própria projeção e carência. Você tá tentando controlar o que é incontrolável. Faça as pazes com sua escolha de se entregar fisicamente e simplesmente reflita sobre o que aconteceu. Não se culpe. Percebe que é você que tá se torturando? Dê espaço. No mínimo, você pode tirar um belo aprendizado disso tudo. Sem falar que a vida, ou Ângelo, pode te surpreender com novas possibilidades.

— Isso pode se transformar numa nova expectativa...

— Claro! Por isso se desapegue e viva o momento presente. As coisas se transformam o tempo todo e, se você se entregar a cada instante, vai poder se alinhar com o que é real. Vocês viveram aquele momento. Agora estão em outro. Deixe-o fazer o movimento que quiser. Se liberte dele, das suas expectativas e dos seus impulsos. Isso é liberdade... paz.

Ah, a paz. A tão almejada paz me parecia um sonho cada vez mais distante. De repente me lembrei da Água Mater.

— Amanhã à noite vai ter vivência. Acho que pode te fazer bem neste momento – disse Alva lendo meus pensamentos, como costumava fazer. – Agradeça por estar passando por essa crise. Graças a isso você tá enxergando como é importante aprender a canalizar essa energia sexual, tão potente e perigosa quando a gente não sabe usar.

Me silenciei pensando no que ela havia dito. Lembrei de que não me preocupei nem em usar preservativo, e que isso também refletia minha falta de cuidado comigo mesma.

Alva sugeriu que meditássemos por uma hora. Nos sentamos no tapete amarelado pelo tempo, como fazíamos todos os dias, e mergulhamos no nosso silêncio, conduzido pela respiração consciente. Quem estivesse me olhando de fora me acharia bem concentrada, mas por dentro eu experimentava o caos. Meus pensamentos dançavam tão freneticamente, que era difícil permanecer de olhos fechados. Comecei a sentir desconforto físico. Dores nas costas e coceira na perna. Meu corpo fazia de tudo para chamar a atenção, e eu mais uma vez não tinha sabedoria para evitar seu comando. Notei que o sentimento que se manifestava era o de raiva, e não adiantava argumentar comigo mesma para desfazer o processo. Então decidi simplesmente aceitar, respirar fundo e, a cada vez que soltava o ar, mandava embora aquele sentimento que me envenenava. Aos poucos a respiração foi aliviando o aperto no peito, e fui conseguindo relaxar até não sentir mais os incômodos físicos. O tempo foi passando e amenizando o ruído mental. Já havia me esquecido das dificuldades iniciais, quando escutei Alva cantando o mantra que anunciava o término da meditação.

Disse-lhe que tinha sido a prática mais difícil desde a minha chegada. Ela comentou que era compreensível e me parabenizou por ter ido até o fim. Me explicou que uma das funções da meditação era exercitar o movimento de entrar em foco a cada distração.

— Então saber voltar pro foco é um dos aprendizados?

— Sim! Desfocar é natural da nossa mente. Cabe à gente voltar pro centro, afirmando a nossa escolha. Se temos a capacidade de reconectar, não perdemos nossa direção. Simplesmente retomamos o fluxo silencioso que nos alimenta.

— Mas o que é o centro?

— Seu ponto de equilíbrio, de força. Quando você aprende o caminho da conexão com seu centro, você consegue voltar à atenção, se mantendo firme e flexível ao mesmo tempo. A distração acontece pela flexibilidade, que também é importante. A rigidez é frágil, se quebra facilmente. Um amigo que ensina artes marciais dizia que, no Oriente, a maioria das pessoas busca equilibrar a energia feminina e a masculina dentro de si. O Ying e o Yang. Que até mesmo os guerreiros e guerreiras treinavam não só a luta corporal, mas o caminho como um todo. Eles faziam atividades artesanais, como plantio de ervas, rituais do chá e origâmi, trabalhando os aspectos femininos dentro de si. Cultivando a serenidade, a receptividade e a observação, eles conseguiam se manter centrados, sem se desesperarem diante do perigo, pra saberem a hora exata de desferir o golpe certeiro dentro da batalha. Na meditação a gente vê como o pensamento nos distrai. Como nossas histórias mentais podem nos dominar com emoções que impedem esse equilíbrio, tão importante na hora de agir de forma assertiva.

Perguntei sobre a natureza do pensamento, e ela respondeu muito pausadamente, como quem observa as próprias palavras:

— Vou te dizer o que eu sinto, mas te peço que investigue também. Um dia você pode até me trazer descobertas que vão me fazer ir além da compreensão que tenho hoje. Como o pensamento é circunstancial, passageiro, além do burburinho da mente, existe uma essência mergulhada no silêncio e integrada com a fonte. A meditação permite que, aos poucos, a gente vá se descolando dos pensamentos e consiga assistir eles passarem como nuvens. Porque são nuvens. A essência é a nossa alma, nossa natureza oculta. Independentemente das circunstâncias e até da vida ou da morte, ela permanece. É como o sol sempre brilhando acima das nuvens que passam.

Observei, aquele dia inteiro, o meu fluxo de pensamentos. Buscava consciência do que estava pensando, sentindo, e investigava a causa. Dava trabalho, mas ficar à mercê das loucuras da minha mente cansava mais e me causava muito sofrimento. Me lembrei de que o namorado por quem eu tinha sido perdidamente apaixonada na adolescência me magoou algumas vezes e que, antes de terminarmos, tentei controlá-lo, sem êxito. De qualquer forma, não me fiz de vítima, nem simulei um drama para comover. Percebi que meu padrão era de ser durona e aguentar a rejeição sem reclamar. Isso parecia força, mas reconheci que no fundo eu buscava que um dia alguém me obedecesse. Era um desejo insano, alimentado por um "eu infantil" que, se não tivesse sido decifrado, ainda me faria sofrer muitas vezes. Me sentindo completamente desiludida e agora aliviada por ter desfeito a ilusão, passei o dia em silêncio, ajudando Alva no jardim. Me sentia exausta.

No final da tarde ela me convidou para fazermos um arranjo floral, e eu aceitei. Andamos pelo sítio buscando flores de todo tipo. Ficou rústico e lindo. Ao fim de tanta ansiedade, a simplicidade da lida com a terra e as flores iam transmutando minha energia, e eu começava a me sentir mais leve. Jantamos uma deliciosa sopa feita com esmero por mim, admirando nosso arranjo, e fomos dormir para estarmos descansadas no dia seguinte.

Foi uma noite de muitos sonhos, como costumava ser desde minha primeira vivência com a Água Mater, mas um desses sonhos ficou reverberando quando acordei.

Sonhei que estava com um grupo de pessoas numa ilha. Amigos da Chapada Cristalina e minha família. Estávamos numa casa perto da praia, então percebemos que uma onda gigante vinha em nossa direção. Todos na ilha começavam a correr, mas nosso grupo foi o único que realmente conseguiu escalar um morro rapidamente, para escapar do afogamento. Ficamos a salvo, instalados numa casa de alguns andares e paredes vazadas para a floresta que nos rodeava. Lá embaixo tudo havia sido lavado, e as folhas brilhavam, ainda molhadas. De repente eu vi uma mulher amazona num cavalo branco que galopava ao longe. Fiquei tão encantada, que decidi descer e segui-la. Entrei na floresta atrás dessa mulher e, quando finalmente consegui me aproximar, percebi que era Alva Mãe. Ela olhou para mim e tinha um brilho de sol na testa. Ela sorriu e me disse: "Lembre-se das crianças". Estava mais linda que nunca em cima de um cavalo. Fez o belo animal empinar e saiu a galope.

Acordei com aquela imagem na cabeça, e ela me acompanhou durante todo o dia. Não havia entendido o sentido do que ela disse sobre as crianças. Pensei em contar para Alva, mas tínhamos tanta coisa para fazer no Círculo Mágico, que saímos cedo, e eu decidi conversar numa outra hora.

Alguns meses depois a frase dita por Alva no sonho se revelaria como a chave para um novo caminho na minha história.

O Círculo Mágico Despertar da Luz Divina estava cheio. Chegamos com alguns pratos de comida já prontos para serem servidos depois da vivência. A cozinha coletiva estava a todo vapor para produzir refeições para um dia inteiro. Chegariam pessoas de outros lugares para pernoitar. A convivência colaborativa vinha fazendo um enorme bem para minha alma. Lavei uma bacia de folhas para a salada e saí para deitar numa rede pendurada no jardim, quando vi o carro de Ângelo estacionar. Meu coração quase saiu pela boca. Me surpreendi por ainda estar com essa questão tão à flor da pele. Ele logo me viu e veio em minha direção com uma sacola na mão.

— Oi! – eu disse, sem saber bem como seguir a conversa.

— Tudo bem? – me dando um beijo no rosto. – Trouxe algumas redes pras pessoas descansarem antes da vivência… deve varar a noite.

Ficamos alguns segundos nos olhando, e ele complementou:

— Me desculpe por eu ter saído sem me despedir.

Não respondi nada. Ele falou que precisava pendurar as redes e se afastou meio sem jeito. Me dei conta de que eu ainda estava sentindo raiva e que transmutar isso não seria uma tarefa tão fácil.

CAPÍTULO 9

Eu me afastei, sentindo que ela estava com raiva, e precisei admitir que não sabia lidar com a situação. Na verdade eu tinha me deparado com questões que julgava estarem resolvidas, mas não. Há muito tempo não experimentava um mal-estar gerado por encontro afetivo. Precisava ter coragem para ser honesto comigo e com ela.

Na minha adolescência isso tinha sido a grande equação a ser resolvida: sexualidade x compromisso. Meus impulsos sexuais eram demasiadamente românticos, levando as mulheres a fantasiarem sobre minhas intenções. Não entendiam como um homem sem medo do romantismo e da entrega não quisesse repetir o encontro. Eu agia com carinho e atenção, mas na verdade não tinha expectativa de compromisso. Tive histórias tão complicadas com mulheres que me perseguiram por paixões tão avassaladoras, que fiquei um bom tempo fugindo de todas elas. Me tornei um cara fechado e pouco comunicativo, por pura proteção. Até que um dia, numa aula de yoga, uma professora substituta falou sobre o poder da vivência plena na relação sexual. Então percebi que não poderia desperdiçar a sensibilidade diferenciada que eu tinha no sexo. Enxerguei que o estímulo sexual poderia ser uma oportunidade de acessar uma energia criativa sem igual e despertar o amor universal nas pessoas. Eu poderia contribuir para se conscientizarem disso, pois, sem ninguém ter me ensinado, possuía uma atitude extremamente harmônica no ato sexual, deixando as mulheres conduzirem tranquilamente e fugindo da habitual fricção, que soube ser a prática mais comum. Ao contrário da maioria dos homens, eu gostava de sentir a respiração e usufruir sem pressa de cada passo do contato íntimo. Seria minha contribuição para minimizar a ignorância sobre a energia que simplesmente cria e move o Universo. Uma energia que deve ser educada, canalizada, e não reprimida.

A professora de yoga se chamava Salina e, além de me passar todo seu conhecimento livre de preconceitos, me conduziu no mergulho do sexo tântrico. Salina era casada com Margô. As duas eram de uma cidade praiana e estavam passando uma temporada na capital. A amizade entre nós três foi crescendo, alimentada por muitos estudos de autoconhecimento, sem medo de encarar nossas sombras e desejos. Juntos, conseguíamos transmitir a possibilidade do encontro amoroso como grande oportunidade de contato com camadas mais profundas do nosso ser. Criamos um grupo de pesquisa dos princípios tântricos na sexualidade e levamos esse trabalho para a cidade delas.

Morei com as duas por seis anos, vivendo um dos casamentos mais bem-sucedidos que já presenciei. Nos amávamos, nos respeitávamos e, mesmo vivendo essa relação moderna, nosso casamento era baseado na fidelidade nascida do amor e da confiança plena. Não considerávamos nenhuma possibilidade de entrada de outras pessoas na nossa intimidade, e aparentemente isso não se fazia necessário. Éramos livres para manifestar entre a gente experiências de toda natureza e tínhamos uma rotina permeada de gestos de afeto e doçura. Estávamos felizes até o dia em que Margô se apaixonou perdidamente por outro homem e, depois de um longo ano dividida entre tantos amores, decidiu viver com ele. Aquilo tirou o chão de Salina. Ela era gamada e, mesmo com todo seu autoconhecimento – e talvez por isso mesmo –, mergulhou fundo na dor da separação. O longo processo de superação durou quase dois anos. Fiquei ao seu lado até perceber que ela estava completamente refeita, e nos separamos da forma mais amigável possível.

Eu gostava de estar namorando. De certa forma, isso me obrigava a não seguir meus impulsos tão livremente e me protegia das expectativas femininas alheias. Eu estava certo. Bastou ficar algumas semanas longe da minha namorada para aparecer o primeiro imbróglio que agora eu teria que resolver.

Enquanto cortava e amarrava as cordas para pendurar as cinco redes que havia trazido, esse filminho da minha vida amorosa passava pela minha cabeça. O fato é que, desde que vi Ayara pela primeira vez, uma luz amarela se acendeu. Senti que o encontro poderia render, e adorei a possibilidade de ter, no mínimo, uma fonte de energia gerada por simplesmente olhar para ela. Eu a achava linda, e sua beleza ia aflorando ainda mais à medida que recuperava sua integridade. Até aqui tudo certo. Essa convivência à distância faria bem a nós dois. Só não contava que ela fosse ficar na casa da minha irmã e que eu estaria sozinho por alguns dias ao seu lado. Se não fosse a proximidade física, as coisas poderiam ter sido diferente. Talvez a distância dificultasse a consumação do desejo. Não resisti e agora não queria magoar Ayara. Sabia o que ela tinha acabado de passar em sua vida pessoal e profissional. Me culpava por fazê-la sofrer ainda mais, me sentia com medo e confuso. Estava experimentando na própria pele tudo o que eu falava sobre a potência da intimidade e o perigo dos jogos de dominação. Padrões de comportamento, há muito sepultados, estavam vindo à tona, e eu sabia que teria que encará-los. Bastaram alguns dias de desejo e um único contato sexual para aflorar sombras que eu ainda não conhecia. Autoconhecimento através das relações íntimas. Vamos lá, Ângelo! Isso é tudo o que um professor de tantra pode querer como experiência. E era novo. Há muito tempo eu não experimentava a sensação de não saber o que fazer. Minha máscara de "entendido" tinha acabado de cair para mim mesmo.

De repente Alva me chamou de longe, e eu pude acordar desse *looping*, que já caminhava para se tornar um pesadelo.

— Mano! Deixe essas redes pra depois! Você tá se enrolado todo com essas cordas. Precisamos de ajuda pra descarregar as compras e fazer a torta de abacaxi! Ninguém faz melhor que você!

E saiu, rindo. Eu precisava dizer que seus cavalos chegariam no dia seguinte, mas tinha tanta coisa para providenciar, que resolvi contar depois.

Ajudei na produção da ceia e me dirigi ao salão. Lá também era preciso atenção para os últimos retoques da preparação, como encher as jarras de Água Mater e arrumar a mesa. Muitos objetos eram usados na ritualística e precisavam ser cuidadosamente posicionados.

A hora da vivência se aproximava, e uma concentração característica pairava no ar. As pessoas começavam a conversar menos, voltando-se para seu universo interior, se preparando para o mergulho.

Me lembrei do que minha irmã dizia: "O trabalho é em grupo, mas a experiência é de cada um. Como é na vida".

Decidi falar com Ayara antes da vivência. Sabia que não revelar minha fragilidade poderia resultar em endurecimento dos dois. Vi que ela estava buscando um lugar para se sentar e, assim que encontrou, me dirigi até ela.

— Você pode marcar seu lugar e ir comigo no jardim pra gente conversar um pouco? Ainda deve demorar uma meia hora ou mais pra começar.

Ela concordou. Provavelmente queria fazer o mesmo. Nos sentamos embaixo da mangueira.

— Ayara, me desculpe por ter viajado sem me despedir... tô me sentindo mal. Quero te explicar o motivo da viagem. Vou ser responsável por um centro de estudo iogue. A gente tá buscando autorização pra reforma interna de uma casa tombada, numa cidade um pouco longe daqui. Ontem acordei mais cedo e vi que tinha uma ligação não atendida. A gente passou muito tempo junto, e eu realmente não pensei em mais nada. Um dos meus sócios havia ligado, me chamando pra uma audiência de defesa do pedido de reforma. Eu era a melhor pessoa pra estar lá naquele momento. Se eu não fosse na reunião, a gente podia perder todo o trabalho feito até agora. Confesso que pensei nisso antes de pensar em você. Fui egoísta. Só agora tô te enxergando como deveria. Além disso, tenho namorada. Devo mais respeito a vocês duas e a mim mesmo. Não tô agindo certo. Você entende?

Ela ficou um tempo em silêncio. Pude sentir que estava digerindo minhas palavras e percebi sua dor por eu ter falado na Catarina.

Parecia que Ayara reunia forças para me responder. Olhou para baixo, depois para o jardim florido à nossa volta e finalmente me encarou.

— Entendi. Mas preciso confessar que me sinto usada, por tudo ter acontecido e você querer agora tirar o corpo fora. Eu realmente quero aprender a me controlar. A atração física ainda é mais forte que eu. Não foi por sua causa.

Senti que ela tentava de alguma forma ser superior. Continuei na escuta.

— Tô começando a enxergar que me deixei guiar pelos instintos e não tive amor próprio.

— Conheço esse comando: luxúria – falei depois de uma pausa. – Jogo de dominação pela energia sexual.

Nos olhamos, e ficou nítida nossa vontade de estar em comunhão. Machucá-la me atingia também. Vi que alguém nos procurava e disse com sinceridade:

— Sua presença me inspira a crescer. Obrigado!

Ela deu um breve sorriso, nos abraçamos e seguimos para o salão.

Busquei um lugar mais resguardado. Alguma coisa me dizia que a vivência seria especialmente transformadora. Com o tempo vamos aprendendo a sentir isso na atmosfera da preparação. Me sentei buscando desde já a conexão com a luz. Fechei os olhos e pedi aos seres divinos que me conduzissem na evolução daquele dia. Que eu merecesse novos ensinamentos e que pudesse enxergá-los. Vi que Ayara fazia o mesmo, buscando solitude.

Aos poucos todos iam ocupando seus lugares até que harmonicamente, tudo se encaixava, como se alguém tivesse colocado a última peça de um quebra-cabeça que servia como uma chave de abertura de portal.

Os copos de cristal com Água Mater iam sendo distribuídos, e, quando todos tinham o seu, minha irmã pronunciou:

— A serviço da luz! – e juntos ingerimos o líquido milagroso.

Fiquei um tempo de olhos fechados, respirando devagar e deixando que a melodia dos hinos me levasse. Aos poucos ia sentindo a vibração do meu corpo aumentar de intensidade, como se estivesse recebendo dose extra de energia vital. Senti dificuldade de ficar quieto. Abri os olhos, e tudo lá fora vibrava também. Eu simplesmente enxergava a energia pulsante da matéria. Incontáveis vezes alcançava esse estado, agradecendo a oportunidade de poder experienciar a vida com tamanha intensidade. Mas sabia que isso era apenas o início da jornada. Voltei a fechar os olhos, e o universo interior começou a se abrir. Camadas e camadas do ser…

Vivenciei de novo o encontro íntimo com Ayara. No entanto, a voracidade da carne aos poucos ia me levando para outras sensações. A luxúria nos devorava, deixando nossos corpos tão pesados, que parecia que íamos afundar na terra. De repente Ayara se transformava em Catarina, e os sentimentos se misturavam, me deixando confuso. A perturbação se materializava em uma sombra cinza escura, que ia se condensando até parecer um monstro de muitos braços, que se misturavam com os nossos, como se estivessem participando do nosso sexo. Escutei uma voz: É com essa energia que você quer lidar? Abri os olhos desesperado, buscando algum contato visual com minha irmã. Levei algum tempo para reconhecer que era ela em frente aos músicos, com os braços levantados para o alto, em atitude de poder. Parecia gigante! Parecia incorporada de uma potência feminino incomum! Era a presença da energia Yin no trabalho. Alva estava manifestando a integração e expansão dos sete corpos alinhados com as forças da natureza. Naquele instante senti medo... uma estranha memória de ser um homem muito antigo e amedrontado diante de uma maga. Percebi que era esse medo ancestral, que levou os homens a queimarem as mulheres íntegras, que eu precisava trabalhar. Tenho medo das mulheres? Talvez essa baixa vibração que vem alimentando minhas vivências sexuais ultimamente esteja a serviço do meu sentimento de inferioridade. Diante do monstro que apareceu como parte integrante das minhas relações, ficou claro que eu não estava sendo movido pelo amor. Um peso no peito insistia em me levar para o fundo do solo. Resolvi respirar lá fora.

Saí para a natureza exuberante da Chapada e aos poucos fui me sentindo invadido pela beleza. Algumas aves passaram farfalhando, e a agonia de segundos antes se amainou, mas à medida que eu me aproximava da mangueira centenária, uma expressão facial inquisidora ia se formando com seus galhos e folhas. Percebi uma comunicação que se dava de forma telepática. Eu tinha certeza da mensagem que ela me enviava por uma estranha conexão das nossas consciências.

— O que te move nas relações íntimas? Você vai fugir ou vai encarar seus medos?

Parei. Fechei os olhos e me sentei ali mesmo no chão. Sabia que a hora era aquela e eu estava recebendo uma oportunidade preciosa de cura. Me concentrei em Catarina e Ayara. Eu tinha as duas como guias para descobrir o que me conduzia nas relações: a vibração sutil do amor ou a vibração densa do desejo de dominação? Como eu estava vivendo meu namoro com Catarina? Parecia que eu a respeitava, mas será que respeitava mesmo? Por que eu fiquei com Ayara? A quem eu queria enganar escondendo que isso era um jogo de poder? Seduzir Ayara me fazia sentir superior, no comando. Ignorar minha relação com Catarina, também.

Me dei conta de que aquele monstro que me assustou no início da vivência estava sendo fortalecido por mim! Ele representava um "eu inferior" e se alimentava do jogo de superioridade que eu aceitava encenar. Será que eu já tive uma relação guiada pelo amor? Pela primeira vez senti no fundo do meu coração que eu ainda não conhecia essa experiência, pois o ego e os desejos me controlavam. Lembrei de uma frase escutada em algum momento da minha caminhada: "Quem domina o sexo, domina a vida". Naquele instante compreendi que as experiências do corpo físico são maravilhosas, mas podem se tornar insaciáveis se não tivermos poder de controle sobre elas. Senti uma luz de brilho intenso que vinha do alto e mais uma vez recebi mensagens de um lugar que eu não sabia nominar: Não negue seu corpo, mas não mergulhe nele, pode se afogar... Seu corpo é um portal, e não o ponto final.

Abri os olhos e no céu vi a Virgem Mãe! Ela me olhava transbordando de amor, e então eu entendi que havia ferido essa Mãe incontáveis vezes por pura ignorância e por medo de me entregar de coração aberto. Senti sua luz penetrar meu corpo, aquecendo e acolhendo meu ser, sem uma gota de julgamento. Entendi que ela estava ali para aceitar tudo o que eu fizesse, irradiando seu amor incondicional. Enxerguei que a aparência amedrontadora de minha irmã era uma projeção minha, baseada no desconhecimento da amorosidade inata das mulheres... Quanto maior seu poder, maior sua entrega plena. Era essa enorme capacidade de se doar que me assustava.

Meu corpo tremia de comoção, as lágrimas rolavam, e eu senti pela primeira vez na vida o que é o amor. Um estado de união e paz profunda. Nada me atacará, nada me julgará, nada me castigará, porque todo o Universo é minha própria mãe enviando seu amor incessantemente. Não há o que perder, pois eu faço parte de tudo, e minha resistência para enxergar isso só me faz sofrer e adia o inevitável: a consciência de que somos um.

Senti vergonha por estar desperdiçando a oportunidade de ser fiel à minha essência de luz e, diante da Virgem, pedi perdão.

A vivência havia finalizado, e eu ainda estava em alfa. Gostava de aproveitar essa intensidade até o cérebro voltar lentamente a vibrar nas costumeiras ondas beta. Fui me mexendo com parcimônia, recolhendo meu hinário. Levantei os olhos e vi Ayara andando em minha direção. Ela parecia bem. Centrada. Chegou diante de mim e me abraçou apertado. Me entreguei, vigiando minhas intenções. Senti que o impulso de dominação havia desaparecido.

— Obrigada – ela me olhou com firmeza e doçura ao mesmo tempo.

Vi uma mulher linda. Cheia de vida e força, independentemente dos passos que tenha dado em sua vida. É como se, naquele estado de sensibilidade extrema, eu pudesse enxergar além de sua beleza física. A grandeza, pronta para se manifestar, já estava lá. Bastava ela deixar florescer. Não falei nada, mas imagino que minha vibração de respeito e admiração tenha chegado até ela. Me sentei de novo, pois a intensidade da energia fez meu corpo cambalear. Minha irmã veio até mim e me abraçou. Diante do meu olhar de enaltecimento, ela perguntou:

— Não tá me reconhecendo, não, mano?

— Te amo, irmã.

Declarei e a abracei, sentindo que uma nova percepção de Alva nascia para mim. Perguntei:

— A aventura do autoconhecimento não acaba nunca?

— Se temos um universo infinito dentro da gente…

E, diante dessa ideia, a resposta ficou clara. Nos olhamos por um tempo, e eu intuí que esse amor fraternal poderia ser reproduzido em todas as minhas relações. Se eu abrisse meu coração, teria o nível de intimidade e confiança que experimentava com minha irmã. Me ocorreu que isso era algo difícil, por exigir humildade e honestidade de confessar minhas fraquezas para as mulheres. Me perguntei se conseguiria um dia superar essa barreira do ego.

— Vamos comer, mano – disse Alva, interrompendo meu autoquestionamento. – Merecemos saborear vagarosamente tudo que preparamos com amor.

E, segurando minha mão, me levou para o refeitório. À medida que eu ia dando cada passo, via rajadas de luz saindo do corpo de minha irmã. Senti profunda gratidão por estar ali e, em silêncio, pedi permissão à Mãe Divina para permanecer encarnado, aprendendo um pouco mais. Fui atendido muito além das minhas expectativas.

CAPÍTULO 10

O dia seguinte amanheceu chuvoso, mas eu me sentia cheio de sol. O brilho dos sorrisos de Ayara e Alva me informava que elas estavam na mesma frequência. Nos sentamos para meditar, e eu sugeri que antes fizéssemos uma prática diferente. Comentei que cada um carrega seu próprio yoga, que é o meio particular de fazer contato com o todo. A ideia era descobrir como se disponibilizar na vida prática, pois, estando conectados a essa fonte de sabedoria, poderíamos desenvolver a capacidade de sermos pacientes, firmes, perseverantes e amorosos conosco e com os outros. Conectados com esse campo de energia criativa ou "eu superior", nos fortaleceríamos para ter foco e realizar nossa jornada sem desperdiçar energia. Pedi que refletíssemos um pouco sobre essa ideia de buscarmos nossos próprios mecanismos de transcendência, para sairmos do círculo vicioso do autoflagelo, do autoaprisionamento. E com uma recomendação importante: não cristalizar uma forma única de acessar esse campo, mesmo que fosse positiva. Comentei que o ideal era ser capaz de perceber uma maneira apropriada para cada situação, estar abertos e livres para agir de acordo com as possibilidades do momento. Essa abertura poderia desarmar qualquer comportamento viciado na dor e abriria um novo caminho, nascido da espontaneidade, pela presença de espírito.

Convidei as duas para iniciarmos a meditação. De olhos fechados, me lembrei do que estava vivendo com Ayara e como isso me tornava um homem melhor; como minha capacidade de enxergar o sagrado feminino estava sendo estimulada pelo afeto que crescia para além da atração física. Era uma ótima oportunidade de ser honesto, mesmo que isso significasse me sentir vulnerável. Aos poucos eu via o nascimento da verdadeira coragem, pois estava me abrindo para alguém, isento de armaduras.

Sem pressa, conduzia as duas para que pudessem despertar o corpo sutil, ou corpo energético, usando o corpo denso, ou corpo físico. A nossa prática ia se desenrolando suavemente, enquanto algumas reflexões passavam por minha cabeça, e eu ia compartilhando com elas.

— É estranho pensar que a dimensão formada só de energia possa se comunicar com o corpo físico e vice-versa. Estão interligados e em constante diálogo. Somos vários corpos coexistindo em diferentes dimensões e, à medida que vamos expandindo a consciência, vamos conseguindo perceber cada um deles. Uma das preciosidades da filosofia do yoga é que nosso corpo denso é nossa primeira consciência do ato de existir, portanto pode ser o primeiro passo no caminho da expansão do ser. O tantra, por exemplo, nos oferece a experiência do corpo sendo atravessado pela energia que move o Universo, a energia vital que nasce na base da coluna. Podemos partir da percepção mais simples do corpo, como a respiração, o contato com o chão, com o ar. Tomando consciência de como cada parte está antes e depois do movimento respiratório consciente... as emoções que afloram... sensação de dor, de prazer... Nosso corpo é como um livro que guarda cada palavra da nossa história. A gente pode até apagar acontecimentos da mente, mas o corpo não esquece. Ele registra cada experiência. A matéria abraça tudo o que chega. Algumas ciências conseguem descrever toda a história de uma vida, analisando cada parte do corpo de uma pessoa. Cada trauma, cada realização ou frustração, características da nossa personalidade, tá tudo escrito no corpo. Acontece na alma, se manifesta no corpo. Mas essa estrada tem mão dupla e, do mesmo jeito que o emocional registra suas experiências no corpo físico, se a gente trabalhar a parte física, a gente pode transformar padrões psicoespirituais correspondentes.

— Que interessante! – disse Ayara. – Quer dizer que, se eu trabalhar alguma parte frágil do meu corpo físico, posso transformar minhas atitudes relacionadas com aquela parte do corpo?

— Exatamente. Os corpos físicos e energéticos se afetam mutuamente. Por isso uma tristeza pode fazer despencar sua imunidade e uma boa caminhada faz sua energia circular até você se sentir feliz, aparentemente sem motivo. O sentimento de amor e alegria traz saúde física e por isso existem inúmeros casos de cura espontânea, inclusive de doenças incuráveis. Alguns médicos chamam esse fenômeno de cura quântica, pois ela acontece através de uma dimensão mais sutil, que tá ligada ao aspecto quântico dos átomos que compõem nosso corpo físico.

Percebi que estava plantando sementes de uma consciência realmente nova em Ayara e me senti feliz por poder retribuir tudo o que estava recebendo de aprendizado por sua presença em minha vida.

— Por exemplo, uma pessoa que encara a vida de "peito aberto" tem essa postura mental registrada no corpo – disse minha irmã.

— Exatamente! Essa atitude costuma formar um peitoral mais projetado pra frente. E aqueles que têm medo de amar, ou de se entregar, normalmente têm o peitoral recolhido com os ombros fechados, como se escondessem o coração. Nosso corpo é como uma casa que acumula emoções. Algumas nos fortalecem; e outras, não. Precisamos limpar essa casa constantemente pra fazer circular a energia. Como a gente tá tratando com a matéria, o movimento físico pode liberar a energia estagnada. É esse tipo de energia que cria as doenças. E energia é informação. Isso quer dizer que as doenças chegam pra nos trazer um recado da nossa alma. Elas têm a função de chamar nossa atenção pra alguma dor psicoespiritual que precisa ser curada. Se a gente toma um remédio e bloqueia o sintoma que tá se manifestando no corpo, sem entender a verdadeira causa do incômodo, a doença não consegue cumprir sua função de nos alertar. A desarmonia no corpo sutil, ou alma, continua, e não saímos do lugar.

Nesse ponto, Ayara se lembrou:

— Alva me explicou isso quando eu cheguei, e contei que só dormia com remédios. Hoje eu entendo que tinha muitos motivos pra não dormir em paz. Os remédios só camuflavam a verdade.

E, depois de uma breve pausa, me perguntou:

— E os chakras?

— Os chakras são portais energéticos com características específicas em cada localização do corpo. São como flores ou rodas giratórias que conectam os corpos sutis com o corpo denso. Aos poucos a gente vai tendo consciência da função de cada chakra e vamos aprendendo também a acordar a serpente kundalini. Você pode ir estudando e tentando perceber os chakras. É um estudo delicioso... Agora vamos respirar e sentir o que nosso corpo quer fazer pra liberar energia... com cuidado, com amor. Se sentir vontade, toque seu corpo, massageie, faça carinho, sinta gratidão por ele ser seu parceiro de todas as horas.

Ficamos um longo tempo nesse processo gostoso de afeto com nosso próprio corpo, até que Alva soltou um som de prazer, enquanto alongava os braços para cima, compartilhando seus pensamentos.

— Eu acho a natureza do corpo mágica. Ele tá sempre se transformando através dos nossos atos, nossas escolhas. Sinto meu corpo recebendo e abrigando minha alma, com toda a generosidade, vivendo tudo o que imponho a ele, que me sinaliza quando algo vai mal e quando tô bem. Cada vez mais escuto meu corpo e sinto que as práticas físicas conscientes trazem luz pra matéria. Revitalizam a energia luminosa, o fóton que existe em tudo que é vivo. Gratidão, mano, por essa prática.

Mandei um beijinho retribuindo o agradecimento e, de repente, me lembrei de contar para Alva.

— Irmã, toda vez que vou falar, acontece algo e eu me esqueço. Seus cavalos chegam hoje! O Edgar tá trazendo. Disse que te ligou algumas vezes, e você não atendeu. Deve ter saído cedo da fazenda.

— Que notícia maravilhosa! Mas não tô surpresa. Essa noite sonhei com eles.

— Que cavalos são esses, gente? Cada dia que passa tenho uma surpresa nova! – Ayara perguntou.

— Aqui é uma terra encantada, Ayara!

Brinquei e expliquei que minha irmã era uma grande criadora de cavalos, mas que a vida havia tomado rumos diferentes, e hoje ela tinha apenas dois animais, que estavam emprestados em outra cidade para cobrir as éguas de um amigo.

Diante da surpresa de Ayara, Alva contou que os cavalos eram uma paixão sua, que na época em que os criava, ela vivia numa grande cidade e estava casada. Contou que ela e o marido tinham cuidadores para os animais e pouco tempo para curtir a criação. Que sua conexão com os cavalos aconteceu de verdade, quando ela foi morar na Chapada Cristalina e comprou os dois animais que tem hoje. Ela mesma os domou, usando métodos pacíficos, e pela primeira vez conquistou a confiança deles.

— Sempre senti a sensibilidade dos cavalos, mas foi nessa convivência mais intensa que eu pude perceber o poder que o cavalo tem de espelhar nosso estado de espírito. Ele capta nossa vibração e a reflete. São muito sensíveis e têm uma inteligência rara. Eles gostam de servir. Com a força que têm, não se submeteriam ao comando de ninguém, se não fosse da sua natureza obedecer. Hoje meu grande desafio e prazer é alcançar a confiança mútua pela liderança, e não pela imposição da minha vontade sobre a deles. Muita gente tem desenvolvido pelo mundo essa relação de entrega com os cavalos.

Enquanto minha irmã falava, Ayara a olhava encantada.

— Que incrível essa visão sobre o cavalo. Nunca tive muito próxima de um. Tenho até um pouco de medo.

— Natural. Ele é um animal que une a força masculina na ação com a elegância feminina nos gestos. É mágico! É poderoso, e isso pode assustar quem não tá acostumado com eles.

Ficamos ali quietos. Eu imaginando um cavalo se movimentando com todo seu magnetismo. Então Ayara disse de súbito:

— Alva! Acabei de lembrar! Eu sonhei que te via montada num cavalo! Na sua testa brilhava o sol, e você tava entrando na floresta. Sonhei há alguns dias e tinha me esquecido.

— Que sonho lindo, Ayara! Que bom que lembrou.

Passamos um dia tranquilo, divididos entre o jardim e a cozinha. Lá pelo meio da tarde, uma caminhonete com os cavalos, conduzida por Edgard, entrou pela lateral e se dirigiu ao local das baias. Assim que a vi passando, fui avisar minha irmã e Ayara, e saímos juntos para ver como os animais haviam chegado da viagem. Topamos com Edgar, que caminhava em nossa direção. No instante em que ele viu Alva, seu rosto se iluminou completamente. Ele era apaixonado por minha irmã. Isso ficava claro até mesmo para quem tinha acabado de conhecê-lo, pois diante de Alva ele não conseguia nem olhar para o lado, apesar de tentar disfarçar. Ela levava no bom humor. O tratava com carinho, mas mantendo a devida distância, para que ele entendesse que era só amizade.

Depois de alguns minutos com Edgar focado em minha irmã, contando sobre a viagem, consegui cumprimentá-lo e apresentá-lo para Ayara. Vi que nossa hóspede ria por dentro e se controlava para não mostrar seu divertimento diante da cena.

Fomos ver os cavalos. Tinha o Peralta, que era castanho claro, e o Pacífico, que era tordilho. Eram lindos exemplares da raça lusitana. Animais originários da Península Ibérica, quando Portugal e Espanha formavam uma única região. Linhagem que havia sido selecionada pela destreza e coragem nas guerras e que, por isso, carrega no DNA fortes características de animais nascidos para servir o cavaleiro e enfrentar grandes desafios. Através de minha irmã, me apaixonei por eles e comecei a ajudá-la nos cuidados diários. Fizemos juntos curso de veterinária e doma moderna e escolhemos a dedo os dois animais que ela ia comprar. Tanto o Peralta quanto o Pacífico participaram de alguns eventos com provas de funcionalidade, ganharam prêmios, e com isso começamos a vender ou doar o sêmen. Às vezes fazíamos a cobertura lá no sítio da minha irmã e às vezes mandávamos os cavalos a um lugar próprio para coleta e armazenamento. Sempre preferíamos que eles não saíssem de casa. Ficávamos preocupados, e eles, estressados. Felizmente havia dado tudo certo.

Tava na cara que Ayara tinha medo deles. O mais perto que chegou foi a um metro de distância. Além de estarem agitados pela viagem, a proximidade de Ayara não ajudava, comprovando a teoria da minha irmã de que eles refletem nossa vibração. No momento em que Alva se aproximou, eles se acalmaram. Conheciam seu cheiro e sua voz. Ela pegou um de cada vez e deu-lhes um longo banho para se refrescarem. Tinha uma sintonia finíssima com os cavalos. Uma qualidade nata de se comunicar com eles. Depois do banho soltamos um em cada pasto. Eles corriam felizes por estarem de volta.

Após a farra com os animais, Alva deu a ótima ideia de irmos os quatro tomar banho numa cachoeira. Aceitamos na hora e concordamos em ir direto, sem pegar roupa de banho. No calor do momento. Eu sempre ficava surpreso com a jovialidade de minha irmã. Sua prontidão e energia a faziam parecer uma menina cinquentenária.

Fomos numa cachoeira mais perto. Pequena, porém mágica e linda como toda morada da Mãe d'Água. Entramos devagar, sentindo o carinho da água na nossa pele. Pela primeira vez consegui olhar para aquelas pessoas não como irmã e amigos, mas como seres de luz vivendo uma experiência de busca de sua verdadeira essência. Me senti irmanado com os três e grato por ter pacificado a voracidade da carne, deixando espaço para manifestar dentro de mim a delicadeza da energia feminina, além da masculinidade.

Depois do banho ficamos sentados nas pedras. Minha irmã, de olhos fechados, enquanto Ayara e Edgar olhavam para ela numa espécie de encantamento, que eu estava acostumado a presenciar. Alva despertava isso. Observando Ayara, intuí que ela desconhecia o próprio fascínio. Realmente algumas mulheres precisam enxergar sua potência. De repente Ayara percebeu meu olhar de admiração por ela. Para disfarçar o flagra, brincou:

— Ângelo, onde você encontrou essa irmã tão encantadora?

E eu respondi de pronto:

— Fiquei muito tempo vasculhando o planeta, até encontrar e encarnar na mesma família dela.

E eu sorri, sentindo a verdade do que acabara de dizer. Ao longo de nossas vidas nem sempre fomos tão próximos, mas, em momentos como aquele, ficava claro que éramos farol um para o outro. Senti meu coração aquecer e mais uma vez agradeci à Mãe Divina o merecimento de poder experimentar Seu amor. Refleti sobre a grande transformação que eu estava vivendo nos últimos anos, graças aos mergulhos com a Água Mater. Havia chegado naquele lugar com um certo ceticismo. Apesar de estudar yoga, acreditava apenas nos benefícios físicos da prática. Não admitia o que meus olhos não podiam ver, e isso gerava uma certa contradição dentro de mim.

Em muitos momentos eu buscava o tal nirvana, mas minha mente racional questionava a real existência desse estado de iluminação, de consciência. Foi então que, na minha primeira vivência com a Água Mater, senti cada chakra vibrar em seu movimento giratório da pélvis até o alto da cabeça. Era a serpente kundalini se apresentando. Além dessa experiência fantástica, pude perceber pela primeira vez as várias dimensões coexistindo. Com a prática da vivência, consegui em pouco tempo experienciar concretamente um mundo de sentimentos fundamentais para a minha evolução. O amor, a devoção… eram palpáveis agora.

Voltamos para casa, e minha irmã foi ajudar Edgar a se acomodar. Ele ficaria conosco por alguns dias. A casa estava cheia, e eu, feliz. O terremoto passara. Queria me sentir em paz e começava a perceber que isso só seria possível se eu realmente me importasse com os outros. A mudança havia começado com Ayara. A entrega dela me sensibilizou, me fazendo ver algo que eu ainda não havia sido capaz de enxergar: a minha evolução aconteceria em águas tranquilas, na intensidade da alegria verdadeira da alma, e não na turbulência de um avião prestes a cair, pelo puro vício de sentir a adrenalina. O que eu experimentava nesse instante era infinitamente mais poderoso. Cada célula do meu ser estava em estado de graça por ter sobrevivido à batalha interna. Todo desejo de dominação havia sido desmascarado, perdoado e transformado em receptividade. Me sentia em êxtase. Me sentia curado, e minha irmã dava sinais de estar acompanhando todo meu processo. Eu fazia parte do clube que a admirava, e ela ainda me surpreenderia algumas vezes, reinventando a própria vida.

CAPÍTULO 11

Eu conhecia meu irmão o suficiente para perceber que ele estava passando por um processo de cura. Havia se recolhido cedo, explicando que precisava de um sono reparador, e acordou antes do amanhecer para meditar. No caminho do autoconhecimento revivemos isso inúmeras vezes, e a cada renascimento a vida se torna mais clara e harmônica. Porém é preciso passar pela sombra, para nos conscientizarmos dela e fazermos os movimentos necessários rumo à transformação. Metamorfose. Para chegar ao ponto de ser uma borboleta e voar, a lagarta fica dias num casulo, vivendo a mutação que deve acontecer até o fim. Me lembrei da história contada por um Guru brasileiro, que hoje era conhecido no mundo todo. Ele também praticava o xamanismo. Aliás, sua experiência de muitos caminhos espirituais e aceitação de que diferentes práticas podem nos conectar com o divino era um dos seus tesouros. Eu havia estado com ele em uma vivência profunda de autoconhecimento, há uns nove anos, e agora essa recordação me visitava. Lembro de que, nesse único encontro que tivemos, formávamos um grupo pequeno, e todos já acumulavam muita experiência no desenvolvimento espiritual. Eu era a única iniciando os estudos, e com certeza esse foi um dos encontros fundamentais que impulsionaram minha busca.

No final da vivência cada um se manifestou, e esse Guru falou sobre o momento que estava vivendo. Um amigo seu passava por um processo de autodestruição, e ele sabia que sua postura de não interferir seria importante diante da possibilidade de transformação desse conhecido. Compartilhou conosco como isso estava sendo difícil para ele e nos contou uma história sobre a lagarta que estava prestes a sair do casulo. Disse que a lagarta havia ficado alguns dias quieta, vivendo a metamorfose, mas o momento de saída para o mundo era dramático e exigia enorme esforço. Então um homem que ia passando viu a luta da quase borboleta e resolveu observar. Ficou impressionado com a dificuldade que ela estava enfrentando e, depois de algum tempo, não aguentou mais. Como estava com pena, pegou seu canivete e, com cuidado, a ajudou a romper o casulo. O homem abriu a casca completamente, e a borboleta caiu no chão. Não podia voar. Ela precisava ter feito todo o esforço durante o tempo necessário, para fortalecer as asas e alçar voo. O procedimento foi interrompido, e a transformação não pôde ser completada. O Guru entendia que não podia alterar o processo do outro e nos lembrou de que só a própria pessoa tem o poder de decisão de acordar a consciência e evoluir. Disse que, diante de alguém enfrentando dificuldades emocionais, era importante assistir a tudo irradiando amor e acolhimento, mas sem tentar aliviar de alguma forma, pois a mudança só acontece realmente quando a pessoa não suporta mais a situação. Se alguém dá uma ajudinha, é possível que o outro resolva adiar a evolução que está prestes a acontecer. Meu irmão completava uma de suas metamorfoses, e eu estava feliz por ele.

Acordei pensando nessas coisas e, sem saber bem por que, me sentei diante do computador. Resolvi olhar os e-mails que não havia conseguido responder no dia anterior. Foi então que me surpreendi quando vi uma mensagem do meu ex-marido Hugo, avisando que na semana seguinte estaria chegando para me visitar e passar alguns dias. Levei um susto e achei estranho eu ter tido essa reação. Havíamos nos separado há sete anos, mas não nos víamos há três, desde que nossa filha Clara foi morar em Barcelona para completar os estudos de piano. Duas vezes por ano eu ia visitá-la, e ele também, mas nossas estadas não coincidiram.

Como em muitas separações, o início havia sido extremamente difícil, mas logo acordamos para a importância de conduzir o processo da forma mais pacífica possível. Aparentemente sem questões mal resolvidas, e de uma maneira inesperada, senti esse *frisson* com a notícia de sua vinda. Quase uma alegria pela oportunidade de matar a saudade. Mas eu nem sabia que estava com saudade! Também senti uma ponta de medo e, naquele momento, ainda não conseguia identificar a origem. Com certeza iria investigar, e a reflexão iniciava.

Logo que nos separamos, ele começou a namorar uma colega de trabalho, e eu passei um tempo me sentindo culpada por nossa separação. A nova namorada chegou fazendo de tudo para amarrá-lo ao seu lado e conseguiu dar alguns passos nessa direção. Na época, assistindo ao processo deles, me questionei se devia ter desistido de Hugo. Como estava infeliz, tinha dúvidas com relação a tudo, e a possibilidade de eu ter sido precipitada me causava mais dor ainda. Aos poucos fui me curando e aceitando os fatos. Naquele momento não podia fazer nada. Esse lugar de esposa teria que estar vago de novo, para eu permitir algum tipo de reavaliação e ação da minha parte. Nessa época eu já tinha consciência de que interferir no desejo de duas pessoas de estarem juntas traria consequências kármicas nada boas para mim e para a relação. Sem falar que, de longe, eu sentia que todo o movimento com a nova mulher tinha a ver com uma espécie de vingança da parte dele, pois no último ano eu o traí, e ele ficou sabendo. O fato é que eles terminaram, mas nós dois não havíamos tido nenhuma oportunidade de encontro. Me peguei intrigada. Por que essa visita repentina?

Enquanto refletia, abri a gaveta da minha escrivaninha. Por cima havia muitos papéis e apostilas de trabalhos, mas lá atrás um objeto embrulhado me chamou a atenção. Trouxe-o para a luz e então pude ver. Era um porta-retratos com foto da única vez que Hugo e Clara foram na Chapada Cristalina, quando a gente ainda estava vivendo juntos. Havia acabado de recuperar as terras e insisti para que eles viessem conhecer. Naquele registro, minha expressão era exultante. Clara se mostrava feliz por estar me abraçando, e Hugo, nitidamente sem vontade de estar ali. Eu colocara aquela foto em um porta-retratos ao lado do computador, mas depois de algum tempo preferi tirar da minha visão a verdade incômoda daquele momento. O interessante era que, olhando agora, eu enxergava menos a falta de vontade de Hugo e mais o seu companheirismo, pois, mesmo sem querer, ele estava comigo. Eu havia mudado tanto, que podia olhar para o mesmo instante e enxergar algo diferente.

Um túnel do tempo se abriu. O fim do casamento começara por eu estar deprimida com um mau momento profissional, enquanto ele estava sendo cada vez mais valorizado no seu trabalho. O início da minha carreira de empresária havia sido bombástico. Graças à minha fama no mercado, criei uma empresa de consultoria chamada Midas e foi aí que conheci Hugo, que estava despontando com enorme talento no mundo empresarial. Nos casamos em pouco tempo, mas mantivemos nossas atividades separadas. Depois do casamento, engravidei de Clara, diminuí o ritmo e resolvi me dedicar à família. Passados alguns anos, comecei a sentir falta da produtividade do sucesso inicial. O fato é que eu não tinha consciência de que meu trabalho também era importante para mim e, quando me dei conta disso, não soube reconquistar meu espaço. A depressão me travou e, para piorar, o declínio das minhas atividades me levou para uma estrada de marcha lenta, me distanciando da via expressa que Hugo percorria. Aliás, ele nunca me disse abertamente, mas sinalizava que eu não me preocupasse por estar sem trabalhar, pois ele proveria nosso sustento. Essa postura me irritava, mas eu não falava nada, movida por uma trava que eu só entenderia muito tempo depois, reconhecendo minha responsabilidade por não ter conseguido expor minhas dores e meus medos.

Na tentativa de mascarar a situação, eu dizia para mim mesma que dinheiro e sucesso não significavam nada, mas justamente a falta disso estava me incomodando, e muito. De repente comecei a me revoltar com tudo o que havia construído até então, pois as expectativas que as pessoas tinham comigo começaram a me sufocar. Buscava terapias, sem poder real de conexão, abandonando minha família e desistindo cada vez mais do meu trabalho. Embalada por essa rebeldia sem causa e inconsciente do processo que estava vivendo, desconstruí a minha imagem de esposa e mãe exemplar. Abandonei o carinho com meu marido e, lá no fundo, gostava da ausência dele na casa. Enquanto ele se dedicava à profissão, eu me distraía do que realmente importava, passando horas de estudos esotéricos em um momento que o mundo à minha volta estava desmoronando.

Me envolvi com um terapeuta, e essa aproximação foi motivada por puro desejo de fuga. Aparentemente Hugo era mais maduro do que eu, apesar de ser cinco anos mais novo. Eu agia como uma adolescente, mas hoje sei que minha alma precisava viver a destruição de uma imagem que não correspondia com minha verdadeira essência. Sem enxergar o valor das relações para minha cura e vivendo numa cidade cinzenta, longe de qualquer manifestação mais potente da natureza, minha vida aos poucos foi perdendo o sentido. Meu espírito adoeceu e culminou com todas as crises acontecendo ao mesmo tempo.

Rezei suplicando por auxílio, e ele veio. Tive um sonho com a minha bisavó Nanã me contando sobre o trabalho que fazia na Chapada Cristalina quando estava viva. Mãe Nanã, como era chamada por toda a comunidade, me disse em sonho que existia uma forte egrégora para apoiar a continuidade do trabalho espiritual de expansão da consciência. Que se tratava de um ponto de luz destinado aos necessitados de guiança para evoluir, e não era um trabalho de realização pessoal, mas sim de cura individual e coletiva.

No início não acreditei completamente no sonho, mas a ideia de fazer algo que pudesse ajudar as pessoas foi a semente de amor que iniciou o reflorestamento da minha paisagem interna.

Enquanto buscava informações sobre essa ancestral esquecida, comecei a cultivar um canal de comunicação comigo mesma. Era um desafio. Estava em meio a uma enorme escuridão. Mas aos poucos fui despertando um olhar mais amoroso para as coisas que fazia e, com isso, me descolando dos pensamentos de dor. Na simplicidade mesmo. Buscando colocar o coração em cada ação, vendo o valor do que havia conquistado até ali e deixando a gratidão aliviar o sofrimento da minha alma. A possibilidade de resgatar um trabalho espiritual funcionou como um farol. Em pouco tempo descobri a história da minha bisavó através dos meus pais e antigos seguidores dela, recuperei seu legado e, com calma, comecei a me preparar para reativar o Círculo Mágico Despertar da Luz Divina.

Lembrei, para realizar a primeira experiência com a Água Mater, de chamar duas amigas, Ester e Lila, mulheres extremamente sensíveis e conectadas comigo no propósito de sermos canal da luz. Mais uma vez minha bisavó havia aparecido em sonho e, com suas mãos em concha, me deu a Água Mater para beber, recomendando que eu pedisse licença aos seres divinos para assumir seu lugar, adotando o nome "Alva Mãe".

Seguindo minha intuição, escolhi um dia propício energeticamente, viajamos até a fonte e nos concentramos em silêncio meditativo por uma tarde inteira. Havia levado alguns objetos sagrados e lavado na Água Mater, invocando a força para a abertura do portal de expansão da consciência. Era o crepúsculo da noite, quando nos ajoelhamos formando um triângulo em torno da fonte e bebemos a água misteriosa. Um mundo se abriu ao meu redor e dentro de mim. Pela primeira vez senti com todo meu ser a dimensão espiritual, as energias e os corpos sutis interagindo uns com os outros e com o Universo.

Era algo muito maior do que tudo o que eu havia lido nos livros ou imaginado. Vi e senti o plano superior como a origem da realidade manifestada no mundo. Foi como se eu estivesse no lugar onde os acontecimentos eram gestados, para depois se materializarem. Algo difícil de explicar em palavras. Bem-vindo despertar para minha responsabilidade na construção do que me cercava. Em uma única vivência, fui arrastada para cada instante em que plantei a semente geradora da situação negativa que estava vivendo: cada atitude de aceitação de um estado de dependência do marido; cada vez que tive medo de me arriscar numa nova empreitada que poderia ter aberto caminhos promissores; cada vez que aceitei uma vida turbulenta sem respiro na natureza; minha dificuldade em manifestar descontentamento; meu orgulho e muitas outras atitudes que mapeavam o caminho até aquele ciclo de infelicidade. Enxerguei que os grandes pilares do nosso ser neste plano são o trabalho como contribuição para o mundo e as relações familiares, tendo o amor como base na construção de tudo.

Quando voltei da Chapada e contei a experiência a Hugo, ele achou estranho, mas resolveu não se meter. Talvez isso me estimulasse e assim ele poderia se dedicar tranquilamente aos negócios. O problema foi que o processo de entender minha responsabilidade, mudar minhas atitudes e curar minha alma não era instantâneo. Eu realmente havia plantado muita realidade autodestrutiva e ainda ia colher desse resultado que eu não queria, até que o plantio consciente começasse a frutificar. Eu havia criado um karma e me resignei a cumpri-lo da melhor forma, enquanto abria novos caminhos. Clara era adolescente e estava com sua vida social bem movimentada. Mesmo assim eu me dediquei à nossa reaproximação, me abrindo com ela e querendo saber o que se passava em seu coração. Graças a essa postura, Clara se sentia amparada e amada, apesar da dor inerente ao término de um ciclo de união entre os pais.

Ficamos ainda alguns meses vivendo juntos, encaminhando o processo da melhor maneira possível para ela e, então, nos separamos. Eu estava só, mas acreditava que estava bem. Havia retomado o trabalho espiritual da minha bisavó Nanã, e isso significou o resgate da minha verdadeira essência. Me mudei para a Chapada Cristalina e aos poucos fui enxergando a importância de colocar os meus dons a serviço do mundo. Fiz as pazes com minha história por ter sido bem sucedida no início da carreira e depois ter plantado o fracasso. Enxerguei e aceitei minha responsabilidade. Tudo começou a fazer sentido, e vi que nada havia sido em vão. No momento em que começou minha reprogramação, o despertar foi pleno.

Agora vivia em paz e realizada, quando meu ex-marido anunciava sua visita, remexendo em um passado que eu achava que estava sepultado dentro de mim. Não estava. Li mais uma vez aquele e-mail, amoroso demais para quem está apenas de passagem, e decidi cuidar do jardim.

As flores estavam lindas! Nos últimos tempos o jardim servia como um ótimo refúgio para reflexão, além de adornar o caminho. Sempre achei que a beleza natural é um sinal da harmonização das energias. A saúde, o brilho, as cores, a alegria, tudo é manifestação de energia luminosa, sutil. E as flores, com sua exuberância fugaz, inegável delicadeza e beleza, representam muito bem essa natureza sublime da vida. Às vezes eu perdia completamente a noção do tempo cuidando do jardim e, quando acabava, me sentia leve. Preenchida. Uma atividade tão simples e tão poderosa...

Edgar interrompeu meu devaneio, vindo da baia dos cavalos:

— Alva, vamos montar um pouco hoje?

Pensei com cuidado. Desde que chegou, Edgard estava suspirando pelos cantos, apaixonado. Eu acompanhava tudo, apesar de não transparecer. Não queria alimentar falsas esperanças. Era um garoto de trinta anos, e esse padrão de homens mais jovens se encantando por mim me acompanhava. No início achava bom e vivi plenamente alguns encontros, pois não queria bloquear nenhum fluxo de experiência. Edgar foi um deles. Com sua espontaneidade e sinergia com os cavalos, havíamos sentido enorme atração logo que nos conhecemos. Ficamos juntos uma única vez, e, algum tempo depois, ele me confidenciou que havia sido inesquecível! Uma das características dele que me divertia era o exagero. Eu concordava que nossa sintonia era especial, mas foi a indecisão dele na época que me fez esfriar e me virar para outra direção. Eu já estava num estágio em que não queria mais me enganar, e ele ainda não sabia bem o que queria. No entanto, agora ele se mostrava pronto para aprofundar uma relação sem medo, enquanto eu me sentia em outro momento. Desencontro.

Nesse intervalo havia me transformado, assim como minha sexualidade. À medida que evoluí no autoconhecimento, aprendi a lidar com a intensidade da minha libido e adquiri domínio sobre meus desejos. Passei pela fase da autorrepressão, que não dava certo. Negava meus impulsos e ficava quase sem controle, buscando qualquer maneira de extravasar sozinha a energia acumulada. Aliviava um pouco, mas foi na intensidade das vivências de cura com a Água Mater que eu identifiquei o que me pareceu ser o despertar da serpente kundalini. No momento em que tomei consciência de que estava experimentando minha primeira kundalini, por causa da expansão sensitiva provocada pela Água Mater, comecei a investigar como me abrir para essa corrente de energia outras vezes, fora da vivência. Afinal, se tratava de uma experiência que muitos falavam, mas poucos experimentavam de fato.

Era um prazer muito mais intenso e duradouro do que um orgasmo como conhecemos. O curioso é que precisamos da libido para alcançar esse estágio. Sendo assim, é necessário o autocontrole, e não o declínio natural do desejo pela idade. Sem a libido, o portal energético, que mais parece um furacão, não acontece. Também vi que toda a energia que nascia no chakra básico, que eu desperdiçava tentando aliviar a tensão pela masturbação, podia subir para o alto da cabeça, trazendo sensações raras e ativando os chakras superiores. A experiência da kundalini me deixava energizada e tranquila ao mesmo tempo. E o mais importante: me proporcionava conexões espirituais preciosas e reveladoras. Fui descobrindo como me abrir para o dínamo da serpente nas vivências e até numa simples meditação. Uma espécie de autocontrole na vida se estabeleceu naturalmente. Eu me surpreendia por ter energia e sensibilidade à flor da pele, e isso não mais me sobrecarregar, nem me dominar. A vitalidade expandia e estava a serviço de algo maior do que apenas o prazer físico, pois era ferramenta fundamental no caminho da transcendência. Por tudo isso, o contato íntimo só me interessaria se acontecesse depois de uma conexão de almas. Com Edgar nunca houve isso. Agora quem não estava mais interessada era eu. Olhei com ternura para ele, que podava alguns galhos enquanto aguardava minha resposta, e disse:

— Vamos deixar pra amanhã cedo, Edgar. Hoje preciso ir no Círculo Mágico.

CAPÍTULO 12

Cheguei no grande salão do Círculo Mágico no meio da manhã. Algumas pessoas com quem eu precisava conversar estavam indo para o refeitório fazer um lanche e me convidaram para ir junto. A mesa cheia de frutas do pomar estava sendo invadida pela luz do sol na varanda ao lado da cozinha. Nos sentamos naquele "escritório" de luxo, e eu puxei meu *laptop*.

Já estávamos concluindo nossa reunião enquanto saboreávamos pedaços de manga, quando chegou um carro e de dentro dele saiu Daniele. Observei de longe ela buscando por alguém que desse informações, enquanto me recuperava do susto por vê-la ali. Bebi uns goles de água e respirei fundo.

Daniele tinha sido minha amiga e sócia na Midas: meu fracasso empresarial, que iniciou a crise que culminou com minha separação. Naquela época, na minha inexperiência e falta de atenção, fui surpreendida por uma contabilidade mal feita, que era responsabilidade dela. Como havia delegado a gerência total do dinheiro a Daniele, a culpei por toda a má administração e consequente prejuízo. Ela reagiu de forma violenta, se recusando a me mostrar os registros financeiros. Muita gente na época insistiu que ela me roubava. Cheguei a abrir um processo contra ela, mas um belo dia, durante um trabalho espiritual, uma luz de consciência veio em meu auxílio. Um sentimento de compaixão me guiou para retirar a acusação e seguir meu caminho. Era apenas dinheiro, e eu poderia ganhar muito mais. Também enxerguei minha parcela de responsabilidade e como tudo aquilo poderia trazer preciosas lições para nós duas. Foi um dos momentos abençoados da minha vida. Depois de ter sofrido muito com a decepção, pude enxergar um pouco além do meu umbigo e resolvi mudar o rumo daquela história triste.

Fui ao escritório do advogado e disse que ele podia retirar a queixa. Liguei para Daniele contando o que havia feito e que, com isso, viraria a página das nossas desavenças. Estava tudo perdoado, e a vida nos traria outros ganhos. Depois disso senti como se tivesse tirado um enorme peso das costas, comprovando o poder curativo de suspender uma guerra. Foi quando a paz começou a iluminar aquele período turbulento. Eu escolhera me desligar de alguém que estava em atitude de oposição. Me dei a liberdade de agir diferentemente das expectativas alheias, e sem alimentar mágoas. Segui meu caminho de autoconhecimento, e ela passou por um período bem difícil até se estabilizar de novo. Recebeu algumas ajudas importantes, inclusive de mim, quando pediu contatos profissionais e recomendação. Senti que, se ela realmente tivesse agido de má fé comigo, o tombo teria sido a lição necessária para ela evitar transitar de novo na obscuridade. Acredito que graças ao aprendizado ela se recuperou, tornando-se de novo uma empresária bem sucedida.

Enquanto essa história estava sendo ressuscitada em poucos segundos, Daniele já havia se informado e caminhava na minha direção. Me levantei e fui encontrá-la. Quando ela me viu, abriu os braços, mas eu sentia que existia artificialidade nesse gesto. Tudo bem. Fui receptiva e retribui.

— Que surpresa, Daniele!

— Que alegria te rever, amiga! Você não sabe quanta coisa aconteceu pra eu chegar até aqui.

— Imagino! Tô acabando uma reunião. Quer um pedaço de manga aqui do quintal? Se sirva e dê uma volta no jardim. Já, já vou te encontrar.

Finalizei a reunião e fui até ela. Me sentei ao seu lado e perguntei o que a trazia à Chapada. Ela respirou fundo e contou que, além de sentir saudades minhas, estava passando por um momento muito delicado de autoestima. Apesar de estar sendo valorizada como empresária, tinha acabado de se separar, e a proximidade dos cinquenta anos a estava deixando apavorada. Disse que acompanhava minhas "poucas e luminosas" postagens nas redes sociais e me admirava muito. Que continuava me achando uma mulher única, sem artifícios para encobrir minha idade, e queria entender como meus cabelos brancos e minhas ruguinhas não atrapalhavam minha aparência jovial.

Aquele início de conversa era apenas uma amostra do que me esperava. Daniele só pensava em futilidade. De aparência física ao assunto da moda, ela estava sempre seguindo a tendência dos outros, tentando ser alguma coisa que não era ela. Seu ego imperativo era o que convencia as pessoas da sua capacidade, mas, para mim, sua fragilidade era clara. Me surpreendia Daniele ser bem sucedida no mundo empresarial. Como alguém tão inseguro conseguia disfarçar e ser líder nos negócios? Talvez as pessoas ao redor dela estivessem completamente cegas e carentes de um comando.

Eu até podia ajudá-la nesse despertar, se ela estivesse realmente querendo isso, mas o que eu estava sentindo era que Daniele buscava algum subterfúgio para continuar sustentando suas máscaras. Mesmo com essa visão nada otimista em relação ao seu amadurecimento, resolvi me abrir para enxergar possibilidades dela se transformar. Com certeza a crise que ela estava vivendo seria uma bela oportunidade de se desapegar de tudo o que não fosse verdadeiro. Para isso seria necessário ela desenvolver um tantinho de humildade. Não só para admitir suas reais dificuldades, como também para abrir mão das guerras que vivia criando por onde passava. Em poucos minutos eu havia percebido sinais de que seu novo discurso servia para camuflar o egoísmo e a necessidade de controlar todos à sua volta. Esses aspectos eu já conhecia, por ter convivido com ela diariamente por longos doze anos. Sentia que ela estava igual, e sua superficialidade começou a me irritar. Não posso deixar isso me afetar, refleti. Talvez eu esteja errada e esse reencontro possa me trazer algumas lições.

— Entendi – disse a ela. Tô surpresa por você ter vindo de longe, mas você tá disposta a fazer a mudança interna? Se você não estiver decidida a desapegar do seu ponto de vista, tudo vai permanecer igual. Sua insegurança vai continuar pautando sua vida. Não importa o que as pessoas pensam de você. Aqui nós trabalhamos o que você própria pensa de si, como você se vê.

— Sim, já decidi. Não aguento mais viver na guerra dos meus dramas, me sentindo traída e rejeitada, pra não dizer pior. Faço análise, mas tô sempre insatisfeita e precisando de algum acontecimento pra ter uma alegria que dura pouco. Fui numa astróloga que disse que meu Plutão rege a casa da espiritualidade. Disse que, apesar de eu não ter nenhuma consciência disso, Plutão age assim, fazendo a vida chegar no limite da pressão, pra gente ter que acordar pra importância daquele aspecto, que no meu caso é a evolução espiritual.

— Tem uma linha de pensamento que afirma que não é Plutão, ou qualquer outro planeta, que provoca os acontecimentos. É uma ideia de sincronicidade que defende que os planetas não influenciam nossa vida, mas que existe uma conexão entre os mapas. Quer dizer, o mapa da sua vida é sincrônico com o mapa dos astros no céu, assim como também é sincrônico com o mapa numerológico, com o mapa da sua mão, do tarô ou qualquer outro oráculo. É a sincronicidade mágica que rege tudo. Se for assim, fica difícil afirmar quem influência quem. Mas, se tudo tem um campo elétrico e magnético, esses campos magnéticos dos planetas não teriam força suficiente pra movimentar outros campos distantes?... Eu tenho investigado sobre isso.

E, percebendo que ela se sentia incomodada por não dominar esse assunto, resolvi compartilhar minha experiência com Plutão, no sentido de incluir o que ela havia acabado de contar:

— Mas é curioso isso que você tá me trazendo, porque algum tempo depois da falência da nossa empresa, fiquei sabendo que, no meu mapa, Plutão rege a casa do dinheiro. A casa dois. Também não tinha a menor consciência disso, mas foi fundamental pra eu encarar e aceitar a importância da realização material na minha evolução. Eu não tinha dinheiro nem pra pagar um aluguel. Dependia do meu ex-marido e me sentia incapaz.

— Você nunca me contou que passou dificuldade, Alva.

— Eu não sou de ficar me queixando e tava vivendo um processo muito pessoal. Sem falar que a gente tinha acabado de passar por uma experiência desagradável. Como é que eu podia te pedir ajuda? Se fosse hoje, talvez. Mas na época não senti essa abertura.

De novo percebi que minhas palavras traziam um certo mal-estar. Com Daniele me sentia sempre pisando em ovos. Tentei aliviar:

— Mas tudo fazia parte de um plano maior. Eu não tinha outra escolha senão me entregar, desistir de lutar, e Plutão começou sua trajetória sincrônica com a transformação na minha vida. Se abriram caminhos inteiramente novos num momento em que eu precisava agarrar as oportunidades, como se fossem tábuas de salvação na correnteza. Retomei o Círculo Mágico deixado por minha bisavó Nanã. Tive a humildade de não desperdiçar a oportunidade, pois tinha curado a crença arrogante de que podia jogar fora os presentes que recebia da vida, achando que o mundo girava em torno de mim. E, com essa postura mais humilde e grata, comecei a me sentir mais feliz. Apesar de estar passando necessidade financeira, a gratidão me fortalecia e alimentava minhas relações. À medida que ia me tornando mais generosa, minha carência diminuía.

— É… você sempre foi muito boa no relacionamento com os clientes, mas não suportava gerir o dinheiro.

— Pois é. Eu acreditava que dinheiro não tinha a menor importância, até ele faltar completamente e eu entender que neste plano os recursos financeiros precisam fluir como todo o resto, pra gente poder circular livremente no mundo. Por incrível que pareça, a espiritualidade me ajudou a fazer as pazes com o dinheiro. Entendi que a abundância se manifesta em todos os níveis. Tô falando de uma prosperidade saudável, que é aquela em que tenho o que preciso, sem acúmulo, sem excesso. Aqui, tudo o que não é usado em alimentação e salários vai pra melhorias do Círculo Mágico, que tem o propósito de ajudar as pessoas a se curarem, pra que elas encontrem sua própria prosperidade. A miséria existe por causa de crenças limitantes, que nos fazem olhar pro mundo com a lente da escassez. A gente materializa tudo aquilo em que acreditamos.

Nesse momento Ayara apareceu e veio ao nosso encontro. Daniele pulou do banco.

— Ei! Você é aquela atriz! Então você tá aqui! Desapareceu das revistas! Ah! Desculpe... Me lembrei de que você passou por um aborto, que a imprensa noticiou até não poder mais.

Daniele sempre falava o que vinha na cabeça, sem pensar nos outros. Era compulsiva, e muitas vezes a vi dizer coisas que machucavam as pessoas. Respirei fundo, tentando desmanchar o julgamento que eu estava fazendo, e introduzi uma nova abordagem para ver se Daniele aprendia pela observação do exemplo:

— Ayara é uma guerreira, uma mulher linda que tá reconectando sua alma. Você tá radiante, Ayara! Essa é Daniele, uma velha conhecida.

— Opa! Velha, não!

Comprovei mais uma vez minha tese de que ela escutava apenas o que queria e, nesse caso, precisava se defender do que para ela parecia uma depreciação. Tudo o que era dito ou feito ela achava que tinha a ver com sua pessoa. Ayara interveio:

— Eu tenho aprendido com Alva que envelhecer pode ser lindo. Prazer, Daniele. Tô radiante por causa da aula maravilhosa de yoga que acabo de fazer com Ester.

— Essa aula da minha amiga é mesmo transformadora – eu disse. e ficamos um pouco em silêncio, respirando o ar puro da Chapada Cristalina.

Passado uns segundos, Daniele rompeu a entrega e disse:

— Ayara, a gente tava falando de Plutão. Você já fez seu mapa astral?

— Claro! Já fui viciada em mapa astral! Fazia várias vezes no ano, mas de repente percebi que buscava só as previsões que correspondessem aos meus planos. Poucas vezes gostei do que escutava.

Intuí que, através desse assunto, poderia voltar a criar interação.

— A gente falava sobre a trajetória de Plutão, que em algum momento pode nos mostrar algo fundamental na nossa jornada pessoal. Algum setor da vida, que na maioria das vezes não temos consciência da importância. Como se a gente tivesse uma força oculta, ou dom, que nossa teimosia não nos deixa ver. Então, em algum momento, nos vemos em uma situação limite, em que a única saída é encarar o grande movimento de transformação interna. O ego se rende, e a verdadeira potência pessoal aparece. Você lembra em que casa tá seu Plutão, Ayara?

— Lembro, sim. Tive um caso com um astrólogo que era fascinado por esse planeta. O meu tá na casa quatro.

— É a casa da família, do lar – eu disse. – Parece que você ainda não encontrou espaço pra desenvolver esse setor da sua vida, mas acredito que sejam aspectos fundamentais pra sua realização pessoal.

— Que dica preciosa você tá me dando, Alva. Eu realmente tenho tido *insights* da importância da família na minha vida...

— Principalmente no resgate da força feminina da sua linhagem – completei.

Eu poderia começar uma longa conversa sobre a família de origem, e isso seria importante, mas senti que estava na hora de resolver a acomodação de Daniele.

— Querida, o alojamento do Círculo Mágico tá lotado. Você pode se acomodar em um dos quartos da minha casa. Já sabe até quando vai ficar?

— No mínimo duas semanas.

Naquele instante realizei que estava sendo testada. Pelo tempo que ela planejava ficar, eu podia ter encontrado outra solução para sua hospedagem, em um lugar mais neutro, mas não consegui. O impulso de me calar foi mais forte e eu apenas registrei essa reação, ou não ação. Ela continuou:

— Vou fazer uma viagem pra dar assessoria a uma empresa gigante de cosméticos. Tô apavorada com essa nova empreitada. Vim relaxar e me fortalecer um pouco antes de encarar o desafio.

Há tanto tempo me sentia em paz e plena de sabedoria na interação com o mundo... Aquela situação estava chegando para me mostrar que eu precisava me aprofundar em alguma questão mal resolvida dentro de mim. Essa amiga, que estava sempre deixando marcas de sua busca nas minhas poucas postagens de rede social, agora iria ficar na minha própria casa. Se até meus amigos e amigas ela seguia na internet para saber dos meus passos, imagine o que faria acordando e dormindo sob o mesmo teto. Me impressionava ela encontrar tempo, em sua vida cheia de compromissos, para me perseguir. Talvez ela realmente tenha alguma necessidade estranha de observar meus passos. Como eu estava num ponto de enorme confiança na providência divina, sabia que esse encontro, assim como todos, tinha um propósito para minha evolução. Me levantei, buscando a vibração mais pacífica e amorosa que podia ter naquele momento, e as convidei para irmos para casa almoçar.

Precisei me isolar para trabalhar no computador pelo resto do dia, e à noite tive um sono conturbado. Acordei às cinco da manhã e fiz uma prática de yoga para harmonizar minha vibração. Decidi responder à mensagem de Hugo. Outra pessoa do meu passado que ressurgia do nada, como se o Universo estivesse criando as condições necessárias para que algo novo pudesse acontecer. Há alguns anos eu me deixava guiar pela sincronicidade. Aprendi a perceber as "coincidências" como sinais de uma situação que vai se apresentando aos poucos. Antes da crise que sacudiu minha vida, não enxergava nada. Era completamente cega para cada acontecimento que indicasse o início de um novo ciclo de vivências e aprendizados. Nesse momento duas pessoas do passado ressurgiam, mexendo com minha aparente estabilidade emocional. Com as duas eu tive abalos significativos para o meu amadurecimento e achava que havia conseguido resolver todas as questões. Ledo engano. Ultrapassei alguns limites, mas a distância ajudou a forjar o pleno entendimento. Agora, que estariam perto de novo, era hora de encarar o que eu não quis admitir na época.

Reli o e-mail de Hugo: "Oi, Alva! Você está bem? Saudades! Estou de malas prontas para ir te visitar semana que vem. Pode ser?

Nossa filha está longe, e há muito tempo a gente não conversa. Me diz se posso seguir com o plano de ir passar uns dias junto. Bjs!".

Sabia que precisava aceitar e não bloquear o fluxo dessa história. Mas queria observar cada reação dentro de mim, para entender o que tudo aquilo significava.

"Venha, sim. Vou adorar sua visita. Estou com dois cavalos lindos. Você pode me ajudar na lida com eles. Bjs!" – escrevi e enviei sem pensar muito. Tive consciência de que estava sendo convidativa quando falava dos cavalos, que ele amava, e por não tocar em assuntos de autoconhecimento, que ele não se interessava. Me sentia animada e confusa ao mesmo tempo. Também percebi uma queda de energia, como se algo invisível estivesse me drenando as forças. Ouvi passos no corredor. Era Ayara, pronta para nossa meditação. Ela chegou e notou que eu estava diferente.

— Bom dia, Alva. Tá tudo bem?...

— Sim, minha flor. Apenas sacudida por alguns fantasmas que resolveram me visitar.

Ela me acompanhou na brincadeira, perguntando se eu estava falando de Daniele.

— Não só dela. Em poucos dias o pai da minha filha chega pra passar um tempo, e isso tá mexendo com meu emocional.

— Você?! Mexida?! Nunca imaginei que isso fosse possível!

— Eu sei, menina. Você pensa que tô acima dessas questões. Vou te dizer que, na maioria das vezes, consigo ficar na vibração pacífica e transcender o desafio do momento. Mas, por algum motivo, desta vez tô me sentindo frágil. Vou ter que remexer o baú. Não sou imune aos balanços da vida. Ainda caio, ainda me engano e às vezes não consigo evitar ser dominada por emoções negativas, mas hoje tenho consciência de cada degrau que desço, e posso escolher interromper o processo autodestrutivo – disse, sentindo que no fundo o desafio me estimulava.

Saímos para meditar juntas. Estávamos acomodadas há alguns minutos, quando senti que alguém se sentava ao nosso lado. Abri os olhos. Era meu irmão Ângelo. Que maravilhoso ter pessoas com quem compartilhamos a vida amorosamente, para nos equilibrar em momentos de turbulência interna. Os dois aqueciam meu coração, trazendo luz nessa hora em que me via prestes a entrar em porões nunca antes visitados.

CAPÍTULO 13

Atravessei aqueles dias cuidando dos cavalos, montando e cantarolando os hinos da vivência. Os julgamentos que estavam aflorando pertenciam ao meu passado, e às vezes era necessário mais do que o autoconhecimento para me trazer de volta ao momento presente. Precisava permitir que a sombra se movesse para a luz, para realmente resolver a questão dentro de mim. Sabia que realizar uma atividade simples que exigisse minha presença e atenção podia funcionar como mágica para me reconectar com a realidade do momento. Nessas horas, em que a mente teimava em fantasiar, o corpo, na sua simplicidade, se mostrava mais verdadeiro e capaz de me trazer consciência.

Meu sangue esquentava diante da percepção equivocada de Daniele de que tudo o que acontecia tinha a ver com ela. Ou era contra ou a favor dela. A situação quase me fazia esquecer de que Hugo estava a caminho. Já havia passado alguns dias e eu colhia flores no jardim para enfeitar a casa, quando vi um carro atravessar a porteira. Era Hugo.

Me espetei num espinho e levei o dedo na boca para limpar o sangue. Minha mãe me ensinou a passar a saliva em tudo. Dizia que curava, e eu sempre acreditei nisso. Comigo dava certo. O carro encostou bem perto do jardim.

— Enfeitando a casa com flores pra me receber? – disse, todo sorriso, andando em minha direção.

Achei divertido. Há quanto tempo não via Hugo? Ele estava radiante. Mais velho e mais barrigudo, mas sem perceber que isso poderia significar alguma coisa. Pareceu mais bonito também.

— Você imagina logo que é pra você, convencido. É pra mim.

E fui a seu encontro, dando-lhe um saudoso abraço. O ajudei a tirar as coisas do carro e fui explicando já na entrada que a casa estava cheia de gente.

– Que pena – ele disse baixinho, e eu fingi que não ouvi.

— Ainda não entendi bem por que você tá aqui. Vai me explicar, ou é segredo? – perguntei.

— Saudades! Não acredita? Então vai acreditar menos ainda no outro motivo: tenho buscado me conhecer mais. Quero participar da vivência com a Água Mater e experimentar as atividades do Círculo Mágico.

Agora ele realmente estava me surpreendendo. Isso era possível? Depois de tanto tempo, e sem nenhuma pressão, o sonho de vê-lo buscando sua evolução estava se realizando? Eu sabia o quanto isso seria importante para nossa família, considerando que, mesmo estando separados, estávamos ligados para toda vida. Diante da minha cara de espanto, completou:

— Duvida? Pois, além dos seus trabalhos de cura, também quero fazer o retiro do Guru, que vai acontecer aqui perto. Você tá sabendo?

— Sim! Meu Deus, é verdade. Vai ser agora? Conheço o Guru. Se pudesse eu ia, mas tenho muita ocupação por aqui.

— Vamos! Tenho certeza que você consegue ajeitar as coisas. Tenho escutado sobre seu talento em administrar o Círculo Mágico. "Faça o que seu coração mandar". Quem costumava dizer isso?

E me surpreendeu mais uma vez por citar a frase que eu repetia desde nossos primeiros encontros.

— É, eu dizia isso guiada pela intuição, mas só agora tenho conhecimento de que o coração realmente é o grande sábio. Escuto cada vez mais e me engano cada vez menos sobre qual é a voz dele, entre outras que não me interessam.

— Desde que cheguei só tô escutando uma voz me dizendo que você continua linda.

— Ok, obrigada pelo elogio. Seu quarto é o último do corredor. Fique à vontade. Vou preparar o almoço.

— Claro. E como sei que você não vai perguntar, vou dizer assim mesmo: tô solteiro.

Fiquei olhando para ele sem saber o que dizer, e então ele emendou:

— Vou tomar um banho e te ajudo com a comida.

Esta última frase não me surpreendeu. Hugo sempre adorou cozinhar, e, na época em que éramos casados, muitas vezes eu deixava essa tarefa para ele. Era sua terapia. Chegava de um dia exaustivo de trabalho e fazia questão de preparar o jantar.

Foi um almoço bem agradável. Estávamos todos na ensolarada mesa da varanda, e até o azedume que desandava minha relação com

Daniele deu uma amenizada. Em algum momento do papo gostoso ela reclamou da vida e logo depois se justificou:

— Me desculpem, mas preciso colocar pra fora, pra aliviar minha frustração.

Como reclamar era seu tema preferido e dessa vez ela havia se conscientizado do próprio ato, eu lhe disse com delicadeza:

— O que alivia a frustração não é reclamar... é agradecer.

Depois disso silenciamos por alguns instantes, até eu perguntar sobre a visita que Hugo fez à Clara, no mês anterior. Ele disse que havia sido maravilhosa. Que Clara o levou a lugares incríveis que ela costumava frequentar, que estava cheia de amigos que a adoravam e por fim confessou que começou a pensar em me visitar por nossa filha estar "encantadoramente parecida com a mãe". Essa parte mexeu comigo. Eu sentia muita saudade da nossa filha.

— A comida que a gente fez juntos tá uma delícia – Hugo elogiou, e os outros concordaram.

Sua chegada havia mudado minha vibração, e eu resolvi parar de me pressionar quanto ao significado da boa influência dele. Alguns passarinhos se aproximaram e começaram a comer os restos que caíram no chão. Foi um momento rico. Cada um de nós, com nossos anseios, erros e acertos no caminho da evolução, fazendo o nosso melhor. O silêncio, a comida saborosa, os pássaros... Edgar, que estava levemente enciumado com Hugo, me perguntou se podíamos andar a cavalo no final do dia. Eu, que havia pensado em montar com Hugo, senti que isso seria um golpe duro demais para a paixão de Edgar. Claro que ele teria que superar esse problema sozinho, mas naquele instante decidi adiar o convite para passear com o pai da minha filha.

— Não posso, amado. Ainda tenho muito o que resolver no escritório. Ia pedir pra você mostrar os cavalos pro Hugo, e se quiserem podem montar vocês dois.

Sabia que meu ex-marido era muito cativante e poderia conquistar a simpatia de Edgar. Por outro lado, eu queria checar se poderia me ausentar para fazer os onze dias de retiro do Guru. Curiosamente um estado de quietude havia se instalado durante o almoço, aguçando minha vontade de estar nesse retiro. Sem falar na necessidade de entender os sentimentos inesperados que estavam me visitando naquele momento.

Passei a tarde no escritório e vi que se me organizasse poderia fazer o retiro, principalmente porque seria em um local bem próximo. A regra era não sair para nada, porém, numa emergência, com certeza autorizariam. Eu estaria de aniversário já no primeiro dia do retiro, e isso seria ótimo. Momento pessoal de finalização e início de novo ciclo. Decidi não falar com Hugo sobre minha intenção de participar, até ter certeza.

Mandei mensagem para me inscrever, explicando que não tinha feito a iniciação que eles pediam, mas que já estava há alguns anos no caminho do autoconhecimento. Como em dois dias não me responderam, pedi para uma amiga, que era voluntária dele, se informar se eu poderia participar. À noite ela respondeu que eu poderia, sim. Ele pessoalmente havia autorizado. Me perguntei o que fez o Guru consentir minha ida. Teria se lembrado de mim ou intuiu que eu aguentaria o tranco?

Algumas vezes tive o privilégio de sentir o astral me guiando em relação a alguma decisão a ser tomada. Eu simplesmente me conectava com uma orientação inominável, que me dava a resposta. Me lembrei especificamente de uma vez em que estava em uma encruzilhada, e o Universo veio em meu socorro. Precisava decidir se permaneceria em um trabalho importante de consultoria, ou se saía. No grupo havia pessoas de ética duvidosa, e isso estava me fazendo sofrer. Na primeira noite que passei em claro resolvi tomar uma decisão. Rezei pedindo uma resposta e avisei ao Universo que acataria sua orientação através da utilização de algum oráculo. Decidi tirar uma carta do tarô, e veio a carta Coragem. Coragem para ficar ou para sair? Fechei os olhos e refleti. Ficar não exigia coragem e, sim, descumprimento dos meus valores. Estaria negociando com minha consciência, fazendo concessão. A coragem era necessária para mudar o rumo das coisas, dando um passo alinhado com a verdade do meu coração. De repente minha visão foi clareando, e eu decidi sair. Naquele momento nada garantia meu acerto, a não ser minha confiança no caminho da luz. Até hoje agradeço aos céus por ter tomado essa decisão, pois o processo desse trabalho foi caótico; o resultado, equivocado, e a ótima profissional que entrou no meu lugar se arrependeu amargamente. Por coisas assim eu acreditava na guiança do astral e que todos nós temos acesso a essa sabedoria. Sim, o Guru deve ter intuído que eu suportaria o mergulho. Para alguém conectado com a consciência maior, qualquer simples decisão pode ser clara como a água nascente.

Eu estava feliz por ver tudo se encaixando como uma estrada que se alinha na nossa frente, pedindo para ser atravessada. Contei a todos. Passei os dias seguintes realizando as atividades do Círculo Mágico e dando as orientações de como deveriam proceder na minha ausência. Ayara foi uma das que mais reclamou da minha repentina decisão de passar onze dias fora.

— Como é que eu vou ficar aqui sem você?

— Fique tranquila, minha flor. A partir de agora você precisa aprender a cultivar sua paz e desativar sua ansiedade. A grande mestra tá dentro da gente, e você precisa começar a se conectar com ela. Seu momento mais crítico já passou. Não que agora seja fácil, mas, quando você chegou, mal conseguia se mover na escuridão. Aos poucos você tá se conectando com sua consciência. É um processo só seu. Minha participação em uma vivência como essa vai ser importante pra todos nós. Pro Círculo Mágico também. Quem sabe no próximo retiro você vem junto?

— Imagina… Se ainda preciso de ajuda pra passar por uma vivência de poucas horas, quanto mais onze dias de mergulho. Preciso caminhar muito pra te acompanhar.

— Engano seu. No momento que você aceita o desafio, o Universo te dá as ferramentas e a capacidade de cumprir o percurso. Você vai saber. Comece a trabalhar sua confiança nisso. Eu olho pra você e vejo uma mulher capaz de qualquer coisa – disse, me sentindo irmanada, e a abracei.

Ficamos ali um tempo no calor daquele abraço fraterno, sincero. Quando Ayara se afastou, cruzou as pernas e fechou os olhos. Por sua expressão leve, vi que havia se tranquilizado com o plano da minha breve saída e entendi o convite para silenciarmos juntas. Às vezes fazíamos isso para sintonizarmos e elevarmos nossa vibração. Me entreguei ao momento…

Essa menina chegou aqui tão despedaçada, e aos poucos sua verdadeira natureza estava aflorando, cheia de humanas imperfeições e, por isso mesmo, perfeita. Esse sentimento era potente, e eu agradeci a Deus por poder enxergar beleza nas nossas falhas. Me lembrei da minha irritação com Daniele. Racionalmente eu conhecia o caminho para liberar esse sentimento enfraquecedor, mas não conseguia concluir o processo. Era uma projeção. Eu sabia que ela espelhava meus aspectos fúteis, e, quanto mais egoísta ela me parecia, mais isso indicava a negação do meu "eu egocêntrico", que estava lá, em algum lugar difícil de acessar. Sabia que esse espelho era um presente para me transformar, e que alguma questão estava bloqueando a liberação. Essa brecha de desamor com Daniele poderia dar espaço para outras angústias, e isso se revelaria no retiro. Pude enxergar por trás do sofrimento meu ser entusiasmado pela oportunidade de encarar a sombra. Acreditava que camadas mais profundas dos meus medos estavam se movendo para a luz.

Decidi não dar passagem para a culpa de não estar conseguindo evitar o ato de julgar. Comecei a colocar em prática um ensinamento muito simples: agradecer todos os conteúdos que emergiam, inclusive os julgamentos, pois dessa forma eles perdiam a força. Quer dizer, para transformar o efeito maléfico da sombra, é só abençoá-la.

O curioso é que estava vivendo conflitos intensos, e as pessoas não faziam ideia do que acontecia dentro de mim. Não que eu estivesse preocupada em esconder, mas sabia que não adiantaria derramar nos outros as minhas aflições. Uma das primeiras coisas que aprendi no caminho do autoconhecimento foi a autorresponsabilidade. Assumir meus processos sem dar trabalho e buscar minhas próprias curas. O ego é muito astuto e às vezes se manifesta fazendo drama, só para chamar atenção. Eu era a única pessoa capaz de resolver de verdade minhas questões. Evitava a vitimização, pois essa era uma atitude que me colocava na incapacidade de mudar as coisas. Culpar alguém ou pedir ajuda simplesmente retirava meu poder de criação e o entregava ao outro.

Sentindo que minha energia voltava a se harmonizar, decidi ir visitar os cavalos. Chegando nas baias, começaram a relinchar e a me chamar para um cheiro no focinho, que era como eu gostava de cumprimentá-los. Aos poucos uma energia de liberdade se apossou de mim. Soltei o Peralta, e saímos caminhando lado a lado, entre as árvores. Desde sempre eu possuía uma facilidade enorme para me comunicar com os cavalos. Nossa mente se conectava naturalmente, e eu me deixava afetar por eles. Falei em seu ouvido:

— Peralta, obrigada por nossa amizade. Passei dias sofrendo com ataques que vinham de mim mesma…

O animal se agitou, e eu entendi que ele queria brincar. Subi no cavalo em pelo, e ele deu sinais de querer galopar. Deixei. Cavalgamos num pôr do sol deslumbrante. Finalmente a nuvem dentro de mim se dissipava, e eu conseguia vibrar alegria e gratidão por simplesmente estar viva.

Naqueles dias, em muitos momentos, pude entender a natureza impermanente e mágica da vida e sentia que meu grande aprendizado seria desapegar, confiar e me entregar à mudança inevitável dos acontecimentos. Estava passando pelo que chamam de "inferno astral", que é quando estamos concluindo o ciclo pessoal de um ano e precisamos finalizar os processos, para reiniciar o novo ciclo sem pendências. Fechar com chave de ouro, ou com o nosso melhor, exige esforço e humildade. Me determinei a enfrentar as dores e as delícias dessa pequena morte, que estava apenas começando...

CAPÍTULO 14

Faltavam cinco dias para o início do retiro do Guru. Eu estava tão cheia de atividades, que decidi pausar para uma meditação mais demorada. Através da respiração consciente, buscava limpar meus pensamentos. Um dos questionamentos que eu me fazia era se realmente devia ter aceitado participar do retiro com Hugo. Poderíamos interferir no processo um do outro.

Depois de quase uma hora meditando, me levantei e o vi deitado na rede. Ele me observava. Fui ao seu encontro.

— Tá tudo bem?

— Sim. Tudo ótimo! Tô me sentindo muito em paz aqui. Neste momento tô me perguntando por que não vim te visitar antes.

— E teve alguma resposta?

— Talvez eu tivesse me apegado a algum tipo de vingança por você não estar do meu lado.

Escutei aquilo surpresa com sua maturidade, pois eu sempre senti isso, mas achava que ele jamais admitiria.

— Preciso te falar sobre outra coisa – anunciou. – Quando estive com Clara no mês passado, ela me disse que ia ter umas semanas de folga e que queria vir aqui te visitar. Eu confessei que tinha a mesma vontade, e combinamos de te fazer uma surpresa.

E, diante da minha expressão feliz e atordoada ao mesmo tempo, ele concluiu:

— Ela me avisou hoje que comprou a passagem. Como tem compromissos de estudo, não pode chegar pro seu aniversário, e isso foi bom, porque você não vai t aqui. Ela vai chegar faltando três dias pro final do retiro. Então acabei de decidir que não vou junto. Você vai, eu fico curtindo esse paraíso, pego Clara no aeroporto quando ela chegar, e vamos os dois te buscar pra gente comemorar seus cinquenta e dois aninhos. O que acha?

Fiquei alguns minutos emudecida. No passado tinha dificuldade quando outros eventos ou pessoas mudavam meus planos. Há tempos havia superado essa limitação, e agora ela voltava a dar sinal. Me senti regredindo. Busquei dentro de mim o verdadeiro sentimento de entrega e, nessa atitude, consegui enxergar a perfeição do que estava acontecendo. Me dei conta de que era como se o Universo tivesse providenciado exatamente o que eu desejei. Esse movimento interno aconteceu em poucos segundos, e eu pude dizer, sentindo a vibração mudar:

— Como você quiser, querido.

Segui meu caminho de preparativos sem me incomodar mais com os fatos. O que tiver que ser, será. Me dediquei a conduzir os aprendizados de Ayara com atenção e sentia que ela estava progredindo. Ângelo voltaria para ficar no Círculo Mágico, ajudando na minha ausência. Edgar estava se adaptando à presença do meu ex-marido e começava a encarar o fato de eu não estar interessada numa relação com ele. Só Daniele me preocupava. Ela passava o dia atrás de mim, tentando suprir suas carências. Encontraria alguém com a mesma determinação de transformar a própria impaciência em aprendizado? Mas aí já não era da minha alçada. Cada um teria que se gerenciar.

Como boa virginiana, comecei a pensar no que levaria na mala: além das poucas roupas, estava carregando comigo algumas culpas. Peso que eu esperava desfazer nos dias de introspecção. Não tinha a menor ideia de como funcionava o processo do Guru e estava confortável em deixar para saber na hora. Experimentava vivências tão radicais, que aguentaria qualquer travessia. Eu estava certa sobre minha capacidade de suportar, mas não imaginava quão profundo e sacudido seria o mergulho.

Em nenhum momento da última semana eu havia sentido a excitação que se apresentava agora. Euforia por estar prestes a conviver com o Guru por vários dias. Além do encontro iniciático há nove anos, eu tinha lido um livro dele que me abrira algumas portas de percepção do universo interior. A partir de então passei a escutar suas palestras postadas na internet. Muitas delas me tocavam tão profundamente, que operavam verdadeiras curas. Me lembro de uma longa palestra em que a palavra do Guru me guiou pelos labirintos do eu inferior, em que costumamos alimentar monstros imaginários que, à medida que o tempo passa, vão se tornando cada vez mais reais. Passei dias investigando esses seres sugadores de energia, criados por mim, inconscientemente. Fazia minhas atividades quotidianas, mas meu olhar estava voltado para o sistema oculto em ação. Foi uma das experiências de cura que me colocou em contato com o estado de plenitude, mas antes precisei encarar o inferno. O processo foi acelerado pela Água Mater, e, durante uma vivência, me deparei com meu maior medo materializado em uma criatura aterradora.

Sem dúvida, foi uma das experiências mais difíceis que vivi. Deixar o medo trancado nos meus porões, fora da minha visão, era a situação perfeita para ele me dominar. Quando já havia desistido de lutar e me entreguei a algo que parecia ser a morte real, um fio de luz surgiu do nada, me mostrando uma flor que nascia da lama e desabrochava em beleza e perfume. Era a flor de lótus representando o processo de transformação. Depois de ter passado aqueles dias vivenciando minhas sombras, a luz começava a iluminar a escuridão, me revelando que não existia nada, a não ser a minha essência luminosa e livre para escolher seus conteúdos. Todo o sofrimento havia sido uma construção mental. O Guru havia me guiado nesse caminho de desmonte da ilusão através das palestras na internet, e, por essa eficácia do contato virtual, eu nunca pensei em encontrá-lo pessoalmente. Mas agora o Universo abrira os caminhos, e eu estava prestes a passar onze dias na sua presença.

Me despedi de todos e pedi para meu irmão me levar. No pequeno trajeto até o retiro nos divertimos relembrando fatos dos últimos dias, e meu coração bateu forte quando adentramos o local. A luz dourada do pôr do sol banhava a recepção de madeira, ladeada por caramanchões de flor violeta. No altar com o Ganesha, uma foto do Guru com seu olhar sereno e potente ao mesmo tempo. Eu estava levemente emocionada, mas guardei esse sentimento só para mim.

Me despedi de Ângelo e me deixei conduzir para o alojamento por um rapaz jovem, que me pareceu familiar. Era bonito e divertido. Depois de alguns metros conduzindo um carrinho de mão que levava minha pequena mala e algumas toalhas limpas para os quartos, ele parou e me olhou com um ar maroto.

— Desculpe se tô sendo invasivo, mas como a gente vai estar sem comunicação verbal nos próximos dias, preciso dizer que ouço falar muito bem do seu trabalho no Círculo Mágico Despertar da Luz Divina, que sempre quis conhecer. Você é Alva Mãe, né?

Confirmei, curiosa com sua fala. Ele continuou:

— Que sorte por te conhecer e que pena que nessa situação não podemos conversar tanto quanto eu gostaria. Tô dirigindo um documentário sobre os movimentos esotéricos que acontecem nesta região. Tem muito trabalho de expansão da consciência aqui na Chapada Cristalina... Dizem que é por ser uma das maiores concentrações de energia luminosa proveniente dos cristais.

Eu apenas ouvia, achando divertido o rumo da prosa. De repente ele parou e disse:

— Desculpe. Tô te incomodando?

Só tínhamos nós dois andando pela trilha de areia ladeada pela vegetação de cerrado. Respondi calmamente, contrastando com a excitação típica da juventude. Eu gostava de estar perto desse tipo de energia.

— Não tá incomodando nada, mas é certo que não podemos conversar muito hoje. Me procure depois do retiro, e vou ter o maior prazer em te atender.

Diante da minha promessa, ele se acalmou e seguiu cantarolando um mantra muito bonito. Me indicou o quarto individual, descarregou minha sacola e avisou que eu deveria me dirigir ao salão principal o quanto antes. Perguntou se eu queria que ele me aguardasse para voltarmos juntos, e eu respondi que não era necessário. Só depois que ele saiu me dei conta de que não sabia seu nome. Tudo bem, devo encontrá-lo muitas vezes. Fiz o percurso de volta sozinha, me perguntando se o Guru nos receberia já na primeira noite. Ainda não. Uma hora depois, no salão das palestras, uma voluntária nos orientou que voltássemos nossa atenção para dentro. Ele nos encontraria a partir da manhã seguinte, e então passaríamos todos os dias juntos. Nós, em silêncio; e ele trazendo ensinamentos entre os vários momentos de mergulho na meditação coletiva. A voluntária também explicou que as refeições seriam feitas por cozinheiras da região, especializadas em comida ayurvédica, e que os outros serviços poderiam ser feitos por nós, se alguém quisesse colaborar. Me senti confortável com a perspectiva de entrar em uma rotina muito parecida com a que criamos no nosso núcleo de expansão da consciência. Parece óbvio, mas geralmente não nos lembramos de que viver com o sentido de coletividade é a melhor maneira de aprender a nos pacificar e estar em harmonia com o mundo.

Escolhi molhar as plantas do jardim próximo ao grande salão. A voluntária recolheu nossos telefones celulares, que só seriam devolvidos no último dia. Algumas perguntas foram respondidas, e ela nos liberou para o jantar. Procurei pelo rapaz que havia me conduzido até o quarto com a intenção de conversar um pouco mais antes do início do silêncio, mas não o encontrei.

Todos se recolheram para dormir cedo. Eu, que já tinha esse hábito, devo ter adormecido por volta das vinte e uma horas.

Acordei às cinco. Era o dia do meu aniversário de cinquenta e dois anos. Estava feliz e vibrante pelo que viveria nos próximos dias. Às seis horas, escutei o som de uma concha-corneta, que seria tocada diariamente para nos chamar para a oração matinal. Andei pela estradinha de areia por quinze minutos ouvindo os pássaros e às sete horas estava pronta para os cânticos da manhã. Por vinte minutos cantamos os mantras em sânscrito. Às oito horas fizemos uma prática física baseada em yoga, bioenergética e outras técnicas para conscientizar o corpo, fazendo a energia circular. Às nove tivemos um maravilhoso café da manhã, e quem quisesse poderia oferecer sua contribuição no serviço coletivo. Cada um ia fazendo o seu e se dirigindo ao grande salão para esperar pelo Guru, que chegaria às dez horas. Como era o dia do meu aniversário, reguei o jardim com o sentimento de estar sendo presenteada com flores. Também intuí que o Guru passaria por ali, e foi o que aconteceu.

Nos dias seguintes eu faria tudo com o primor de uma aluna que ama seu mestre e quer, de alguma forma, retribuir o conhecimento recebido. Assim eu sentia o Guru. A devoção nascia da gratidão, e não da obrigação.

Acabando meu serviço voluntário, fui para o grande salão. Na parte central, que ficava diante da poltrona do Guru e do altar, havia muitas almofadas espalhadas. Eu queria ficar perto e sentir diretamente sua energia. As flores naturais, em volta de sua poltrona e nas sandálias de madeira que ficavam no chão, traziam delicadeza e um suave perfume.

Me sentei na segunda fileira de almofadas, achando que a primeira fosse para algum grupo específico de pessoas. Não era. Alguém percebeu minha hesitação e indicou com a mão que eu poderia ocupar a frente, que ainda estava vazia. Na verdade, eu aprendi a ter esse comportamento quando visitava algum lugar novo. Como indica uma parábola de Jesus, é melhor ser convidado a se aproximar do anfitrião do que ser convidado a se retirar de um lugar privilegiado.

Sem dúvida, era um privilégio estar sentada à sua frente. Algumas vezes havia assistido aos vídeos do Guru na internet, me perguntando quem eram as pessoas de sorte diante de sua luminosidade. E não é que em poucos meses essa situação, secretamente desejada, estava se concretizando? No tempo certo, o pensamento se materializou. Um sorriso se formou, acompanhando a lembrança de que o Universo realmente dialoga conosco o tempo inteiro.

O salão foi enchendo, e, quando soou o om nos alto-falantes espalhados pelo terreno, já estávamos todos de pé, com as mãos em prece, esperando o Guru. Eu simplesmente ia seguindo o movimento do coletivo. Logo ele subiu silencioso a pequena rampa, deixou os chinelos na porta como todos e adentrou o salão, cumprimentando as pessoas a cada passo com uma leve reverência. Ao parar diante de mim para sentar em sua poltrona, me abriu um lindo sorriso de reconhecimento e boas-vindas. Me senti acolhida. Aquela receptividade tão especial no dia do meu aniversário ativou sentimentos sublimes. Sem saber bem o que havia sido despertado dentro do mim, eu recebia cada palavra proferida pelo Guru como se fosse uma joia rara. Ele falava de ensinamentos muito profundos, e as lágrimas começaram a rolar pela minha face. Parecia que pérolas desciam do céu na minha direção. Passei o dia em estado de graça. Meditando ou escutando-o, a simples presença do Guru despertava o que eu tinha de melhor para oferecer ao mundo: meu amor.

Ele avisou que à noite teríamos uma oração com a banda tocando, e eu intuí que depois disso eu só o veria no dia seguinte. Então escrevi em um pedaço de papel: "Hoje completo 52 anos de vida. Gratidão por esse dia! Alva Mãe". Enquanto o Guru meditava num lugar reservado e nós lanchávamos, entreguei para uma voluntária levar até ele. Era preciosa a oportunidade de renovação de ciclo em sua companhia no primeiro dia da travessia, e eu queria compartilhar esse entusiasmo. Não sabia se a voluntária conseguiria dar o bilhete e se ele iria ler, mas estava tão em paz, que entreguei o resultado dessa tentativa ao Universo.

Às dezoito horas começamos a cantar os mantras em sânscrito. Depois de algum tempo o Guru entrou no salão. Vi a voluntária deixando meu pequeno bilhete na poltrona. Ele chegou, pegou, leu e me abriu um sorriso tão amoroso, que me lembrou meu pai. De novo as lágrimas rolaram pelo meu rosto. Não havia nenhum drama, era como se um núcleo de amorosidade dentro de mim tivesse sido ativado por seu olhar afetuoso e pelos mantras. Cantei com o corpo e a alma vibrando na frequência mais alta da gratidão. Eu estava impressionada e surpresa com a intensidade do que estava sentindo. Sabia que a purificação muitas vezes vinha acompanhada de lágrimas ou outras sensações intensas de limpeza, no entanto há muito tempo isso não acontecia comigo. Ultimamente, toda a intensidade do que eu sentia brotava para dentro, mas essa experiência estava sendo tão forte, que transbordava. Eu acompanhava os músicos, lendo o caderno distribuído para os novatos, e, apesar de desconhecer o significado das letras dos mantras, sentia presenças celestiais enquanto cantava.

Ao final do ritual todos se levantaram, e eu estava em êxtase. O Guru se ergueu e, surpreendentemente, em vez de andar para a saída, veio em minha direção e me deu um longo abraço. Me entreguei ao sentimento de amor que emanava dele. Depois que saiu, me sentei no chão e apenas respirei devagar.

O Guru havia nos orientado a realmente não falar e seguir o fluxo do corpo coletivo. Eu me sentia cada vez mais confortável com o processo. Sempre achei que a comunicação telepática poderia ser algo comum, mas a maioria das pessoas não conhece essa possibilidade e não utiliza esse instrumento. Na natureza a telepatia acontece o tempo todo. Nos movimentos migratórios os animais são teleguiados entre continentes através da comunicação telepática. Essa conexão é gerenciada pela glândula pineal, um pequeno órgão em forma de pinha que fica bem no centro da cabeça. Essa glândula é regulada pela influência da luz e, nos animais translúcidos, tem a córnea como olho. Por essas características, propriedades de visão sensitiva e por sua localização, em algumas filosofias é chamada de terceiro olho. Esse órgão contém cristais de apatita e funciona como uma espécie de antena ou sensor, sendo responsável pelo sexto sentido, mediunidade, intuição e outras funções extrassensoriais. São esses cristais que captam informações por ondas eletromagnéticas, possibilitando a conexão entre as pessoas ou entre os animais que migram. Apesar de estar sendo mais estudada agora, já no século XVII René Descartes considerava a glândula pineal como o ponto de união entre o corpo e a alma. Nos seres humanos essa glândula também interage com o córtex cerebral, que é onde acontecem todas as ricas conexões neurais que geram a linguagem, percepção, emoção, memória e razão. No hinduísmo a pineal é um órgão importante, pois está ligado a dois chakras responsáveis pelo desenvolvimento extrafísico: o chakra frontal, no centro da testa, e o chakra coronário, no alto da cabeça. É como se essa glândula tivesse o poder de acordar nossa transcendência. Parece algo fantástico, mas é a ciência comprovando que a comunicação telepática é feita por ondas vibracionais, como frequências de rádio. Dependendo do comprimento da vibração ou ondas em hertz que você emite, isso vai se conectar com frequências similares. Dentro do retiro a tendência era nossa vibração ficar tão parecida, que realmente não havia necessidade de nenhuma palavra ou olhar. Ao contrário, no momento em que estávamos de olhos fechados era quando eu podia enxergar com clareza todo o salão. Brincando um pouco com isso, entregamos nossos celulares no início do retiro, porque estaríamos conectados através de uma comunicação mais potente dentro de nós.

Ao ir para meu quarto depois desse primeiro dia pensei na intensidade do mergulho que acabara de iniciar. As coisas ainda estavam acontecendo no nível do inconsciente, mas eu podia prever que o desenrolar seria revelador.

A experiência ia se ampliando para camadas mais profundas, guiada pelas falas do Guru. Ele nos avisou que todo o processo fortaleceria nosso observador, que é aquele que está por trás, testemunhando as experiências do ego, da personalidade. O objetivo era sair dali com auto-observação constante. Um estado que eu já alimentava em mim e estimulava nas pessoas há anos.

A cada dia processos iam se abrindo e se fechando. Começou com observações simples, como na relação com o alimento. Era uma comida feita segundo os princípios ayurvédicos. Tudo orgânico, sem glúten ou lactose; carne, nem pensar. Até aqui, tudo muito semelhante aos princípios do nosso Círculo Mágico. Mas reparei que a grande maioria das pessoas tinha o hábito de energizar a comida com as mãos. Aos poucos comecei a fazer o mesmo, entendendo que o mais importante era a intenção de irradiar nossa própria energia de gratidão pelo alimento recebido e abençoá-lo. Como nosso corpo irradia energia o tempo todo, se focarmos nas mãos, elas adquirem uma enorme potência de concentração e emanação. Como um holofote.

Sempre senti o chakra da mão como um forte canal de troca, e não é à toa que alguns seres iluminados que passaram pelo nosso planeta utilizassem esse portal de energia de cura. Adotei essa pequena atitude, que se conectava a outras que serviam ao propósito de elevar a vibração. Também como praticávamos no Círculo Mágico, a grande maioria ali sabia que, se o corpo físico canalizasse toda energia para uma digestão constante, ficaria difícil descolar da matéria densa, para sentir nossos corpos sutis. Éramos comedidos nas refeições, pois tínhamos consciência de que, para vibrar em frequências mais altas, seria melhor evitarmos os impulsos da devoração, que é uma vibração do chakra básico. Chakra da sobrevivência, ligado às atitudes comandadas pelo instintivo cérebro reptiliano, em contraste com o evoluído e complexo neocórtex. A ideia era transcender um pouco a dimensão dos instintos, e eu percebia essa consciência no grupo, tornando-o um coletivo muito especial.

Começávamos sempre com orações e, depois, atividades físicas que desbloqueavam a energia sutil, quebrando as couraças causadas por emoções reprimidas. Também caminhávamos em silêncio com o Guru, que puxava a fila indiana embalada pela respiração ujjayi por uma hora toda manhã, visando à fluidez nos sistemas respiratório, linfáticos, nervoso, digestivo e outros. Por tudo isso, a energia física vinha de outras fontes, além da comida. No Círculo Mágico eu gostava de estimular as pessoas a sentirem o campo vibracional luminoso do planeta, pela ação do sol, e absorverem a energia do prana, para alimentar a matéria. Afinal, o fóton que compõe toda a estrutura atômica do nosso corpo é simplesmente luz.

Com a força do grupo, as meditações eram intensas. O Guru nos orientava a ir devagar, mas com entrega e coragem. Nesses mergulhos eu visitava lugares distantes, desencavando sentimentos soterrados que guiavam minha vida, inconscientemente. Foram algumas autorrevelações, e constantemente chorava durante o processo. Guiada pelas palavras do Guru, tomei consciência de algumas sentenças que carreguei por toda vida e que haviam sido proferidas quando eu ainda era muito pequena. Eram crenças limitadoras de medo e necessidade de proteção. O difícil do processo era que alguns sentimentos estavam embaixo de muitas camadas de esquecimento, quase inconscientes, por terem sido camuflados na primeira infância.

Me vi menina, tendo experiências de dor que ficaram tatuadas em minha alma. Me recordei que aos sete anos tinha ido ao cinema com uma prima mais velha, e um senhor colocou sua mão na minha perna. Lembrei também que aos nove anos um adulto, amigo da família, havia tentado me beijar na boca. Nas duas situações, meus pais souberam do ocorrido e ficaram muito preocupados. Principalmente meu pai, que era mais esquentado e pensou logo em chamar a polícia ou dar uma lição com as próprias mãos. Eram fatos que eu lembrava vagamente, e emergiu a revelação de que uma parte do meu ser teve medo de fazer meus pais sofrerem. Também temi perder a liberdade de ir e vir, e me esforcei em convencer os dois de que estava muito tranquila e que aquilo não tinha me afetado. Mentira. Havia me afetado, e muito. Mergulhada em meditação, entrei em contato com a verdade e enxerguei que esses eventos me deixaram apavorada e com um forte sentimento de impotência. A partir daquela experiência remota, tranquei minha voz, silenciei minha indignação e assumi uma indiferença que mascarava o que eu realmente estava sentindo dentro das relações íntimas. Comecei a identificar um padrão de apatia diante de questões importantes, e isso ia ficando cada vez mais claro. Me lembrava de momentos em que poderia ter reagido, manifestando o que sentia para mudar o rumo das coisas, e fiquei quieta, deixando os fatos tomarem outra direção que não condizia com minha vontade. Geralmente esses eventos eram cruciais, e não havia volta.

Nessa noite sonhei que estava em cima de um prédio e via uma garota se jogar do topo. Como havia outras pessoas que aparentemente não viam o que acontecia, eu não fazia nada e fingia para mim mesma que aquilo não era importante. Acordei com uma sensação de clareza desse padrão de passividade diante do perigo. Uma espécie de autoabandono. Ele se instalara em meu sistema através dos abusos.

Naquele dia fizemos um trabalho para despertar nosso guerreiro interno. O facilitador falou sobre o guerreiro do bem, que nos habita:

— Se a gente age com consciência e posicionamento firme diante de uma situação que provoca sofrimento, podemos harmonizar o conflito. Às vezes podemos evitar o confronto, às vezes, não. Precisamos ser capazes de agir na hora que for preciso. A vida não coloca os desafios à toa. Talvez o propósito seja a gente abrir mão do nosso ponto de vista e ceder, mas também pode ser fazer a gente enfrentar a situação, que no fundo evitamos por medo.

Durante todo aquele dia peguei na mão dessa "menina Alva" e dei todo carinho e suporte possível. Expliquei que não tinha pedido socorro por medo de perder o amor de meus pais. Que ela estava segura, pois agora eu sabia nos defender. Garanti que iria me posicionar, caso me sentisse violentada, e aos poucos fui me despedindo da atitude de apatia e submissão. Identifiquei muitos momentos em que me negara a lutar por algo, e um deles foi no desmoronamento do meu casamento. Na época me resignei, aceitando o fracasso sem acreditar que poderia transformar a situação. A partir dessa percepção, me perguntei se realmente queria ter me separado de Hugo. Para além de todas as desculpas que eu havia me dado, como interesses diferentes e falta de parceria, eu realmente queria me separar ou essa era apenas a situação que me protegia do confronto necessário com meus medos? Será que o motivo real não foi uma desistência ou fuga? Como nos últimos anos, me ocupara exclusivamente com o autoconhecimento, as questões de relacionamento afetivo haviam sido engavetadas. Naquele momento eu começava essa investigação, sem medo da verdade.

Passei o dia refletindo, mas, no momento da meditação, a ideia era transcender qualquer pensamento através da aceitação. Acolher tudo que viesse, sem julgar, para não me prender aos mecanismos do ego. Existe a mente universal absoluta, que tudo rege e está em grau bem diferente da ainda limitada mente humana.

É da natureza da mente materializar. Se falamos da mente consciente conectada à mente universal infinita, temos acesso a um enorme poder. Mas a mente limitada constrói apenas figuras repressoras da nossa potência maior. Essas criações se manifestam como pensamentos que emergem fora de controle. Se julgo esses pensamentos, a apreciação, ou condenação, cria o apego e o fortalece. Há alguns anos eu havia estudado a forma-pensamento. É quando o pensamento recebe tanta atenção e energia, que adquire forma e forte influência de dominação sobre nós, virando quase uma entidade fora do nosso controle. Quando eu simplesmente o aceito e não dou importância, deixando o pensamento ir como uma nuvem, ele perde o poder que eu lhe havia dado. Assim posso ampliar minha visão, transcendendo os limites dos pensamentos restritos. Por isso a terapia convencional tem seus limites. Ela ajuda, dando alguns passos no autoconhecimento, e pode melhorar o ego, mas geralmente é um processo que fortalece as imagens mentais engessadas. Enquanto que a verdadeira liberdade e expansão da consciência reside na possibilidade de transcender esses padrões. Ego e pensamento fixo andam de mãos dadas. Um se constrói pelo outro, e nossa potência maior está na ruptura desses padrões. Além da razão, existe uma conexão com algo muito maior, que não conseguimos decifrar. Algo que é infinitamente mais potente e confiável. É o que realmente somos por trás da ilusão que nos faz sofrer.

Nessa noite o Guru pediu que parássemos de olhar para o outro. Deveríamos baixar os olhos quando cruzássemos com alguém. Ele explicou que não queria que nos distraíssemos, que deveríamos nos entregar ao fluxo e nos desapegar da necessidade de controle do que estava fora. Ele estava certo. Percebi que meu olhar estabelecia comunicação e toda vez que me comunicava, muito sutilmente, tentava conduzir as coisas para algum lugar. Me entreguei ao desafio. No início achei engraçado e aos poucos fui usufruindo da liberdade de não precisar interagir com ninguém. Realmente a troca despendia energia e me distraia. Afinal, eu dirigia um centro de cura e por isso buscava estar atenta ao outro, fosse para acompanhar o processo, fosse para ajudar em uma eventual necessidade. Mesmo considerando a interação uma das riquezas da vida, o objetivo ali era outro: nos conectar com nosso ser mais profundo, para trazer verdade à nossa relação com nós mesmos.

Enquanto ia me adaptando à nova forma de me movimentar naquele mundo, vivi algumas situações divertidas. No pôr do sol daquele dia saí para caminhar e espairecer um pouco, respirando a natureza da Chapada Cristalina. Era linda demais! Flores selvagens de todas as cores e verdes de todos os tons. Uma benção divina que me enchia de força e gratidão. Então avistei um pássaro no alto de uma árvore que emitia um piado simples. Resolvi brincar com ele, assoviando meu limitado repertório. Pois, no momento em que iniciei esse diálogo, o pássaro começou a emitir cantos impressionantes, sublimes, como eu nunca havia ouvido. Brinquei mais um pouco, provocando, e ele ia se exibindo cada vez mais. Falei em voz alta: Você ganhou! E me diverti extravasando um pouco o peso dos processos desafiadores pelos quais estava passando. Não posso conversar com as pessoas, mas posso com os pássaros, brinquei.

Nos cânticos daquela noite vivi um dos maiores êxtases da minha vida! Cantava como se estivesse no reino de Deus! Minhas lágrimas brotavam feito uma cachoeira. Decidi deixar o mistério agir, sem julgar. O Guru me olhava com um semblante pleno de felicidade e reconhecimento pelo que eu estava vivendo. Eu então fechava os olhos, buscando força para sustentar tanta energia. Num desses momentos em que eu relaxava na plenitude interna, fui levada a olhar para fora, e, ao abrir os olhos, o Guru abriu ao mesmo tempo. Nos olhamos, como se nossas almas estivessem conscientemente conectadas. Foi um momento mágico. Observei que essa transcendência estava acontecendo sem a ingestão da Água Mater. Apenas por eu estar com todos os canais abertos e sendo conduzida por um ritual igualmente poderoso.

No dia seguinte, passeando depois do almoço, decidi pegar flores no caramanchão da recepção e encontrei um livro com a tradução dos mantras. Havia também um bilhete dirigido a quem aparecesse: "leia e devolva". Na mesma hora me acomodei em uma das redes e comecei a ler. Na tradução vi que os hinos falavam da criação do Universo, da verdade dentro de cada ser, da consciência da alma, do nosso aspecto divino e de como ativar o jogo da bem-aventurança. Eram letras de desvendamento da ilusão humana e louvação ao que existe de mais sagrado e poderoso em nós. Exatamente o estado que me invadia cada vez que eu pronunciava as frases em sânscrito. Imaginei que, por ser uma língua muito antiga, a vibração da verbalização abria os portais do significado que carrega, como uma profecia que se realiza infinitas vezes quando proferida.

Naquela tarde, durante um mergulho prolongado no silêncio, recebi uma história inteira, que começaria a escrever assim que acabasse o retiro. Escreveria sobre pessoas que estavam despertando de um sono profundo de sofrimento. Cada uma, em seu grau de consciência, se encontraria para dar esse passo evolutivo de mãos dadas e corações sintonizados no mesmo propósito de despertar do amor. O enredo veio todo, e eu senti a alma gargalhando de alegria por aquele presente. Um sorriso tirou meu rosto da imobilidade da meditação, e precisei me concentrar para não sair dançando entre as pessoas. Poucos minutos depois, foi dado o sinal de intervalo. Saí do salão, e no céu havia uma nuvem que formava o rosto de uma mulher. Serena, leve... Me vi como se fosse num espelho.

À tarde o Guru seguiu nos oferecendo tudo o que estava estudando sobre o momento de transição evolutiva da humanidade. Nos revelava mecanismos para transcendência da ilusão do sofrimento. Ferramentas para atravessar até a outra margem do rio, sãos e salvos. Algumas eu conhecia bem, outras eu precisava aprimorar.

Ele indicava a importância da meditação, disciplina, paciência e generosidade. A meditação era, para mim, sem dúvida a primeira porta da transcendência. Eu não conseguia me imaginar sem os momentos de quietude interna e também não conhecia nenhum canal mais potente para acessar meu centro de força e sabedoria. Até a vivência com Água Mater eu via como uma meditação mais intensa, com ativação da mediunidade, comunicação com outros planos e expansão do corpo energético.

Sobre a disciplina, o Guru enfatizou sua importância fundamental, mas alertou para que essa atitude não fosse rígida e, sim, maleável. Capaz de se moldar às necessidades do momento, pois estávamos diante de uma mudança de frequência da dor para a frequência do amor.

— Precisamos deixar aflorar uma nova forma de nos relacionarmos com o mundo e com o outro. A verdadeira paz nos traz relaxamento, entrega, confiança. Se estamos alinhados com o caminho do coração, podemos adaptar nossas ações à necessidade do momento, sem negar o caminho nem a interação com o irmão. A disciplina rígida que não considera a existência dos outros nos fragiliza e traz sofrimento – lembrava.

Escutei atentamente sobre a paciência. Era o que eu sentia precisar. O Guru sugeriu empenho para alcançarmos a tranquilidade necessária, para deixarmos o Universo fazer sua parte. Enxerguei que, naquele momento, estava vivendo uma situação inusitada de falta de paciência com Daniele. Foi quando o Guru começou a falar da generosidade e percebi que talvez fosse esse o sentimento que faltava. Por um instante pude enxergar minha falta de generosidade com essa amiga de tantos anos, mesmo que nossa história não tivesse acabado bem. Então o Guru me deu a chave capaz de abrir meu ser para a generosidade:

— Para sermos generosos precisamos primeiro ser gratos.

Ele disse só aquilo, e eu entendi tudo. Para sair da impaciência, que pode estar associada à raiva que impede a fluência da generosidade, precisamos primeiro sentir gratidão. Cada pessoa carrega um motivo para sermos sinceramente gratos. Mesmo que tenham nos causado dor, a experiência nos possibilitou autoconhecimento e empoderamento pessoal. É só a gente querer enxergar. Naquele momento eu me sentia profundamente grata por esse ensinamento tão simples: a gratidão é a chave que abre a porta da generosidade.

Depois desse assunto, que foi explorado com bastante paciência e generosidade, mergulhamos em uma meditação que deve ter durado mais de uma hora. Me emocionei algumas vezes por estar recebendo ensinamentos tão preciosos para o momento em que estava vivendo. No final do dia o Guru sugeriu que a gente passasse a noite repetindo internamente a palavra "mãe" como se fosse um mantra, pronunciado do jeito como cada um costumava chamar na infância. E completou:

— Invoquem a luz da mãe.

Dormi e acordei com esse mantra, e já não lembrava em que dia estávamos. Não sabia se era terça, quarta ou quinta. Havia chegado no sábado, e as muitas horas olhando para dentro criara uma nova conexão: a do tempo interno, em que os ciclos se iniciavam e se concluíam de acordo com cada processo de cura. Havia me desconectado da marcação convencional do tempo para habitar o eterno agora. Era gostoso estar alinhada com o presente, mas existia a curiosidade de saber em que dia estávamos. Depois de um tempo entendi que não tinha como. Não havia nenhum calendário por perto, e não podíamos falar. Escolhi aceitar e assim trilhei meu bucólico caminho de terra com o sol nascente, acarinhando meu rosto. Mantras, prática física, caminhada com o Guru, e lá íamos nós rumo à próxima decolagem ou mergulho.

Em sua condução, o Guru deixava claro que tudo o que era guardado fora da consciência causava grande desordem na vida. Ele enfatizava que muitas vezes a gente possuía uma dificuldade que não tinha razão aparente, mas a origem do problema estava lá. Um grito não proferido, uma rejeição sentida, lágrimas não derramadas, distrações para não sentir dor, que, exatamente por ter sido ignorada, causava ainda mais sofrimento.

— Quando fugimos da dor, o sofrimento se instala e ganha vida própria. Por outro lado, quando a encaramos, ela cumpre seu papel nos ensinando algo e se vai. A dor do corpo ou da alma é uma mensageira de algo importante pra nossa evolução – dizia, passeando seu olhar amoroso por cada seguidor à sua frente.

Era o que acontecia nesse processo de muitos dias. Eu estava entrando em contato com meu mundo subterrâneo e com dores antigas, consciente de cada passo. Constantemente me lembrava de que a busca exigia coragem e entrega. Alguns aspectos da minha vida estavam encobertos por crenças baseadas em complexo de inferioridade-superioridade, exclusão, culpa, sentimentos nascidos da ideia de separação inerente ao ego. O caminho da cura era o desmanche dessa farsa, deixando uma clara visão de que eu era a criadora de todas as histórias, que serviam para sustentar crenças completamente equivocadas. Na tentativa de fugir da dor, eu estava também me privando do amor, pois não era possível sentir só uma parte. A sensibilidade nos torna vulneráveis a todos os sentimentos, mas com o tempo podemos aprender a integrar e transmutar as polaridades negativas. Sim, é tudo polaridade. Tristeza-alegria, pertencimento-exclusão, ódio-amor, tudo polaridades opostas de uma mesma energia.

Apesar do intenso trabalho interno, me sentia com uma força que transbordava. Nessa noite a lua estava cheia, e, voltando sozinha pela estrada de terra povoada por incontáveis vagalumes, parei por um instante. Sentia a energia vibrar dentro e fora do meu corpo, me conectando a tudo. Respirando fundo, decidi me disponibilizar para essa força que pulsava, pedindo para fluir livre. Aos poucos me entreguei à dança que crescia em movimentos circulares, femininos e vigorosos com os quais eu estava familiarizada. Era Diana. Uma energia que havia se apresentado pela primeira vez numa vivência com a Água Mater. Naquela época, identifiquei que era pura energia vital e que "ela" já me acompanhava há muito tempo, mas quando se manifestava na vida, me fazia perder o controle, causando alguns estragos. Com o passar dos anos fui me relacionando com Diana no intuito de fazê-la evoluir junto comigo. Era parte do meu ser e, se eu pudesse conduzi-la sem perder o controle, "ela" me ajudaria com sua potência. Para isso foi preciso a aproximação e permissão para que se manifestasse livremente em momentos como aquele, em que eu estava protegida. Minha sensibilidade era tanta, que eu podia sentir a luz da lua tocando minha pele.

De repente escutei uma voz masculina que cantava um mantra indiano a poucos metros de mim. Imediatamente reconheci a voz do jovem que havia conversado comigo no primeiro dia. Ele me olhava. A força de Diana se intensificou, e eu entrei em estado de êxtase através da dança. Sentia enorme prazer com o som daquela voz fazendo meu corpo vibrar ainda mais. Então me veio a certeza de que tudo o que estava acontecendo tinha um propósito e que meu coração sabia exatamente aonde precisava me levar. Me entreguei.

Acordei no mesmo horário dos outros dias com uma sensação de ter encontrado algo muito precioso para minha vida. Só não conseguia racionalizar o que era. Estava pronta para mais um dia de processos intensos. Recebíamos papel e caneta para desvendar nossos segredos, e, através desse exercício, eu podia sentir o forte impacto em todo o grupo. O esquecimento se tornara o bálsamo para as dores do passado. Era preciso desativar o medo e descobrir onde a autoproteção havia me privado da própria vida. Eu começava a ver que minha falta de consciência criara alguns karmas. A essa altura, me resignei a ter humildade e paciência para ressignificar minhas experiências de relacionamento, levasse o tempo que fosse. A retirada das máscaras era um experiência desagradável para o ego, mas era o caminho da paz e real liberdade.

Me lembrei de algumas vivências com Água Mater, em que eu entrava num *looping* e revivia encarnações que se repetiam iguais, como se eu estivesse presa a um padrão kármico de desamor. E sempre surgiam as perguntas: Vale a pena viver assim, fazendo as coisas do mesmo jeito? Sem me abrir pro verdadeiro amor incondicional? Sem alcançar a plenitude como ser de luz? Começava a pressentir o amadurecimento para o ponto em que me renderia à minha revolução pessoal.

Depois desse exercício o Guru nos convidou a concluir o trabalho, num ritual com flores e fogo. Uma mulher que eu havia aprendido a admirar naquele retiro se colocara ao lado de uma mandala gigante feita de sementes e flores naturais, que emprestavam cores e vida ao palco de transmutação. Muitos objetos simbólicos arrumados estrategicamente e, no centro, uma pequena fogueira sobre uma bandeja de prata. A condutora cantava mantras em sânscrito e queimava líquidos e incensos em momentos-chaves para que o trabalho espiritual acontecesse. Em algumas passagens éramos convocados a cantar juntos. Assim como na vivência do nosso Círculo Mágico, a sequência de ações realizadas com precisão matemática e a utilização de objetos de poder abriam o portal para a dimensão da cura. Nada ali acontecia por acaso, e quanto mais antiga a ritualística, maior seu poder de abertura dos canais de sensibilidade e purificação. Os mantras proferidos faziam minhas sombras virem à tona, e eu encarava cada uma delas.

Relembrei de uma das primeiras lições no caminho da espiritualidade: quando estou olhando para minha verdade, desfazendo as ilusões e com isso elevando minha vibração, o ego me culpa pelas minhas imperfeições, e eu desço para o inferno. Em vez de me libertar na tomada de consciência, caio na armadilha da culpa.

Me imbuí do sentido da verdadeira humildade em reconhecer meus limites e busquei a visão ampliada, que não crucifica, mas aceita as imperfeições e vai se melhorando com autocompaixão e amor próprio. Dessa forma, conseguia permanecer em paz. Estava tendo a oportunidade de reviver lições do passado, que hoje eu compartilhava com os buscadores que chegavam ao Círculo Mágico. À medida que ia me liberando da culpa, me sentia mais leve, e o corpo de dor, que se alimenta de sofrimento, perdia a força de me puxar para baixo.

Nessa manhã acordei escutando uma voz bem próxima ao meu ouvido:

— Alva, venha para a luz!

Me assustei, como se alguém realmente tivesse sussurrado, mas eu estava sozinha naquele quarto! Quando recebia orientação do

Universo, isso acontecia em forma de pensamento ou impulso. Dessa vez foi uma voz! Feminina. Era uma real conexão com o momento de purificação que estava vivendo. Comecei os preparativos do dia com a lembrança daquele fenômeno inédito para mim. Porém, aos poucos a experiência ia sendo substituída pelos desafios do trabalho espiritual.

À medida que me aprofundava nas faces imperfeitas, outras mais graves apareciam. Me flagrei com um surpreendente sentimento de rejeição, pois quis ajudar na arrumação do salão e, aparentemente, fui bloqueada. Com isso, veio à tona um antigo complexo de inferioridade que eu pensava ter curado. Sucumbi. Me culpei por ainda estar cometendo um deslize tão primário nessa altura da vida. Caí na armadilha, que já conhecia, e me afundei na vibração da culpa por estar sendo infantil. Me vi como Ayara quando chegou no Círculo Mágico, precisando desesperadamente ser aceita. Como eu poderia ajudar os outros, com tamanha carência e inabilidade para tranquilizar minha criança ferida? Não parecia ser eu, e essa falta de aceitação só piorava as coisas.

À medida que o dia passava, apareciam comprovações da minha percepção de exclusão, o tempo todo. Era como se eu tivesse uma visão de raio X, com a qual simplesmente enxergava que algumas voluntárias não queriam minha presença nos preparativos para receber o Guru. Desde o primeiro dia senti que poderia despertar o ciúme delas, pois o Guru me tratava com um carinho especial, com seu olhar constante e amoroso. Será que eu estava certa? Talvez eu tivesse alimentado o ciúme alheio no momento em que imaginei que isso poderia acontecer. Lembrei da física quântica afirmando que o átomo que compõe tudo é ao mesmo tempo onda e partícula, com infinitas possibilidades para se manifestar no mundo físico, de acordo com a intenção do observador. Se nosso sentimento é cocriador da matéria densa, imagine nosso poder de interferências na matéria sutil, ou no pensamento do outro. Realmente precisamos aprender tudo sobre os poderes da mente para produzirmos no mundo apenas o que queremos. O fato era que eu estava adentrando o inferno. As divinas sensações do mergulho nas minhas águas profundas haviam sido suplantadas pelo desespero de ver uma face tão difícil de aceitar. Como uma aparente rejeição havia me desestruturado tanto? Por que eu estava precisando ser acolhida por alguém que não eu própria ou o divino?

Entramos no salão para meditar, e eu me sentia exausta. Após um tempo, o Guru nos conduziu para queimar os papéis escritos nos exercícios, em uma grande fogueira. Então, diante do fogo, eu me esforçava para negar minha imaturidade, e a batalha se apresentou. Nesse ritual de movimentação xamânica e poderosa de transmutação, uma menina absurdamente carente de atenção se fez presente. Eu via as sombras quase materializadas, dançando um baile macabro diante de mim, e assistia chocada à batalha entre a consciência e o ego dentro do meu ser.

Enquanto me sentia impotente e fantoche, respirava fundo, sorria e cantava. Ninguém imaginava o que eu estava vivendo naquele momento. Só o Guru, que pela primeira vez me olhou com ar sério e preocupado, como se estivesse enxergando meus fantasmas flutuarem sobre a minha cabeça. Me entreguei à verdade do momento e deixei as lágrimas de dor rolarem. O orgulho ferido pela derrota me torturava, e eu decidi pedir ajuda. Minha vontade era conversar com o Guru naquele instante, mas encontrei firmeza para seguir as normas do convívio com ele. As conversas precisavam ser combinadas. Procurei uma voluntária, que desconsiderou o fato de eu estar quebrando a regra de não falar, e pedi um encontro com o Guru. Ela foi até ele e voltou com a resposta de que à noite todos teriam a chance de falar e que, no último dia, ele me receberia para uma conversa particular. Pronto. Era o que eu precisava ouvir para me acalmar naquele momento. Meu fardo na transformação estava pesado, mas eu me firmei no propósito de sustentar o processo até o fim.

Saímos dali para o lanche e fomos às orações noturnas. Mais uma vez a banda cantou divinamente e de novo os mantras em sânscrito lavaram minha alma. Ao fim de tudo, o Guru disse que estava sentindo necessidade de ouvir algumas pessoas e olhou para mim. Pediu que aqueles que sentissem o chamado para falar se levantassem e compartilhassem com todos suas reflexões. Imediatamente me levantei. Fui a primeira e senti a energia da coragem me fortalecendo. Eu era uma pessoa que dirigia um trabalho de cura e estava engolindo meu orgulho para expor minhas limitações e com isso arrancar de vez a máscara que parecia ser uma das mais difíceis de lidar: a máscara da pessoa espiritualizada.

Falei de como estava sendo rico todo o processo, como eu estava mergulhando em cada aposento esquecido do meu universo oculto e como a luz estava trazendo novos entendimentos e cura. Mas que, naquele dia, tinha enfrentado uma verdadeira batalha. Falei da minha surpresa por ter caído na velha armadilha do ego, que incute culpa toda vez que nos flagramos em atitude equivocada. E que eu havia conseguido evitar a autopunição até aquele dia, quando defeitos muito infantis se apresentaram. Confessei que estava diante de um enorme complexo de inferioridade, que se transformava em rejeição e necessidade de ser aceita. Eu tremia enquanto falava, mas meu pensamento estava claro como um cristal.

Então o Guru disse:

— Está certíssimo. Você tem passado os últimos anos livre do eu idealizado, que é um tirano implacável e não aceita que você seja nada menos do que perfeita. Mas, nos mergulhos mais profundos que fez aqui, "ele" apareceu de novo, impedindo que você tenha a humildade de acolher essa imperfeição tão primária, que é precisar de atenção. Você se conectou com dores antigas e já tem muita consciência dos seus processos. Seja mais amorosa consigo. Só a espada do amor é capaz de vencer essa batalha. Venha para a luz.

O Guru acabara de pronunciar as palavras que haviam me acordado naquela manhã, e isso me encorajou a confessar um pouco mais:

— Não sei o que fazer. Não sei lidar com o que tô sentindo agora. Nos últimos dias meus pensamentos assumiram o comando, e eu caí do céu pro inferno.

O Guru me fitou com ternura e respondeu:

— A palavra chave é aceitação. Pare de lutar. Abaixe as armas. Se entregue a esse sentimento de dor e dance com ele, até ele te revelar algum ensinamento e ir embora. Mergulhando nisso que você tá tentando evitar, você consegue abrir espaço pra entender que o sofrimento é uma criação sua. Não tem nada de errado acontecendo agora. Você tá bem, tá viva, tá a salvo e suprida de todas as suas necessidades. Então, enxergando a natureza ilusória desse inferno, você começa a se conectar com o que é real: o amor que você tá recebendo da fonte que é inesgotável. Você pode compartilhar o que sente, mas não pode receber o amor de alguém. Ele vem do alto… do Criador.

Escutei cada palavra de coração aberto, agradeci com uma reverência e me sentei. Enquanto outros falavam, fechei os olhos e me dei conta da quantidade de energia que havia gastado naquela batalha, mas sabia que não existia outro caminho. Precisava me vulnerabilizar para enxergar aquela dinâmica.

Saí com um sentimento de gratidão e muito cansada. Não quis jantar. Fui direto para o quarto. Tinha sido um dia extremamente desafiador. O reencontro com meu "general do mal" não estava nos planos, e eu me sentia voltando de uma guerra sangrenta. Entendi que a existência de tiranos, em forma de governos, grupos de repressão ou abusadores, era simplesmente uma reprodução do nosso universo interno.

CAPÍTULO 15

Sonhei com minha filha a noite toda. Sentia muita saudade de abraçá-la, e o amor me encheu o coração, trazendo novas energias. Naquela manhã, enquanto regava as plantas, pude sentir o florescimento da verdade. O sol aquecia meu rosto, me lembrando da minha conexão com a luz. A serviço da luz, pensei em voz alta. Realmente esse farol havia me guiado até aquela experiência de cura... A gratidão começava a ocupar o lugar do medo. Sim, é esse o meu caminho. É assim que eu quero continuar olhando para o mundo. Com gratidão. Me sentindo livre para manifestar meu ser em toda sua complexidade. A caminhada continuaria sendo exigente, mas eu adquirira novas percepções. Mais uma vez havia descido nas minhas profundezas e agora trilhava o caminho de ascensão depois da morte.

Na meditação daquele dia senti pela primeira vez, sem estar sob efeito da Água Mater, o chakra coronário se abrindo no topo da minha cabeça. Era frequente sentir o chakra frontal, ou terceiro olho, colocando a atenção entre as sobrancelhas para perceber seu círculo giratório, emanando e recebendo energia. Mas o sétimo chakra, acima da cabeça, era algo raro, que eu só experimentara nas vivências. Uma sensação incrível. Era como se um portal se abrisse no alto e por ele entrasse um feixe de luz. Me entreguei àquela experiência. De repente me veio o medo de perder a conexão, e logo depois me lembrei da orientação: o apego ao instante faz com que o percamos. Aceitei que não tinha controle sobre aquela abertura e me ocupei em apenas sentir o êxtase. Graças a essa entrega, a conexão durou um tanto, e, quando percebi que estava voltando daquele lugar tão precioso, abri os olhos. O Guru, à minha frente, sorriu como se habitasse e conhecesse o pensamento de cada discípulo naquela sala. Chamou uma voluntária, que, mais tarde, me comunicou que ele me receberia em particular na manhã seguinte.

Depois da reza e considerações sobre os avanços do trabalho, o Guru autorizou que voltássemos a nos olhar. Sem conversas ainda. Durante o jantar, fomos aos poucos nos olhando e sorrindo. Sabíamos da travessia que havíamos acabado de concluir. Dentre tantas sensações difíceis de explicar, uma das que guardarei é o olhar dos irmãos que se reconhecem na consciência de que somos espelhos uns dos outros. Isso que chamamos de realidade é uma cena criada por nossas projeções. Não existe nada lá fora, apenas nossas consciências vivenciando experiências a partir de seus próprios universos internos. Talvez o verdadeiro despertar seja o desmanche do poder das histórias com a descoberta de que são feitas da mesma matéria dos nossos sonhos noturnos. E termos a capacidade de estarmos tranquilos sem o chão dos fatos, conscientes de que nada existe como pensávamos. A maneira que escolho experienciar esse mundo é o cerne da questão. O sistema de crenças, as histórias, as personalidades, tudo ilusão que precisará ser desfeita para conhecermos a verdade. Quem somos?

Consciências interconectadas que existem independentemente do sonho pessoal e até da morte do corpo físico?

Sonhei que andava pelas ruas de uma cidade e todas as pessoas que cruzavam meu caminho tinham minha face, meu corpo. Era eu mesma andando na calçada do outro lado da rua, dirigindo o carro que passava, vendendo pipoca, atendendo em um posto de gasolina... Não existiam eu e os outros. Todos eram literalmente iguais a mim, vivendo outras possibilidades de escolha. Tendo a mesma aparência, ficava mais fácil perceber que somos um e que tudo o que faço ao outro faço a mim própria.

Pela manhã, no trajeto até o banheiro coletivo, que sincronicamente estava sempre livre para cada uma, encontrei a voluntária que me levaria até o Guru. Lavei o rosto, escovei os dentes e saímos no carro que o transportava todos os dias. Sua casa ficava bem perto do lugar onde tudo acontecia, em meio à vegetação verde e flores, como costuma ser na Chapada Cristalina, mas seu jardim estava especialmente florido. Guiada pela voluntária, entrei numa pequena sala. Tinha uma mesa com café da manhã, e ela sugeriu que eu comesse uma fruta. Aceitei. Peguei uma pera do campo e me dirigi a uma janela que dava para o jardim. Fiquei ali de pé, contemplando. Em algum momento senti o cheiro do fluido liberado pela Água Mater e me perguntei se naquele lugar teria a bebida sagrada. No instante em que um beija-flor deu o ar de sua graça, escutei a voz do Guru:

— Seja bem-vinda, Alva.

Só então eu me dei conta de que estava tendo um enorme privilégio. Se no salão cheio de gente já me sentia tocada pela energia dele, naquela sala pequena, com sua atenção voltada para mim, esse efeito se multiplicava. Senti como se aquele espaço estivesse habitado por toda a linhagem espiritual que conduzia o Guru. Muita luz. Meus olhos marejaram, e num impulso quase involuntário me abaixei para tocar seus pés, como os devotos faziam. Foi como se alguém dentro de mim tomasse o comando e realizasse o gesto que fazia parte da cultura milenar, que eu não conhecia bem.

Ele esperou tranquilamente e, quando me levantei, pediu que eu me sentasse. Me acomodei devagar, me concentrando para usufruir a vibração sublime daquele encontro. Ele fechou os olhos, e entendi que devíamos silenciar por um instante. Fechei os olhos também, mas continuei a ver a sala. Vi o Guru levitar, e essa experiência extraordinária me deixou em um estado de alerta incomum. Sem dizer uma palavra, ele transmitia a mensagem de que estávamos juntos, sempre. Que nossa aliança espiritual vinha de tempos imemoriais e continuaria por tantos outros. Na visão ele elevava as mãos e me mostrava um livro. Nesse instante o escutei pronunciar calmamente o om, que finalizava aquele breve momento de silêncio.

Abri os olhos o mais lentamente que pude e, como costumava fazer no salão, fiquei imóvel ainda por um tempo, sentindo a vibração do mantra om. O Guru me fitou com doçura e disse:

— Então você vai escrever um livro?

— Sim! Recebi todo o enredo durante uma meditação, mas ainda não tinha certeza se realmente ia fazer isso. Como você sabe?

— Esse livro faz parte do seu propósito nesta vida. Toda caminhada de luz e de sombra que você tem experimentado, das profundezas às alturas, precisa ser compartilhada. Você tem o dom... dom de transitar entre os mundos e da comunicação do espírito. Seu livro pode ajudar na sua cura e na cura de outras pessoas.

Minha atenção era total, pois queria me lembrar de cada palavra e sustentar no coração a certeza que ele plantava em mim. Eu estava recebendo uma missão e tinha plena consciência disso. De repente me dei conta de que as muitas questões sobre meus dilemas pessoais, que planejava trazer para a conversa, haviam desaparecido. Diante do Guru não existiam dúvidas, só certezas. Uma visão clara e simples sobre tudo.

— Eu acredito na nossa evolução como família humana! – eu disse com firmeza. – Gratidão por toda a sua entrega ao propósito de nos acordar, amado Guru. Gratidão pela luz que irradia e tem expandido minha consciência e a de muita gente!

Ele escutou cada palavra com seu sorriso luminoso. Continuei:

— E se eu precisar falar contigo? Como te encontro?

— Todas as mensagens que realmente preciso responder com palavras chegam até mim. Existem outras formas de você receber minha guiança. Estamos conectados. Confie – fez um breve silêncio e continuou. – Esteja firme no caminho. Suportar a sombra faz parte do treinamento pra suportar a luz, pois sua vibração é muito mais intensa e poderosa. Estamos todos sendo preparados para uma energia muito nova que tá sendo ancorada no planeta... Ainda não existem palavras pra descrever o que tá chegando neste próximo ciclo de Gaia. Muitos guerreiros da luz, que estavam adormecidos, estão sendo ativados pra se prepararem pro bom combate, que será exigido nessa transição da dor pro amor... Confie na nossa aliança e confie na sua intuição. Pois é o canal pelo qual seremos conduzidos pelos seres de luz.

— Vou estar aberta e atenta pra canalizar o trabalho... a serviço da luz...

Fechei os olhos e senti como se nossas palavras estivessem sendo imantadas. Nesse momento a voluntária entrou para colocar mais flores no altar. Eu a observei como se assistisse a um balé de gestos delicados. Ela me olhou e disse:

— Quando quiser, eu te levo de volta, Alva.

Eu e o Guru nos olhamos e sentimos que havíamos falado tudo o que era preciso naquele momento.

— Acho que podemos ir – falei.

— Sim, querida. Se prepare pro nosso dia da vitória – o Guru disse e completou. – Vou me juntar a todos assim que acabar minhas orações.

Me levantei devagar, e nos despedimos com um amoroso abraço. A voluntária pegou uma pequena bacia com água, e saímos juntas. Lembrei que deveria voltar ao silêncio e permanecer nele até o anúncio do término dessa extraordinária jornada de autoconhecimento.

Cheguei no refeitório, e as pessoas estavam acabando de tomar o café. Bebi um chá de frutas vermelhas, ajudei a enxugar os pratos lavados por cada um e fui fazer meu serviço de aguar as flores. Senti que minha respiração estava mais leve. Minha vibração havia voltado à paz habitual, o milagre de quando encaramos nossas sombras. Enxerguei cada etapa da construção da minha própria prisão e, dentro da minha possibilidade em suportar, desconstruí a mentira. É preciso honestidade, coragem e rendição do ego para se colocar realmente a serviço do divino, reafirmei para mim mesma.

Às dez horas o Guru chegou, e saímos para nossa caminhada silenciosa. Voltamos quarenta minutos depois e nos sentamos para meditar. Muitos naquele grupo haviam vivido o processo de despertar, e o Guru passou o dia nos preparando para a volta à "matrix", como ele chamava. Orientava o grupo a ter humildade e atenção com aqueles que ainda estavam dormindo e vivendo através da visão ilusória do ego, alertando que não éramos mais iluminados nem melhores do que ninguém. E, por isso mesmo, precisávamos ter firmeza para influenciar com a luz, em vez de sermos enfraquecidos com a sombra do mundo.

Ao ouvir as palavras do Guru, me lembrei da natureza ilusória da mente. Olhei para as meninas que aparentemente haviam bloqueado minha participação na preparação do salão e senti a compaixão inundar minha alma. Na mesma hora as vi como irmãs no caminho da evolução, assim como eu. Fechei os olhos e senti o perdão florescer em meu coração. Perdoei a elas e a mim mesma por ter me colocado na jaula imaginária do ressentimento. Por extensão, senti compaixão pelos abusadores, e o início daquela jornada veio à tona, trazendo a cura definitiva sobre as questões do passado.

Nesse momento o Guru falou:

— Não se preocupem tanto em se iluminar. Se ocupem em aceitar o irmão como ele é. No dia em que conseguirem aceitar e perdoar, sentirão o amor fluindo e verão que essa é a paz e a alegria que tanto buscam. Iluminação é simplesmente ser capaz de sentir alegria e amor incondicional.

Respirei fundo soltando o ar e, com ele, toda a dor dos últimos dias. Me senti como uma flor que acabava de se abrir para o beija-flor e me ouvi dizendo baixinho: Só o amor importa.

Chegara o último dia. Me sentia como se estivesse voltando de uma longa jornada no mundo da verdade, trazendo no coração o que presenciei. Algumas vezes havia me lembrado de Hugo e Clara como a família que eu precisava resgatar para me sintonizar harmonicamente com a grande família humana. Aparentemente não tínhamos grandes bloqueios em nossas relações, e eu poderia encarar questões anteriormente abandonadas por imaturidade. Afinal, cada um de nós havia buscado sua própria direção e, com isso, o distanciamento. Sincronicamente eu estava retornando do retiro para dias de convivência com os dois, o que me soou como uma oportunidade de reconectar algo perdido.

Eu já estava com a bagagem arrumada. Sempre fui assim: por mais fascinante que tivesse sido a experiência, na hora de partir eu o fazia com determinação. Sem olhar para trás. Caminhei pela última vez aquele trecho de estrada, agradecendo a cada pedacinho de chão pela companhia e já sentindo o abraço que daria em Clara. Buscava me esvaziar dessa expectativa, mas a saudade era maior. Decidi abençoar aquele desejo e ser grata pela possibilidade de estar com ela dali a pouco tempo.

Passei algumas horas trocando impressões e contatos com todos com quem havia convivido intensamente, de quem não sabia sequer o nome. Isso não tinha importância. Havíamos compartilhado a verdadeira identidade: nossa vibração pessoal. Agora era só uma diversão saber cada nome e de onde vinham. O curioso era que, depois de onze dias calados, eu não via ninguém falando compulsivamente. Cada pergunta e resposta eram proferidas de forma objetiva e clara. Uma atenção que eu costumava ter para tornar a comunicação mais eficiente e com pouco espaço para o equívoco. Estávamos conectados com nossos sentimentos, com nossa verdade.

De repente vi o rapaz que me acompanhara até o quarto no primeiro dia e que cantara enquanto eu dançava na noite de lua cheia. Que incrível! Como eu pude estar tão introspectiva, que só notei sua presença uma única vez durante o retiro? Torci para que surgisse uma oportunidade de nos falarmos novamente. Ele me viu, veio em minha direção e parou na minha frente. Pensei naquela noite, alguns segundos antes de escutá-lo dizer:

— Jamais vou me esquecer da sua imagem dançando.

Olhei nos seus olhos sem nenhuma pressa de sair daquele instante. Também não me obriguei a dizer nada. Provavelmente era um cara interessante, mas nossos caminhos eram diferentes. "Eram?". Me escutei fazendo a pergunta silenciosamente. E se esse garoto estivesse cruzando meu caminho de forma mais efetiva? E se aquela intensidade fosse um sinal de que não era apenas um encontro casual? A sensação era muito forte. Ficamos algum tempo nos olhando. Ele quebrou o silêncio:

— Tão me esperando pra gravar uma entrevista com o Guru. Te vejo em breve – e saiu da minha frente, sem ao menos um beijo ou um abraço.

Poderia indagar a alguém que estivesse por ali, mas resolvi voltar minha atenção para o que precisava ser feito: reaver meu telefone e providenciar minha ida para casa. Estava animada e não queria perder mais tempo. Peguei meu celular, que continha mil mensagens não respondidas, e liguei para Hugo, que atendeu aparentemente emocionado.

O estranho foi que achei aquilo muito natural, como se fôssemos nos reencontrar tão rápido, que não fazia muito sentido nos despedirmos. Mais uma vez me esqueci de perguntar seu nome. Poderia indagar a alguém que estivesse por ali, mas resolvi deixar para lá. Estava muito animada para voltar para casa e não queria perder mais tempo. Peguei meu telefone, que continha mil mensagens não respondidas, e liguei para Hugo, que atendeu aparentemente emocionado:

— Viva, minha Alva! Tá de volta? Eu e Clara estamos ansiosos pra te buscar!

— Que maravilha! Venham! Já tô pronta!

— Então a gente tá saindo agora! Vamos almoçar juntos! Beijos!

— Combinado! Beijos! – disse e desliguei.

Me deitei em uma das redes da recepção e fechei os olhos, na intenção de me despedir da vibração daquele lugar. Imaginei que quase uma hora tenha passado, quando escutei o doce som da voz de Clara:

— Mãe?

E levantei o corpo da rede, visualizando minha filhota que vinha a passos largos em minha direção!

— Ainda usa essa mala que te dei, mãe? – disse rindo.

— Sim, filha! Pra matar a saudade da sua presença! – já me levantando para abraçá-la.

A enlacei com amor, e ficamos alguns instantes respirando juntas, até sentir o abraço de Hugo por cima do nosso.

— Não me excluam – disse ele, brincando.

— Tá bom, pai – e Clara se afastou para ele entrar no nosso círculo de afeto.

Depois da brincadeira, decidimos ir embora. Me sentindo grata, dei tchau para o lugar, para quem estava por perto, e entramos no carro.

Foi um dia luminoso! Clara contou sobre suas aventuras em Barcelona e avanços na música. Eu falei sobre as experiências no retiro e, por mais que tentasse transmitir as dificuldades de transpor padrões de pensamentos arraigados, para eles o mais difícil havia sido ficar por onze dias sem internet, com cem pessoas, sem nos falar ou olhar nos olhos. Tudo bem. Eu sabia que vivências radicais como essa eram difíceis de serem descritas. Só quando vivemos na pele podemos saber das dificuldades do desafio e sentir a liberdade proporcionada pela superação. Metamorfose do ser que rasteja para o ser que pode voar.

CAPÍTULO 16

Passamos a semana em forte sintonia e descoberta do que precisava ser transmutado em nossas relações. Eu sentia que Clara já havia passado pela necessidade de construção da sua autonomia e agora buscava entender a própria família. Percebi que em alguns momentos ela se rebelava contra minhas instruções sobre como fazer certas tarefas da casa. Ela estava certa. Eu precisava deixá-la livre e recuperar a espontaneidade da nossa relação. Nos primeiros dias juntas consegui enxergar cada pensamento que chegava, me empurrando para interferir, e me segurava. Se eu queria deixar fluir e renovar a forma de me relacionar com Clara, precisava interromper meu comportamento automático, para recriar uma nova sinapse cerebral. É assim que nos curamos de um vicio, seja ele uma ação externa ou interna.

Aproveitei para resgatar a brincadeira e a aventura entre nós duas. Me entreguei a toda ideia espontânea de passeios e experiências místicas com ela. Isso nos aproximou e trouxe de volta a intimidade perdida pelos anos morando separadas. Foi rápido.

Um belo dia ela me disse que gostaria de participar da vivência e que Hugo também já estava preparado. Por alguns instantes tive medo dessa possibilidade. Será que vai ser bom para eles como é para mim? E se não for, e isso nos afastar? Então me lembrei de que essa experiência era equivalente à própria vida, que se apresenta como deve ser. Quem sou eu para interpretar ou direcionar o trabalho a ser feito numa existência? Resolvi soltar as expectativas, que são sempre menores do que o Universo pode oferecer para cada um de nós.

— Claro, filha! Afinal, amanhã a gente tem vivência.

Enxerguei seus olhos brilharem com minha resposta. Saiu para contar ao pai, enquanto eu seguia meus trabalhos no computador.

Por causa dessa reaproximação com Clara, me lembrei de como foi importante atender o chamado para me reconectar com meus pais pouco antes de assumir o Círculo Mágico da minha bisavó Nanã. Acabara de me separar de Hugo e havia muito tempo que não os visitava na cidade do interior onde eu nascera e vivera até meus quinze anos. Foram dias de muita transformação. Passei semanas cuidando de meu pai, que acabara de se operar e eu nem sabia. Minha mãe sofria, abatida com a situação dele, e eu tive o privilégio de poder lhe dar colo e carinho por vários dias. Conversávamos à noite, como fazíamos quando eu e meu irmão éramos pequenos, e abri meu coração sobre as dificuldades que eu estava enfrentando. Recebi o presente de escutar longos conselhos de minha mãe e de meu pai, e eles se empenharam em buscar as melhores palavras para me conduzir. Foi um resgate de algo tão valioso, que não dá para descrever.

Com o passar dos dias, as pendências engavetadas pela distância foram aparecendo, se transformando e dando lugar a uma relação muito honesta e fraterna. Relembramos alguns eventos felizes e outros desafiadores, em que o que ficava claro era a intenção de cada um de buscar o melhor resultado para todos, mesmo que às vezes o pau quebrasse entre a gente. Nesse período pude relembrar do coração enorme de minha mãe. Apesar dela ter o hábito de meter os pés pelas mãos, a dedicação amorosa era maior. Meu pai era o grande protetor e sempre quis exercer essa função. Estava magoado com minha falta de contato. À medida que íamos abrindo nossos corações, aumentava minha gratidão pelos meus pais, com todos seus defeitos, que também existiam em mim, e por uma infância muito boa, vivida nos quintais da minha casa e da vizinhança. No final desse período, estava ciente de algumas histórias sobre minha bisavó. Tive plena consciência de que estava resgatando uma conexão fundamental com a linhagem das mulheres da minha família, e também que era descendente de gerações de um feminino forte e capaz de transitar em diferentes mundos de planos diversos. Voltei refeita e fortalecida. Lembrando dessa experiência, me tranquilizei. As turbulências no caminho da verdade resultam sempre em importante colheita. Clara voltou:

— Já avisei meu pai! Quer conversar sobre como devo me preparar pra amanhã?

— Quero sim. Enquanto conversamos, você me ajuda a fazer alguma coisa pra gente comer depois da vivência? Tem alguma ideia? – perguntei, com a intenção de oferecer à minha filha a oportunidade de participar da ritualística desde o princípio.

— Tenho! Que tal a gente fazer aquele cuscuz de milho com banana-da-terra cozida?

Achei a sugestão ótima, e fomos juntas para a cozinha ver se tínhamos os ingredientes. Havia tudo e mais um pouco. Fizemos a festa. Sem dúvida essa comida sairia saborosa, sendo feita com tanto entusiasmo. Sempre achei a cozinha o lugar onde a alquimia da energia sobre a matéria ficava clara. O que pensamos e sentimos também são ingredientes do que cozinhamos e se apresenta no sabor e no bem-estar que a refeição proporciona.

Mais tarde fomos montar vasos de flores para enfeitar a fonte de Água Mater. Hugo se juntou a nós, e conversamos mais um pouco sobre o que aconteceria no dia seguinte. Eles estavam animados, e eu também fiquei. Não era uma euforia aparente e, sim, um estado de gratidão por poder estarmos juntos nessa experiência tão transformadora.

No final do dia Daniele me procurou para dizer que havia decidido não participar da vivência, e tudo bem. Depois que voltei do retiro, percebi aliviada que já não me incomodava com sua incapacidade de enxergar o outro. Sempre soube que sua escolha estava baseada na falta de conhecimento. Sabia que não existia maldade. Depois da tomada de consciência da minha própria falta de visão sobre mim mesma, eu agora conseguia aceitar a dela. Ninguém vive o sofrimento do ego por escolha consciente.

Eu e Ângelo acordamos cedo, e ele me confessou que estava sentindo falta de Ayara. Ela decidira passar a semana em um centro dedicado ao sagrado feminino e, com isso, perderia a vivência. Depois dessa afirmação dele, que soou bem romântica, continuamos em silêncio nos preparativos da vivência que estava prestes a acontecer. Eu gostava muito dessa perspectiva de morte e renascimento, pois sabia que era seguro e fortalecedor para minha alma. Algumas vezes vi meu ego entrar em desespero, achando que eu poderia morrer de verdade. Mas, depois de anos comprovando a não veracidade do medo, esse alerta já não tinha nenhuma força para me persuadir.

O pessoal do Círculo Mágico havia preparado uma festa para comemorar meu retorno, e, para surpresa de todos, eu estava acompanhada da minha família. Mesmo tendo conversado com Clara e Hugo, eles precisavam escutar algumas orientações de Maria, que sempre fazia uma reunião com quem participava pela primeira vez. A travessia era intensa, e por isso toda informação era bem-vinda. Eram recomendações técnicas, como a importância de respirar, cantar os hinos, focar na luz e confiar no processo. O trabalho espiritual era conduzido pela música, como se fosse um plano de voo, que nos levava e trazia de volta em segurança. Pedi que se sentassem separados, pois, se precisassem de algo, um dos ajudantes os atenderia. Estar ao lado de alguém íntimo poderia trazer um comportamento inerente à relação, como conversar ou pedir algo. A ideia era se disponibilizar para o mergulho interior, se distanciando ao máximo dos condicionamentos da identidade, deixando o inconsciente se manifestar livremente.

Enquanto tudo se encaminhava para o início, eu me sentei na minha poltrona, fechei os olhos e silenciei por quase uma hora. Além de invocar as forças responsáveis pelo trabalho de cura, queria me esvaziar das expectativas naturais de uma mãe e ex-esposa. Consegui. Estava atenta ao movimento do entorno e, quando senti que poderia dar início, já havia me liberado da necessidade de controle do resultado. O que tiver que ser, será.

Elevei o copo de cristal acima da cabeça e proferi as palavras de abertura, compartilhando a guiança com os seres celestiais:

— A serviço da luz!

E bebi o líquido misterioso com o máximo da minha devoção. Fechei os olhos e comecei a sentir uma leve apreensão. Pedi ao Universo que me mostrasse o motivo do medo que surgia e me deixei guiar até minha infância. Me vi com mais ou menos seis anos, brincando com meu irmão, três anos mais novo. Percebi um sentimento estranho. Era como se eu quisesse provar que tinha tanto valor quanto ele.

Então minha memória me levou um pouco mais longe, e me vi ainda mais nova. Eu estava com minha avó, mas chamava e acreditava que ela era minha mãe. De repente minha mãe verdadeira aparecia e estava com meu irmão no colo. Eu não a reconhecia a princípio, e ela me explicava que estava voltando para me buscar. Nesse instante me lembrei de que, nos primeiros dias sem minha mãe na casa de minha avó, me senti abandonada e em todo meu ser vibrou a crença de que isso causaria a minha morte. Não morri, mas a intensidade do que senti ficou tatuada em minha alma.

Em outro momento revivi a cena em que minha mãe contava o motivo de ter me deixado com minha avó por três meses. Ela havia sofrido muito quando viu sua própria mãe segurando seu irmãozinho recém-nascido. Enquanto ela contava, pude sentir seu medo de ser abandonada, exatamente como o que eu sentira! Então compreendi que, na intenção de me poupar do sofrimento que passou, ela me causou exatamente o que queria evitar. A tentativa de controle da vida se tornara karma, trazendo a repetição da sensação de abandono. Me dispus a sentir. Toda a dor. Sem recuar. Me atirei no que parecia ser um abismo. Queria saber até onde suportaria.

O medo de morrer pelo abandono era avassalador, e pela primeira vez não fugi dele. Entrando em contato com a dor, pude perceber as inúmeras vezes em que eu abandonei para não ser abandonada. À medida que eu mergulhava no sentimento, percebia que a dor não era capaz de me matar e, pelo contrário, ia diminuindo de intensidade. A vivência seguia intensa, e eu me firmava cantando os hinos e invocando a luz do amor, enquanto deixava o processo acontecer. Percebi, com uma clareza impressionante, o poder do karma familiar e entendi por que eu e Ângelo havíamos tido uma desavença que acabou sendo curada através do nosso amor fraterno. A busca da cura pessoal nos conduzira da dor para o amor, rompendo com um karma, que já se estendia por mais de uma geração.

Estava com o transe bem alto, quando começamos a cantar um hino de devoção à luz divina. De repente o medo de ser abandonada estava completamente dissolvido e a luminosidade havia se tornado tão intensa, que eu resolvi abrir os olhos para ver o que estava acontecendo no salão. Foi uma das visões mais lindas e abençoadas da minha existência! Eu vi a grande Mãe com seu brilho, abundância e generosidade tão infinita, que senti vergonha por ter algum tipo de carência ou medo por não enxergar que tudo ela me dá. Compreendi que o mínimo que eu podia fazer para retribuir tanta benção era doar meu amor, doar meu tempo, meu olhar, minha energia, doar tudo o que eu tenho, porque eu recebo Dela. O que senti em cada célula do meu corpo era como bálsamo curando amorosamente minhas feridas d'alma. O que eu experimentava naquele momento era beleza e abundância verdadeira, vertendo da fonte infinita do amor. Foi um contato de pura luz e paz. Então pude ver que minha mãe biológica fez o seu melhor e que sempre me amou. A sombra havia sido iluminada, pacificando meu ser. Eu olhei em volta e tive a sensação de que estava renascendo. Era como se olhasse para um mundo inteiramente novo.

Me levantei e saí para respirar lá fora. Em outros tempos jamais me daria essa liberdade. Agora me permitia correr o risco de ser julgada, quebrando a regra. Estava aceitando e confiando nos meus impulsos internos.

Depois da vivência, uma frequentadora viria me contar que, quando me viu saindo do salão, entendeu que eu estava seguindo um chamado e resolveu ela também confiar na própria orientação interior. Desde o início da vivência ela estava sentindo um impulso para se mudar para uma cadeira que estava vazia, mas resistia, por achar que aquilo poderia ser errado. No momento em que atendeu o chamado, a pessoa que estava ao lado da cadeira vaga a agradeceu, dizendo que estava sendo assombrada pelo medo de que a cadeira vazia significasse mau agouro.

Tenho visto que o Universo carrega potencialidades que precisam ser manifestadas no plano da matéria, e essas necessidades ficam pulsando até alguém se permitir ser canal daquela ação. Se as pessoas que sentem o impulso bloqueiam, outras serão estimuladas, até que alguém tenha o desprendimento de confiar e realizar o que é solicitado. Sinto também que esse impulso vem do inconsciente pessoal ou coletivo, que nos guia seguindo um plano de evolução. Graças a essa consciência, comecei a me disponibilizar mais na vida. Ser mais sensível e confiante para ter o privilégio de também servir ao propósito maior, em vez de atender apenas aos meus interesses. Podemos receber impulsos necessários para trilhar nosso caminho com harmonia; outros, para simplesmente ajudar alguém próximo; e ainda impulsos para tarefas maiores em prol de um grande número de pessoas. A recompensa é proporcional ao tanto de crescimento que conseguimos movimentar neste planeta, pois, trabalhando com o todo, geramos darma. Por outro lado, se atrapalhamos o fluxo dos acontecimentos, nos recusando a ser canal de ações necessárias, estamos criando karma, que pode atrasar, e muito, o caminho pessoal e coletivo.

Lá fora as flores e folhas estavam em festa. Era assim que eu via tudo. A partir daquela vivência, uma nova pergunta me guiaria sempre que eu estivesse em dúvida sobre seguir um impulso para um movimento novo: Por que não? Escolho o SIM!

Voltei ao salão e vi Clara dançando ao lado dos músicos. Ela estava ainda mais linda e luminosa. Meu coração transbordou de amor maternal, vendo aquela cena: minha filha, fruto dessa linhagem de mulheres bruxas, sendo iniciada nos mistérios e no êxtase. No instante seguinte ela voltou os olhos na minha direção, e eu me senti profundamente conectada à sua alma e recompensada por ter deixado as coisas acontecerem naturalmente, a seu tempo, sem forçar nem impedir a participação dos dois. Nesse momento pensei em Hugo e olhei o salão procurando por ele. Não o vi, mas estava tranquila de que alguém o acompanharia. Na hora em que pensei nisso, vi uma moça do Círculo Mágico entrando no salão com Hugo apoiado em seu braço. Ela olhou para mim, e compreendi que estava tudo bem. Fui para minha cadeira e até o final da vivência permaneci olhando para dentro.

A banda tocou o último hino, nas alturas. O salão vibrava, e eu agradeci à vida por poder experimentar essa festa do ser, integrada ao Universo, que nos rege dentro e fora, nos conectando em todos os níveis.

Íamos nos movimentando devagar para sustentar a vitalidade que pulsava em nossos corpos. Vi que tanto Clara quanto Hugo permaneciam sentados em seus lugares e com um leve sorriso no rosto.

Hugo estava mais próximo. Então fui buscá-lo, e fomos juntos ao encontro de Clara. Ela abriu um sorriso do tamanho do sol, e eu senti que naquele momento nada precisava ser dito.

Saímos os três abraçados para o jardim e nos sentamos debaixo da mangueira. Ficamos ali um bom tempo, respirando a vida. Ainda estávamos sob efeito do trabalho. Até que Hugo perguntou:

— Por que tô vendo as coisas assim? Isso é uma alucinação? Existe uma explicação científica? É como se o Universo fosse feito de padrões geométricos de proporções exatas e harmônicas... é como uma geometria perfeita ordenando a matéria!

Eu sabia que, para Hugo, precisava transmitir o pensamento da forma mais racional possível:

— Não é alucinação, porque isso que parece um efeito mágico é como todos veem durante o efeito da Água Mater. Se fosse alucinação, cada um veria a sua própria criação mental. Veríamos coisas diferentes.

— Verdade, mãe... Eu senti que tava tendo acesso a uma visão ampliada pra outras dimensões. Uma realidade fundamental que normalmente a gente não enxerga.

Eu e Hugo nos olhamos impressionados com a clareza dela. Realmente a idade biológica do corpo pode não corresponder à maturidade do espírito. Afinal, o que são algumas poucas décadas de existência neste mundo comparadas às várias vidas vividas pela alma?

— É isso mesmo, filha. E se a gente quiser buscar similaridade na ciência, podemos estudar a sequência de Fibonacci, que foi descoberta por Leonardo Fibonacci, um matemático italiano da Idade Média. Ele observou padrões que se manifestam em tudo o que existe no Universo. Quer dizer que tudo é regido por conexões numéricas e geométricas, e é isso que a gente vê quando tá com a consciência expandida.

— Hum... Acho que entendi... Será que, se a gente tivesse uma visão ampliada sobre os acontecimentos, íamos poder perceber a conexão de causa e efeito entre todas as coisas? – perguntou Hugo.

— Sim! Com estudo fino é possível interpretar esses padrões de causa e efeito em todas as interações da vida. Se a gente pudesse enxergar a realidade sem a limitação da ignorância, íamos ver uma teia quântica de ação e reação em que tudo e todos estão conectados e interferindo uns nos outros através de nossas ações, sentimentos e pensamentos. Essa teia de conexões também contém os tempos passado, presente e futuro interligados e contidos no agora. Uma realidade fantástica, que se apresenta quando a gente amplia a consciência.

Esse era um daqueles momentos em que eu buscava muitas palavras para tentar descrever o indescritível, mas, como eles ainda estavam enxergando de forma ampliada, o entendimento ficava um pouco mais fácil.

— Mas, além das impressões visuais, o que vocês sentiram? – perguntei.

— Eu fui invadido por um amor que eu não conhecia. Abundante, que me conectava a tudo – disse Hugo. – Coerente com essa ligação essencial que você acabou de descrever. Mas, antes de experimentar essa sensação maravilhosa que nunca vou me esquecer, precisei encarar alguns monstros.

— Conheço bem esse processo – respondi, feliz por ele ter confiado no trabalho. – Que bom que você se entregou à vivência até o ponto de chegar na luz. Porque não tem como evitar essa parte desafiadora do caminho. E você, filha? Como se sentiu?

— Muito bem, mãe! Não vi monstros nessa primeira vez. Encarei umas questões minhas, mas foi tranquilo. Muita informação. Ainda tô digerindo tudo o que eu passei.

— Também eu! As fichas ainda estão caindo... – concordou Hugo.

Sorri para os dois e obedeci ao impulso de abraçá-los. Ficamos ali sentindo o calorzinho gostoso do afeto. Nos levantamos ainda abraçados e seguimos para o refeitório. Um banquete nos aguardava. Algumas pessoas pediram a palavra, me desejando bom retorno, e eu agradeci as demonstrações de carinho e o primor na preparação da ceia. Também agradeci ao Universo pela presença da família. Hugo manifestou sua gratidão pela oportunidade de cura na vivência, e eu observei a verdadeira humildade florescendo nele. Um dia que estará para sempre marcado no meu coração.

Clara dormiu abraçada comigo, e Hugo passou a noite em uma das redes da varanda. Levantamos cedo, e o café já estava pronto. Ângelo e Edgar, já sentados com Hugo, nos aguardavam para meditar.

Hugo me surpreendia cada vez mais. Estava claro que ele havia amadurecido nesses três anos em que ficamos sem nos ver. Estava menos autocentrado e com mais controle de suas emoções. Por causa dessa evolução na sua relação com as pessoas, emanava tranquilidade e prazer em estar ali conosco. Nenhuma sombra da ansiedade de outrora. Nos dias em que eu havia ficado fora para o retiro, ele tinha assumido o cuidado para que as atividades do Círculo Mágico fossem cumpridas harmonicamente. A nossa casa também havia sido conduzida com primor. O jardim, os cavalos e as práticas de meditação tiveram toda a atenção. Até o Edgar havia se afinado com ele, e estavam saindo para cavalgar com frequência. Sua promessa de participar de todas as práticas espirituais não se cumpriu, mas agora eu olhava para isso com aceitação. O mais importante era sua vontade de evoluir, e eu percebia que aos poucos isso estava acontecendo. Deixá-lo livre para escolher também me trazia sentimento de liberdade.

Poucos dias depois da vivência eu estava em meu quarto, sentada diante do computador, escrevendo e às vezes me inspirando com a paisagem através da janela, quando Hugo bateu na porta. Perguntou se podia entrar, e eu autorizei. Por um instante me pareceu estranho ele não estar exercendo a intimidade que tínhamos há tantos anos. Meu sentimento era de muita proximidade, mas a razão me trouxe o significado do seu gesto: oficialmente estávamos separados, e a regra era mantermos distância. Norma: aquilo que impede que a gente sinta o momento como ele é, sem ter que buscar no passado ou no futuro o comportamento apropriado. Enfim, ainda somos assim.

— Não tô te atrapalhando?

— Claro que tá. Você sempre atrapalha – brinquei, tranquila de que ele leria em meu olhar o prazer por sua presença.

— Então vou atrapalhar mais um pouco – disse, me entregando um pote de vidro com mel e uma colher. – Acabei de colher esse mel. Prove.

Ele sabia do meu hábito de tomar mel todos os dias ao acordar, que eu levava mel nas viagens e era completamente dependente desse bom hábito. Não resisti. Me servi do mel, mastigando um favo e manifestando o prazer através de um gemido.

— Sinto saudade dos seus gemidos.

Eu não disse nada e apenas o olhei receptiva aquele momento. Ele se aproximou, se sentou diante de mim e começou a acariciar suavemente minha pele. Fiquei quieta. Sem pressa, ele percorreu cada pedacinho do meu braço, subindo para o rosto. Fechei os olhos e senti que ele desenhava com os dedos cada linha da minha face. Me segurei no desejo de também o tocar, até sentir sua respiração muito próxima. Abri os olhos e dessa vez era eu que explorava seu corpo. Não dei atenção aos julgamentos que começavam a surgir e simplesmente me entreguei ao prazer que chegava, me fazendo emitir espontaneamente os sons que ele desejou ouvir. Será que deixo isso ir adiante? Por que não? Escolho o SIM!

Lentamente sentei por cima dele, tirando o vestido para sentir o contato com sua pele. Com nossos peitos colados, podia perceber nossos corações pulsando sincronicamente. Naquele momento a intimidade e o desejo eram o passaporte para que eu me entregasse sem me importar com mais nada. Estava conseguindo agir sem freio e sem culpa. O corpo se tornando nosso diálogo principal, e a sensibilidade à flor da pele me transformando num canal de intenso deleite. Há muito tempo eu não experimentava a sensação incomparável do prazer a dois. O toque do outro, o beijo, a entrega ao movimento, sem saber onde vamos chegar, faziam com que eu me sentisse flutuando em outra dimensão. Passamos tanto tempo entregues àquele prazer, que em alguns momentos parecia que eu não aguentaria em meu corpo finito aquela explosão das estrelas. Uma eternidade de morte e renascimento que só se abrandou muito tempo depois, com nossos corações se aquietando dentro dos braços enrodilhados amorosamente. Uma situação divertida, além de prazerosa. Havíamos nos esquecido de como era o outro. Isso trazia a espontaneidade típica das primeiras vezes, e agora eu tinha consciência de que dentro de uma relação estável o sexo pode se tornar cada vez melhor, menos preocupado em ter que provar algo e mais livre para revelar quem realmente somos.

Me levantei ainda sem roupa e comecei a dançar. Dancei para ele uma dança leve, amorosa, alegre. Ele ficou ali me olhando, com o brilho do fogo nos olhos.

CAPÍTULO 17

Eu começava a enxergar luz em todos. Confiava no processo de cada um e me sentia em paz. Assim foi com Ayara, que passara uma semana fora, e com Daniele, que andou passeando pela região, e eu a deixei bem à vontade. Agora eu olhava para minha ex-sócia e via alguém que apenas estava dormindo. Percebi que minha fragilidade inicial, vibrando irritação, havia contribuído para sedimentar seu comportamento equivocado e sua insegurança. Minha aceitação de suas escolhas me dava a chance de ajudá-la a enxergar além do seu próprio umbigo, já que agora eu conseguia ver além do meu também. Não importa se é minha relação comigo mesma ou com o outro. Será sempre o mesmo modelo de relação.

Aos poucos se revelava a natureza do milagre. Em um átimo de segundo eu me libero, deixo ir meu ponto de vista e simplesmente olho o outro com amor e aceitação; a ilusão da separação se desfaz, e o mundo muda instantaneamente. Essa consciência ia me alinhando com outros aspectos da minha vida. Me sentia livre para aceitar a forte identificação que ainda existia com Hugo e intuía que ele sentia o mesmo. Nossa família estava cada vez mais próxima, e um belo dia, enquanto chupávamos manga caídas no chão em frente à casa, Clara disse que estava pensando em ficar uns tempos comigo:

— Nesses dias que passei aqui vi que meus estudos não dependem do lugar que eu tô. Já aprendi a técnica musical que eu me identifico. Agora é só aprimorar e criar meu próprio estilo como musicista. Tô sentindo que ia ser bom pra minha arte passar um tempo aqui na Chapada Cristalina. O que você acha, mãe?

Minha alegria transpareceu e, com o coração aos pulos, a abracei:

— Filha, que notícia maravilhosa! O maior presente da vida é ter você do meu lado!

Eu, Clara e Hugo nos olhamos como se uma janela se abrisse para uma vida que, naquele instante, começava a se apresentar. Hugo falou:

— Vocês sabem que dessa forma vou ter que vir muito pra cá.

— Aí já é demais, né? – eu disse, brincando. – Imagina, meu bem... Claro! Você é muito bem-vindo sempre!

— Opa, mãe! Cuidado com o que você diz pra ele. A gente sabe que ele é espaçoso! – e nos entregamos à nossa risada, sem medo de parecermos bobos.

Aos poucos aquele riso foi dando lugar a um sentimento de paz imensurável. Era pura cura acontecendo, e eu me perguntava por que nós, seres humanos, ficamos tanto tempo acreditando que viver dramas psicológicos é experimentar o melhor da vida. Nesse momento estava claro para mim que um coração alinhado com o pensamento e a palavra era o passaporte para emoções inesquecíveis. Me entreguei a um discreto suspiro de gratidão, e nos olhamos como nunca antes. Estava nítido para cada um que os próximos passos seriam em direção ao fortalecimento da conexão da nossa família. Não havia necessidade de combinar nada. Tudo aconteceria naturalmente. Eu estaria ali com minhas atividades; Clara faria, com nossa ajuda, todo o processo de transição; e Hugo estaria presente de acordo com sua disponibilidade. A partir daquele momento eu também me dedicaria ao livro, e a presença da família seria muito bem-vinda. O amor, que eu aprendera a colocar no trabalho espiritual e nas atividades simples do dia a dia, agora irradiava para as relações familiares, que, por serem mais próximas, eram as mais desafiadoras.

Meu coração estava aberto de novo para Hugo. Por que não? Escolho o SIM! Provavelmente o medo de ser abandonada ainda apareceria me desafiando, mas eu estava determinada a não mais permitir o fechamento do chakra cardíaco. Alguma coisa me dizia que seu poder de realização estava muito além do que eu podia sequer imaginar.

CAPÍTULO 18

Alva estava resgatando a própria família, e esse processo acontecia de maneira harmônica. Serena, ela estava na presença de Hugo e Clara, serena ela permaneceu quando eles viajaram para resolver suas vidas. Não era um furor de momento, como eu costumava viver. Era uma experiência madura, consciente, feliz. Ela continuava se dedicando de corpo e alma ao Círculo Mágico, e a escrita do livro acontecia na sua plenitude. Ela parecia ser a mulher mais tranquila e liberada que eu conhecia. Empoderamento real. Não era como as mulheres do meu meio artístico, que viviam bradando o feminismo, mas ainda se comportavam para agradar seus parceiros e lutavam para parecer superiores às outras mulheres, por medo de serem abandonadas.

— Alva, você é uma feminista? – perguntei um dia, enquanto voltávamos da baia dos cavalos.

Ela riu muito. A princípio fiquei sem graça, e aos poucos sua risada me contaminou.

— Por que a gente tá rindo? – perguntei.

— Essa é uma questão complexa. Muitas amigas afirmam que sou uma baita feminista, mas eu nunca me senti assim.

— Mas você realmente parece ser o melhor modelo de liberdade que eu conheço.

— Claro! Eu entendo essa identificação, mas vivenciar a liberdade não significa que eu seja feminista. Eu busco e transmito a liberdade da alma, e alma não tem gênero.

— Mas você não defende o direito das mulheres?

— Não – ela respondeu, me surpreendendo, e explicou. – Eu vivo o direito das mulheres. Eu exerço o direito das mulheres. Minha energia tá em ser livre, não em defender a liberdade. Sinto que meu exemplo prático vale mais do que mil palavras.

E, vendo que eu estava um pouco chocada com sua colocação, resolveu desenvolver mais o assunto:

— Veja bem. Não tô dizendo aqui que os movimentos feministas não têm valor. Acho que servem pra acordar as mulheres submissas e pra conquistar novos direitos na sociedade. Mas eu faço parte do grupo de mulheres que tem coragem de ser o que quer, sem prestar muita atenção a gênero. Não fico me lembrando que sou mulher e imaginando o que isso significa. Simplesmente faço o que meu coração manda.

— Talvez você pense assim por não ter sofrido na mão de um machista – pensei alto.

— Claro! É isso mesmo! Nunca convivi nem permiti que um machista me controlasse. Meu pai sempre apoiou minha mãe no que ela decidisse. Ângelo foi casado com duas mulheres e nunca se importou de cuidar da casa e outras atividades consideradas tipicamente femininas. Meus amigos casados, em sua maioria, conseguem ser mais afetuosos do que suas parceiras. Quando Hugo me conheceu, eu era sua maior concorrente de profissão e sinto que foi por isso que ele se apaixonou. Sempre sentiu orgulho de mim em um meio tipicamente masculino. Nunca acreditei que os outros tinham o poder de me bloquear, e talvez essa crença tenha trazido pro meu campo homens mais abertos a um novo modelo de relação. Na verdade, minha liberdade só foi sufocada quando eu mesma deixei o medo me dominar.

— Mas você não acha que precisamos combater o machismo? – insisti.

— Onde tenha machistas, sim, claro. Mas é importante a gente ter consciência de que isso não resolve o problema. O que resolve é combater o machista que existe dentro da gente. Esse, de dentro, é o único que pode realmente nos sufocar. Combater o machismo no outro é como tomar um remédio que vai cortar o sintoma da doença, mas a causa vai ficar intacta e vai trazer o sintoma de volta. Quem criou esses homens e mulheres machistas? Fomos nós! As mães principalmente, e os pais. O que resolve é combater o machista dentro de cada uma de nós.

Eu estava impactada com esse raciocínio. Fez muito sentido, e eu nunca tinha ouvido alguém falar nesses termos. Me perguntei o que essa mulher tão lúcida foi fazer num retiro espiritual.

— Alva, admiro muito sua lucidez... Como foi no retiro? Você teve algum aprendizado?

— Claro. Sempre temos o que aprender. Foi duro admitir, mas tenho dificuldades tão primárias quanto às de qualquer pessoa. Depois de muito processo interno, consegui aceitar minhas limitações e tô trabalhando pra curar. Felizmente as máscaras não são eficazes pra uma buscadora. Alguma coisa na gente anseia por enxergar a verdade... E isso acaba acontecendo.

Entendi completamente essa colocação. Eu também já estava no ponto de não querer mais viver minhas próprias mentiras. Paramos na horta para colher algumas verduras frescas. Depois de uns minutos nos movimentando em silêncio, resolvi invadir mais um pouco sua intimidade:

— Alva, desculpe minha curiosidade: você tá retomando seu casamento? Sua filha tá vindo morar aqui?

— Não sei ainda. Meu coração tá aberto. Tô silenciando minhas expectativas, pra deixar o Universo agir.

— Mas você quer voltar com Hugo?

— Acho que sim. Tô retomando questões que evitei por falta de maturidade e adorando a possibilidade de ter uma vida próxima de Hugo e Clara. Só que não dependo disso pra me sentir realizada.

— É que estar juntos vai trazer ainda mais evolução! – eu disse, entusiasmada.

— Eles também precisam querer fazer esse movimento. Não vou forçar as coisas só pra ter a situação ideal de aprendizado. O aprendizado acontece o tempo todo. O amor já tá fluindo.

Ela estava certa. Incrível como toda a experiência no Círculo Mágico mexia comigo e exigia que eu mudasse a forma de ver o mundo e de lidar com a realidade. Sentia que cada dia equivalia a meses de experiência da vida que levava antes, sem enxergar as oportunidades de aprendizado. Às vezes exigia esforço, mas estava gostando de ser a pessoa que eu começava a conhecer. No final daquele mesmo dia resolvi dar mais um passo.

— Alva, preciso te falar uma coisa. Você vai se dedicar ao livro nos próximos meses, né isso? – ela acenou afirmativamente. – Pensei em talvez te ajudar em algumas atividades do Círculo Mágico. Não tenho experiência com administração, mas acompanhei os movimentos de Hugo quando você tava fora e acho que posso assumir algumas funções. O principal dessa ideia é que tô ficando sem dinheiro pra pagar minha estadia. Posso contribuir com trabalho. O que acha?

O rosto de Alva se iluminou:

— Claro, Ayara! Que maravilha! Que transformação! Quando você chegou aqui, não era capaz de lavar o próprio prato! Agora quer trabalhar, cuidando de um centro baseado no coletivo.

E nos divertimos com essa constatação. Um dos ganhos da lucidez é aprender a rir de nós mesmos. Ela concluiu:

— Vamos fazer isso, sim. O primeiro aprendizado no caminho espiritual é assumir a responsabilidade por si mesmo, e essa autorresponsabilidade acontece em todos os níveis. Na vida prática também. Uma pessoa que não é capaz de fazer sua comida, arrumar e limpar o que suja, como vai se responsabilizar pela própria vida? Vai sempre depender do outro e, consequentemente, vai responsabilizar o outro. A gente tá num momento de despertar pra nossa autonomia prática e espiritual. Claro que podemos e devemos contar com a ajuda dos amigos, mas só pra dividir, compartilhar, manifestar união. Não por incapacidade. Tenho certeza que você vai crescer muito em simplesmente assumir as rédeas de algumas atividades do dia a dia. Também vai ter a oportunidade de exercitar o primor em cada gesto de colaboração. Fazer coisas simples com dedicação é uma oportunidade de entrar em contato com o amor dentro de você. Tô muito feliz por essa sua iniciativa. Confio em você, Ayara.

— Amor pra lavar prato? Não é um pouco de exagero, Alva?

— De jeito nenhum. Amor sim, senhora! O amor pode estar presente no que a gente faz o tempo todo. O amor é simples, é natural. Pra mim, fazer com amor é fazer com gosto. A gente precisa perder o medo de amar e parar de fazer esforço pra reprimir o amor, como se existisse a hora certa pra Ele se manifestar. O amor é uma questão de vibração. Uma vez que começa a fluir, pode se tornar constante.

— É... acho que você tem razão. Costumo me sentir um carro desgovernado que tá sempre variando entre a dor e a delícia, sem conseguir me firmar no que quero.

— Sim. Eu sei, amada. Todos nós estamos construindo essa estabilidade interior – e me abraçou como uma mãe.

— Tô entendendo seu nome... Alva Mãe – eu disse brincando e agradeci a confiança por me admitir como colaboradora.

Me sentir confiável e capaz era o maior resgate de valores que eu podia fazer naquele momento. Colhi uma flor silvestre que estava ao alcance da minha mão e entreguei a Alva. Ela aceitou e prendeu na orelha para enfeitar o cabelo.

Nesse momento chegou Edgar:

— Alva, quero falar sobre os cavalos.

— Fale, querido. Ayara vai começar a me ajudar no Círculo Mágico. Essa é uma boa oportunidade pra ela aprender a cuidar deles.

— É que tô me organizando pra voltar pra casa. Vou receber três animais que vão ficar um ano comigo. Preciso viajar daqui a uma semana. Você tá muito ocupada. Quem vai cuidar de Peralta e Pacífico?

Alva agradeceu a preocupação dele e disse que ela e Ângelo iriam dar conta. Disse que ele havia ajudado muito e poderia colaborar ainda mais me passando os horários dos cavalos comerem, andarem no pasto e receberem os complementos vitamínicos. Ela lembrou que eu ainda não me sentia confiante para lidar com os animais diretamente, mas poderia ajudar ficando responsável pelos horários, e Ângelo pela execução. Alva disse que também iria participar dos cuidados, mas, a partir de agora, deixaria um turno inteiro para se dedicar ao livro, que já estava de vento em popa.

Edgar passou alguns dias me explicando tudo pacientemente e se preparando para partir. Era um amor de rapaz. Pensei algumas vezes como teria sido bom se tivéssemos nos envolvido afetivamente, mas começava a enxergar que a atração acontece com aqueles que irão nos tirar da zona de conforto para nos fazer crescer.

Daniele também estava prestes a ir embora. Era impressionante a evolução da relação dela com Alva. Toda a tensão inicial havia se transformado. As contas do passado tinham sido transmutadas, e era nítido que as duas estavam conseguindo virar a página para uma nova forma de se relacionarem. A prova disso foi que Alva foi convocada para receber um prêmio de empreendedorismo fora do país e, por causa da missão do livro, indicou Daniele para ser agraciada no seu lugar. Nesse momento, se ainda existia alguma rusga, a gratidão fez desaparecer por completo. E quem lucrou com isso? As duas! Todos nós! Graças a esse gesto de pura generosidade, Alva estava se libertando das amarras da história anterior, para começar um novo capítulo em sua vida. O processo de pacificação interna estava acontecendo e criando conscientemente uma realidade mais harmônica.

Alguns dias depois nos dedicamos a preparar um delicioso jantar de despedida para Edgar e Daniele, e eles partiram na manhã seguinte.

Voltamos àquele primeiro dia da minha estada: eu, Alva e Ângelo. Por dentro éramos outras pessoas e poderíamos retomar algumas questões que ficaram pendentes. Como, por exemplo, minha ligação com Ângelo. Eu havia resolvido não ceder aos meus impulsos, para deixar florescer uma relação de amizade verdadeira, e a cada dia que passava eu me encantava mais com ele. Uma coisa que para mim não fechava era o fato da namorada nunca ter vindo nos visitar.

Um dia, enquanto eu o ajudava com os cavalos, perguntei:

— Ângelo, você ainda tá namorando aquela moça?

E ele respondeu:

— Não.

Fui surpreendida. Como assim "não"? E ele falava isso com a cara mais lavada do mundo!

— Sério?! E você nunca me disse nada?

— Você não perguntou. Além disso, não queria que você fantasiasse sobre minha decisão de terminar o namoro.

E, me vendo reagir com espanto, disse:

— Ayara, gosto muito de você, e nosso início foi instigante, mas desastroso. Nós dois fomos ansiosos, infantis. Depois do que aconteceu entre a gente, refleti muito e decidi terminar com Catarina pra ficar um tempo só. Precisava ser fiel, antes de tudo, a mim mesmo. Escutar meu coração. Você tem sido uma pessoa importante pra mim, mas a gente não sabe quanto tempo você vai ficar por aqui. Talvez seja melhor a gente nem começar nada além de amizade, pra não sofrer depois.

Concordei. Ele tinha toda a razão. E se eu fosse chamada para um trabalho? Eu já havia sofrido muito nos últimos tempos e agora queria estar em paz. Entramos num acordo de sermos amigos, mas a verdade é que eu continuava desejando-o secretamente. Estava aprendendo a me controlar, e essa evolução me fazia bem. Mas, ao mesmo tempo, estava sufocando minha espontaneidade. Sentia vontade de estar com ele sempre e não me permitia manifestar esse desejo. Até que aquilo começou a me parecer absurdo. Se estamos vivendo próximos e estamos livres para ter uma relação, por que mantemos esse muro invisível que nos separa? Procurei Alva. Perguntei se ela sabia do término do namoro de Ângelo, e ela disse que sim, que não havia falado nada porque achava que ele é quem devia fazer isso. Então contei a ela sobre nossa conversa e a decisão de sermos amigos para não sofrermos. Ela olhou para mim como se não estivesse acreditando no que ouvia.

— Sério que vocês não tão se conhecendo com mais intimidade por medo de sofrer?! Você não acha que isso já é sofrimento?

— Acho! Por isso vim conversar contigo. A gente tem medo de eu precisar ir embora, e isso estragar tudo.

— Então vocês decidiram estragar tudo antes da vida fazer isso.

Fiquei quieta enquanto a via reagir com empenho para me fazer ver a jaula que estávamos criando para nós mesmos.

— Ayara, pelo amor de Deus, não demore pra enxergar que não controlamos a vida. Eu passei muito tempo sem perceber os presentes que o Universo me mandava. Como vocês sabem que em breve a vida vai separar vocês? E se isso acontecer, qual o problema? Pelo menos vocês não ficaram esse tempo todo de braços cruzados, se olhando do alto de suas torres. Saia desse pedestal, amada. O orgulho não serve pra nada. É uma das máscaras do medo. Confie no seu coração. Confie na vida e em vocês dois. Se vocês sofrerem por algum motivo, tudo bem. Vocês vão crescer com essa experiência. Você tá bloqueando um encontro necessário pra sua evolução em direção à vivência do amor. Se quiserem ficar juntos, vocês vão encontrar uma forma, mas não diga não à vida. Não faça isso. Vocês tão envenenando o amor com esse medo!

Passei aquele dia todo refletindo sobre minha responsabilidade em não fazer minha parte para destravar a situação. À noite ela me convidou para trabalharmos com minhas memórias afetivas. Pediu que eu silenciasse e buscasse a lembrança de algum acontecimento com impacto de dor na minha história. Isso poderia estar se refletindo como um comportamento repetitivo e prejudicial nas relações.

Fiquei algum tempo investigando dentro de mim e então me lembrei de um fato que havia sido determinante para meus relacionamentos. Nas primeiras experiências de paixão adolescente fui trocada por outras garotas. Simplesmente um rapaz que me interessava escolhia ficar com uma amiga minha, sem reparar na minha existência, me deixando com o coração na mão. Isso aconteceu algumas vezes e foi muito dolorido. Também me lembrei da primeira vez que um garoto que eu namorava se apaixonou por outra e eu flagrei o encontro deles. Na hora em que vi os dois juntos achei que ia morrer. Lembro que senti meu coração sangrando, como se tivesse recebido uma apunhalada. Mas, por orgulho, fiz um enorme esforço, até acreditar que ele não significava nada.

Contei sobre essa lembrança para Alva, e ela concordou que aí poderia ter a semente do medo de me entregar de coração aberto. Ela disse que eu ter mascarado a raiva na época provavelmente protegeu meu ego do desgosto. Que isso foi importante para que eu não me despedaçasse, mas precisava transformar essa crença, sabendo que agora era capaz de sobreviver à dor de ter sido trocada.

Relembrei que depois desse episódio, em todos os relacionamentos, se eu estava feliz, o medo de ser trocada emergia, e eu começava um processo de destruição da relação dentro de mim. Naturalmente essa sentença se materializava. Eu sempre dava um jeito de destruir o namoro e ter motivos para romper antes do temido final.

Alva ia me fazendo perguntas, e eu ia desencavando experiências que havia jogado embaixo do tapete. Estávamos descobrindo a semente geradora do comportamento condicionado de medo de sofrer. Revivi a dor daquele primeiro golpe dilacerante e ficou claro que precisei negar o que parecia insuportável. Eu tinha dezesseis anos e, a cada relação, fazia tudo acontecer de novo, na tentativa de mudar o desfecho. Como essa atitude era inconsciente e obedecia a uma programação automática, o processo e o final da relação eram sempre o mesmo. Como se todas as minhas relações tivessem sido uma repetição daquela lá atrás. E um dos fortes indícios que comprovava isso era que, logo depois do término do namoro, realmente o ex conhecia alguém e se apaixonava. Então eu me agarrava a esse fato para reafirmar que estava certa sobre a possibilidade de ser trocada, mas a verdade é que eu provocara cada acontecimento. Inclusive a escolha do parceiro buscava obedecer ao mesmo padrão, e eu o fazia sofrer tanto no processo todo, que era bem natural que ele embarcasse numa nova relação logo depois. Geralmente com mulheres sem medo de se entregar.

— Parabéns! Você está tendo coragem de olhar pra isso de frente. Talvez agora você possa desmanchar esse jogo que você mesma alimentava. Veja que os desafios da vida são como equações que a gente precisa resolver. Se a gente não consegue decifrar, ela vai se repetindo, até cumprir sua missão, que é nos ensinar. Não é por castigo, é por amor. Para que a gente aprenda e possa evoluir pra verdadeira liberdade, que é poder fazer escolhas conscientes e novas, sem estar baseada nas experiências do passado.

Ela ficou um tempo pensativa e continuou o trabalho:

— Sugiro que você feche os olhos e tente entrar em contato com o sentimento de dor que gerou o medo. Tive uma experiência recente em que a cura começou quando eu encarei e suportei toda a dor, até entender que poderia sobreviver a ela. Se disponha a sentir. Se vulnerabilize. Eu te ajudo nessa travessia.

Confiei nela e me dispus internamente. Deixei vir o sentimento de abandono, e aos poucos ele foi se transformando em uma intensa raiva de cada namorado que havia me trocado por outra. Contei isso a Alva, me sentindo muito culpada, e ela disse que eu deixasse a raiva vir à tona, falando ou gritando o que eu quisesse. Porque só entrando em contato com essa raiva, e aceitando que ainda a carregava, é que eu teria a chance de transformá-la. Disse também que todos os sentimentos tinham um propósito. Que costumamos condená-los antes mesmo de saber por que nossa alma buscou aquela experiência. E completou:

— Se você tivesse assumido a raiva dos seus namorados sem culpa, já teria liberado esse sentimento e ressignificado o que aconteceu. As lágrimas trancadas no seu coração comprometem suas próximas relações, te prendendo àquela história em que você foi trocada.

Isso não vai mais acontecer. Era só uma crença. Você é merecedora de alguém que enxergue seu valor e seja seu companheiro de verdade.

Confiando na condução de Alva, deixei o sentimento aflorar. Xinguei alguns palavrões carregados de mágoa e agora estava entregue ao pranto. Além da raiva, entrei em contato com muita vergonha por ter sido trocada. Percebi que, toda vez que isso aconteceu, me senti um lixo e fiz um esforço absurdo para parecer alguém com valor para mim mesma e para todos. Reconheci que, nessas experiências dolorosas, a vergonha me atravessou o corpo e a alma, me fazendo sofrer muito. Eu estava revivendo isso naquele instante, e era quase insuportável. Mas à medida que eu ia encarando esse sentimento tão angustiante, ele ia se dissolvendo. Senti que a liberação dessas emoções trancadas mudaria minha postura comigo mesma. Passado um tempo, disse a Alva que eu tinha a sensação de que agora estava pronta para amar, e ela me disse algo que me tocou fundo:

— O amor beneficia quem sente, Ayara. Ame sem medo. Se o outro não enxergar ou não merecer, você segue levando com você sua capacidade de amar. Isso só enriquece sua vida. Ser canal do amor é a única forma de experimentar o amor. Porque ele tá dentro, e não fora. O amor é seu. E de quem quiser se conectar com ele.

— E se eu falar que quero ter uma relação com Ângelo e ele disser que não quer, por exemplo?

— É um risco. Não existe garantia. Aqui entramos na sabedoria da incerteza. Você pode até ser rejeitada, mas vai ter de volta sua espontaneidade, sua verdade. Se você sufoca isso, se você interrompe o fluxo do amor, o sofrimento é maior, porque significa autoflagelo, falta de amor próprio. Que é o amor fundamental pra todas as formas de amar.

Depois de escutar e entender completamente o que Alva estava dizendo, decidi falar com Ângelo. Levei um tempo para encontrar o momento certo, mas ele veio. Estávamos sozinhos na cozinha, lavando pratos e terminando uma pequena faxina, como fazíamos sempre. O clima era de prazer por estar cuidando do nosso canto, e senti que havia espaço para essa aproximação.

— Ângelo, preciso falar com você.

Ele parou na hora, como se estivesse esperando por isso. Essa sensação me encorajou a passar por cima do medo absurdo de me abrir para alguém.

— Eu gosto de você. Desde o primeiro dia que te vi, lá no banheiro. Eu tive raiva pelo nosso desencontro no começo, mas foi uma bela oportunidade de enxergar minha responsabilidade e, depois, conseguir desfazer o ressentimento. Isso foi inédito pra mim. Eu juro que tenho tentado não alimentar esse gostar, mas também não tô fazendo nada pra olhar em outra direção. Minha razão diz que nossos mundos são diferentes e que provavelmente a gente não vai conseguir ficar junto o tempo todo. Minha razão também diz que meus medos ou meu ciúme podem me fazer sofrer, mas existe alguma coisa mais forte que a razão, que me empurra na sua direção, sem se importar com nada disso. Se você não quiser, vou aceitar de boa. Eu aguento a rejeição. Você já me rejeitou. Já tenho isso. Mas não tô conseguindo segurar não te dizer o que sinto.

Ele me olhava quase sem piscar. Achei que não diria nada e me virei para continuar o trabalho. Ele se aproximou e me segurou. Disse que eu estava certa. Simplesmente isso: que eu estava certa. Me abraçou com firmeza e doçura e me beijou.

Pela primeira vez meu coração não deu saltos mortais diante do romantismo do gesto dele. O que eu senti foi um profundo bem-estar e gratidão por ter falado e por tê-lo na minha vida. Um estado de paz, de conforto. Bem diferente do furacão do início. Pela primeira vez entendi algo que Alva já havia me dito. Que eu me concentrasse em enxergar a realidade do momento e parasse de fantasiar o que não existia, fosse coisa boa ou ruim. O fato de não me distrair com minha imaginação me dava a possibilidade de sentir plenamente o que estava acontecendo na real. Sem falar que eu geralmente projetava as histórias do passado. Como é que uma relação poderia dar certo, conduzida por lembranças de experiências que morreram na praia?

A possibilidade de aceitar a liberdade do outro era um presente que eu estava recebendo, e, como agora conhecia muito bem minha responsabilidade na ruptura precoce das relações, estava pronta para viver uma entrega plena. Sabia que ainda poderia ter recaídas, mas aos poucos ia curar completamente esse comportamento interno equivocado. Chegaria ao ponto de me relacionar sem autossabotagem e sem me preocupar em quanto tempo ia durar. A coragem para ser honesta comigo me indicava que essa maturidade era possível. Eu estava pronta para amar e ser livre.

CAPÍTULO 19

Comecei a olhar para Ângelo com outros olhos. Confiança. Algo inédito para mim numa relação com homem. Ficamos juntos algumas vezes, de uma forma nova. Com muita delicadeza e entrega. Cada toque abria uma eternidade de prazer, sem nenhuma tensão. Mas havia algo que eu achava estranho: mesmo demonstrando enorme intensidade no contato cotidiano, ele não me procurava para transar todos os dias, como acontecia na maioria das minhas relações. Com outros namorados, muitas vezes eu fazia sexo sem nenhuma disposição real. Me esforçava para usufruir e acabava conseguindo, mas só o prazer físico. Nos namoros antes do Ângelo, eu costumava ficar com o pensamento em outra coisa, e o ato acontecia de forma banal, medíocre, nada. Um dia eu perguntei por que ele não pedia sexo frequentemente, se a libido dele era menor. Ele riu muito.

— Imagina, Ayara! Cada vez que te olho, sinto vontade de ter você, mas isso não quer dizer que a gente precisa ir pra cama naquele instante.

— Mas você não fica tenso com essa vontade?

Ele ficou pensativo, e sua expressão sugeriu que ele tinha conhecimento do que se passava na minha cabeça.

— Você também acreditou nessa história de que o corpo do homem precisa ter orgasmo com mais frequência? A libido do homem pode até ser mais constante do que a da mulher, mas o corpo da mulher, por sua vez, é mais sensível aos estímulos. Quer dizer, homens e mulheres sentem desejo na mesma intensidade e podem canalizar essa vontade pra fazer qualquer outra coisa que não seja sexo. Se minha libido tá a mil, posso trabalhar, estudar, me exercitar, me concentrar na minha kundalini... Você não é depósito de alguma coisa que precisa ser descarregada. Minha libido precisa ser canalizada, mas resolver isso não é uma obrigação sua. Quando eu atendia casais em terapia, vi muitas mulheres se sentindo nessa obrigação de transar sem vontade. Elas me confessavam que muitas vezes se sentiam violentadas. Isso é muito sério! O estupro de mulheres dentro do casamento acontece de forma disfarçada. Por ser um assunto muito íntimo, fica velado. Ninguém discute.

E depois de uma pausa me olhou, concluindo:

— Vou te procurar quando sentir que você também quer. Nosso encontro deve ser especial, fruto de muitas camadas de sentimentos, e não por causa do primeiro impulso de devoração que aparece. Controlar nossos desejos físicos nos dá um grande poder de condução da vida. São energias poderosas que podemos colocar a nosso serviço, e não a gente a serviço delas.

Eu começava a entender, através de um homem, o princípio do sagrado feminino, pois pela primeira vez meu corpo não estava sendo dessacralizado. No tempo que fiquei sozinha havia conseguido conviver com minha própria libido sem me iludir de que o sexo casual abrandaria o fogo. Alva havia me orientado a direcionar essa vitalidade para meus mergulhos internos, e agora, nos encontros com Ângelo, estava transformando a conhecida energia de devoração, que antes me dominava. Através dos nossos estudos pude enxergar que a volúpia desenfreada era insaciável. Já a sublimação do sexo virava êxtase, que perdurava e alimentava a própria vida. A devoração era punção de morte; a sublimação do desejo carnal, punção de vida.

Ângelo começou a me ensinar alguns princípios tântricos, e esses encontros aconteceram sem nenhuma premeditação, nem expectativas. Às vezes ainda aparecia um impulso de dominação, mas a consciência do padrão destrutivo me acordava. O nível de prazer e comunhão era algo que não dava para descrever. Alva percebeu nossa sintonia e um dia me perguntou sobre nós dois. Eu disse que estávamos nos aproximando. Ela me aconselhou a observar meus sentimentos, depois da cura que fizemos. Que eu não deixasse o desamor entrar por nenhuma brecha, pois ele envenenaria meu coração, como já havia feito no passado. Que eu mantivesse o amor como guia em qualquer circunstância.

Refletindo sobre aquele ensinamento, me lembrei de que, antes de chegar no Círculo Mágico, se eu conhecia alguém interessante, pensava logo em «comer» a pessoa. Era um movimento sem controle que na maioria das vezes nem se consumava, mas eu precisava viver o jogo de sedução. Percebi que, aos poucos, estava plantando dentro de mim uma nova atitude. Agora, quando eu conhecia alguém, eu me dedicava a cultivar a amizade e assim recebia o ouro que a pessoa carregava. Dessa forma, também poderia oferecer o que eu tinha de melhor, algo que era muito mais do que meu corpo. E, assim, ia somando amizades preciosas com pessoas que anteriormente teriam sido alimento para minha carência, para a luxúria. Com isso, a troca começava entre almas e podia se estender ou não para os corpos. O melhor dessa nova postura era a liberdade de escolha. O sentimento no comando sobre o instinto. O passaporte para o mundo da verdade.

Alva passava os dias escrevendo, empolgada com sua missão do livro. Volta e meia, me contava que o Guru estava acompanhando e gostando do resultado. Se enchia de alegria cada vez que concluía uma etapa.

Apesar das experiências inesquecíveis com Ângelo e as atividades do Círculo Mágico, eu começava a sentir falta de expressar meus dons artísticos. Sabia que estava em um tempo de ressignificação da minha vida, mas que também poderia estar vivenciando isso enquanto exercia meu trabalho. Eu amava atuar e já me sentia com novos conteúdos internos, que poderiam ser canalizados para alguma personagem.

Liguei para minha antiga empresária Pietra, e ela não me atendeu. Tentei mais algumas vezes, e nada. Me surpreendi. Naquele momento não esperava por isso e achei que ela estaria ansiosa por minha ligação. Então telefonei para uma amiga antiga que havia consolidado sua carreira de produtora no teatro. Falei que estava bem, depois de ter dado um tempo, e que agora queria voltar a trabalhar. Percebi que ela não esperava por aquele pedido de ajuda. Há anos eu não a procurava e, nas vezes em que ela me chamou para marcar presença em estreias de peças suas, eu inventei desculpas esfarrapadas para não ir, por pura preguiça. De qualquer forma, ela foi atenciosa, disse que ia sondar algumas pessoas e me retornava.

Decidi me atualizar sobre o que estava acontecendo no meu meio olhando as redes sociais, buscando indicação de projetos que estivessem em pré-produção. Foi então que me deparei com imagens de uma série de televisão que estava sendo divulgada em vários perfis de colegas meus. Tratava-se de um projeto ambientado em um reino, onde atrizes amigas faziam papéis, que achei muito interessantes, de princesas e guerreiras. O meu ex-noivo era o protagonista. De repente fui tomada pela inveja. Como eu odiava sentir isso. Todo o brilho, toda a espontaneidade da vida, ia embora. Ficavam só o gosto amargo e uma sensação de fraqueza, impotência. Então as bênçãos que estavam me enchendo de alegrias nos últimos dias desapareceram, e uma nuvem negra pairou sobre mim. Que saco! Não quero sentir isso! E comecei a dizer para mim mesma que aquele retiro estava sendo importante, que eu estava me descobrindo e aprendendo a amar, blá, blá, blá...

Fui cuidar do jardim, colher frutas e fazer um bolo para nossa janta. Só de me dedicar a essas pequenas coisas, comecei a me sentir um pouco melhor, mas então veio uma voz que disse: Sério? Você vai se satisfazer com essas coisinhas de dona de casa? – e eu voltei a afundar.

Aquelas fotos das minhas colegas e do meu ex não saíam da minha cabeça. Entendi quando o povo fala de um «encosto» que fica grudado, perturbando a pessoa. Deve ser isso, estou com um encosto! Poucas horas depois estava exausta. Me sentei com Ângelo e Alva para jantar e comentei com eles o ocorrido. Ouviram e ficaram em silêncio. Então perguntei se não iam me ajudar dizendo qualquer coisa:

— Amada, você tá dramatizando um pouco – disse Alva. – Claro que é horrível sentir inveja, mas todo mundo tá sujeito a sentir.

Aceite que você ainda tem essa fragilidade e se pergunte por que isso veio pra você agora.

— Porque eu gostaria de estar fazendo o que elas vão fazer – respondi.

E ela completou:

— Mas você tá aqui por algo que também é importante pra você. Tudo ao seu tempo. Não adianta se condenar por estar aqui, ou por querer partir, ou por sentir inveja. Desse jeito você vai se esgotar. Só alimenta o corpo de dor. Pare de se punir, criando histórias em que você aparece como vítima impotente, e simplesmente responda pra você mesma se tá na hora de voltar.

Percebendo meu olhar de dúvida, Ângelo se manifestou:

— Se você tá sentindo o chamado pra retomar seu trabalho de atriz, dê ouvidos ao seu coração. Coloque na balança o que é mais importante agora e assuma a responsabilidade por sua escolha.

Eles estavam certos, e a parte difícil era justamente assumir a responsabilidade. O padrão de comportamento era eu me sentir trocada ou vítima de uma situação.

— Como é difícil crescer, né?

— Um pouco, mas você vai ver que, assumindo a responsabilidade por suas escolhas, a sensação de impotência e de culpa desaparece. Você ficou aqui porque quis e vai estar lá na hora que tomar a decisão de ir. É você que manda. É simples.

— Mas eu queria estar lá agora. E não tô. Preciso de tempo pra ter isso, mas quero agora, e sem perder o que tenho aqui.

Ouvimos aquilo dito por mim e caímos na risada. Eu simplesmente queria tudo ao mesmo tempo, num estalar de dedos. Era tão infantil, que não pudemos evitar o riso.

— De qualquer forma, o seu desejo tem algum significado – disse Ângelo. – O chamado interno é uma forma do Universo se comunicar com a gente. Talvez o seu tempo aqui esteja acabando. Mas investigue se esse desejo não tá baseado no passado e, sim, no presente. Se certifique de que não é uma tentativa de reviver algo que já passou e, sim, uma real necessidade de iniciar uma nova etapa. Vamos estar do seu lado no que você decidir.

— Concordo, irmão. Flor, pense bem e assuma a decisão. Vamos te ajudar no que você decidir. Aproveite a oportunidade pra aprender a abandonar o drama e ter uma postura madura e construtiva, vendo as coisas como realmente são. Se lembre de que, quando você tava vivendo essa situação que tá desejando agora, você não tava feliz! Não caia mais nessa armadilha. Rede social é quase tudo ilusão. Você vê um casal postando o amor diariamente e de repente se separam, falando coisas horríveis um do outro. Não acredite mais nisso! Construa sua própria felicidade.

— Mas como faço pra parar o sofrimento? – perguntei, bastante interessada.

— Pela consciência, pelo entendimento de como funcionam os processos psicoespirituais. Sabendo que a ilusão alimenta a vitimização, que por sua vez serve pra alimentar a impotência. O sofrimento pessoal ou coletivo tem uma vibração própria e, quando ela é constante, se adensa, formando um corpo de dor, que só sobrevive se você se alimentar de drama, culpa, medo... Decida não dar nada disso, tendo consciência de que essa entidade existe e é destrutiva. Você tá aqui porque quer. Não precisa sentir culpa. Você sentiu inveja porque é humana. Se não se culpar, a inveja passa. Todas essas manifestações do eu inferior se alimentam de culpa. Se perdoe e faça algo que te traga pro momento presente.

— Mas eu fiz isso hoje! Fui cuidar dos trabalhos domésticos, pra voltar pra presença, e aí veio um pensamento me questionando se eu ia me contentar em cuidar da casa.

Alva respirou fundo como quem conhece esse processo e disse:

— Essa é a voz do corpo de dor, que é um vampiro e se alimenta da culpa que você sente. Quando "ele" perguntar de novo, mostre que você é responsável por sua vida e é capaz de arcar com suas decisões. Diga que sim, no momento você tem pratos pra lavar, cavalos pra cuidar e pessoas pra se relacionar de forma verdadeira. Diga que só começou a sentir falta do seu trabalho agora e vai buscar meios de retomar. Diga ao vampiro da sombra que você tem forças pra esperar o tempo que for necessário, pois sua escolha de ficar aqui tinha um propósito importante pra seu espírito, que você não vai mais fazer coisas sem sentido, porque você agora tá consciente, acordada.

Aquelas palavras foram como uma tábua de salvação, resgatando minha autoridade interna. Claro! Se estou a serviço da luz, preciso ter firmeza. Alva ainda completou:

— Ayara, comece a desenvolver sua voz de comando. Fale com essa sombra. Não deixe ela te dominar. Ela nem tem força. Você que deu força pra ela. Então também pode tirar. Quem manda agora é você.

Me lembrei da época em que as energias me faziam de gato e sapato, de forma completamente destrutiva. Internalizei aquele ensinamento primoroso de Alva.

— Quero agradecer por tanto aprendizado, Alva! E agradeço a vocês dois por esse apoio. Me sinto abençoada, fortalecida... Vocês são meus anjos da guarda – disse, percebendo os olhos de Alva marejarem.

— Fico feliz por te ver sensível, inteira, querendo se enxergar. O seu coração te diz coisas importantes. Preste atenção, através dele você vai ouvir a música do Universo. A vida flui como música, e, quando a gente se abre, dançamos com esse fluxo. Uma hora a gente tá aqui... outra hora, tá ali... recebendo de braços abertos o presente, conectando nossos desejos e cocriando essa coreografia. Aceitando o que temos, nos abrindo pro novo e escutando o chamado. Isso é viver em estado de graça... de gratidão.

Senti essas palavras como mantras de luz. O momento pedia conexão. Naturalmente, fechamos os olhos e, saindo do domínio da mente através da respiração consciente, entramos em meditação. Por alguns instantes as palavras de Alva ainda reverberaram... Eu ia trabalhar para ser capaz de ouvir essa música tocada pelo Universo e perceptível para aqueles que silenciam, se abrindo para o mundo interno. Naquele instante intuí que iluminar a natureza oculta abriria espaço para todas as bênçãos que ainda seriam materializadas em nossas vidas.

CAPÍTULO 20

Tive uma noite longa, sonhei muito. Acordei cedo e decidi meditar sozinha no quarto. Senti que precisava desse diálogo comigo. Aos poucos a imersão se intensificava, eu ia conseguindo me desapegar dos muitos pensamentos que passavam como nuvens e ia me conectando com minha essência, que tudo observava como uma testemunha silenciosa. Fiquei nesse lugar, simplesmente existindo. Era o mesmo lugar que visitava quando bebia a Água Mater. De repente me veio a imagem de um sonho que tive no início da minha estada na Chapada Cristalina, onde Alva aparecia a cavalo e me dizia algo. Na época havia me lembrado da imagem, mas não do que ela disse antes de se virar e entrar na floresta. No momento em que criei espaço interno através do silêncio, a fala de Alva veio clara: "Lembre-se das crianças".

Abri os olhos entusiasmada com esse resgate e decidi compartilhar. Ela e Ângelo já estavam arrumando o café da manhã na mesa, quando eu cheguei e falei sobre o sonho. Ficamos os três intrigados sobre quais crianças o sonho se referia. Alva me perguntou:

— Ayara, você já trabalhou com crianças?

— Não. Até já fui convidada pra ensinar teatro e me lembro de que na época fiquei muito feliz. Cheguei a bolar umas vivências lúdicas pra usar, mas achei que não ia ter tempo, e desisti.

— Eu tô te perguntando isso porque sempre quis implantar um trabalho com as crianças da vila. Elas têm contato com o universo interior, de forma espontânea. Quero desenvolver um trabalho que estimule a manifestação da essência delas através de alguma atividade artística. A arte lida com a expressão da alma o tempo todo. Como você teve esse sonho que parece premonitório, talvez seja um sinal de que você é a pessoa certa pra realizar esse projeto.

Ouvi aquilo e no primeiro instante senti entusiasmo, mas logo me reprimi. Falei que iria pensar. Passei o dia refletindo sobre o assunto. Existia uma impressão de que essa atividade com as crianças pudesse ser algo menor do que um trabalho de projeção nacional, como eu estava acostumada. Mas à medida que eu ia aceitando a ideia de ficar no retiro, sentia que era tudo o que eu tinha no momento, e isso poderia me trazer algum sentimento de autorrealização. E se o Universo estiver tentando me dizer algo, fechando as portas para outros trabalhos fora daqui? E se esse trabalho com as crianças fosse exatamente a ação mais potente para manifestar meus dons naquele momento? Estava tendo esses *insights* enquanto ajudava Ângelo a cuidar dos cavalos e decidi compartilhar com ele. Eu saboreava a sensação de ter na relação afetiva uma parceria de confiança mútua. Escutei o que ele dizia, agradecendo à vida por ter trilhado o caminho até aquele homem.

— Ayara, tô atento pra não te influenciar a ficar aqui só por ser esse o meu desejo. Até porque você me convenceu de que, se a gente quiser, não vai ter distância física que nos separe. Afinal, meu trabalho anda comigo e eu posso desenvolver grupos de yoga em qualquer lugar. Mas eu acho que você tá realmente tendo uma oportunidade e também maturidade pra enxergar que a vida pode estar te trazendo algo valioso. Não se iluda com os caminhos conhecidos de como as coisas acontecem. Confie.

Olhei para Ângelo sentindo que gostava muito de como ele via as coisas. Acabava de me decidir. Fui procurar Alva para dizer que topava o desafio de desenvolver vivências de teatro com as crianças. Ela ficou exultante.

— Que maravilha! Sinto que você vai ser muito feliz nessa atividade.

— Gostaria de usar música em alguns exercícios lúdicos – falei.

— Ótima ideia! O Kamar, do coral, pode te auxiliar no que você quiser e deixar alguns instrumentos à disposição das crianças. Vamos juntas falar com os pais e organizar o início das atividades. São umas nove famílias com um, dois ou três filhos até os quatorze anos.

— Combinado. Acho que consigo organizar as atividades pra começar em breve. Já tô ansiosa.

Mais tarde recebi uma ligação da minha amiga produtora de teatro dizendo que não havia nenhuma peça montando elenco naquele momento, e eu recebi essa notícia como sinal de que ficar mais um tempo na Chapada Cristalina era a decisão certa.

Doze dias depois eu estava iniciando as atividades. Eram dezoito jovens. Treze na faixa dos nove e dez anos, e cinco entre quatorze e quinze. Eu achava que esses mais velhos me dariam mais trabalho para domar, mas me surpreendi com o gosto que tinham pelo jogo cênico. Um deles se chamava Guido, era muito paciente com os menores e se jogava com energia nas atividades lúdicas que eu propunha. Ele tinha uma alma de artista, e eu me perguntava de onde vinha esse talento. Aos poucos fui descobrindo. Ele era filho de uma escritora, que sempre lia para ele em voz alta os livros que escrevia sobre os mais variados assuntos. Guido, na verdade, estava familiarizado com o processo criativo. Todas as crianças tinham naturalmente a dinâmica da brincadeira, mas ele trazia ferramentas e uma visão inusitada que enriqueciam o grupo. Aprendi muito com ele e com Kamar, que trouxe seu valioso talento musical para o trabalho.

Aproveitei a oportunidade para aprender a tocar violão. Vi que possuía facilidade e até me perguntei por que havia demorado tanto tempo para me aventurar a tocar um instrumento. Tendo a música como ferramenta, resolvi trazer também atividades com dança. Alva participou das primeiras aulas e me surpreendeu tocando tambor. Ela se movimentava na batida, como se estivesse dançando, e tinha um toque forte e suave ao mesmo tempo. Fiquei tão encantada com a beleza da imagem dela no tambor, que pedi que me ensinasse. De repente eu estava desenvolvendo dons que nem sabia que possuía. Me sentia mais aluna do que professora, mas sem dúvida minha experiência como atriz me capacitava a ser condutora do processo, estando aberta para as contribuições de todos. Aos poucos ia aflorando uma facilidade para a liderança, que se manifestava num grupo unido e entusiasmado em todos os encontros. Guido se tornou meu auxiliar, e sua modéstia fazia com que os outros não sentissem ciúmes. Pelo contrário. Adoravam ter a ajuda desse garoto que tinha quase a mesma idade deles, mas era mais experiente na expressão artística. Se espelhavam nele e o admiravam. Eu também.

Estava percebendo a verdadeira natureza do amor. Nessa relação de amizade com cada jovem eu tinha a chance de me doar sem esperar nada em troca e, com isso, começava a enxergar finalmente que todo o amor que queria despertar nos outros estava pronto para ser sentido dentro de mim. Alva estava certa. Se eu não sinto a fome do outro, nem a raiva do outro, como iria sentir o amor do outro? Onde aprendemos que o amor vem de fora? Desperdicei tanta energia e tempo, tentando arrancar amorosidade das pessoas, e agora aprendia que só existe uma forma de sentir o amor: sendo canal desse sentimento.

Contrastando com essa minha postura de me abrir cada vez mais para o mundo, havia uma adolescente que parecia não querer enxergar nada à sua volta. Se chamava Mara, levava e buscava seu irmão Pedrinho de nove anos e não quis participar das aulas. Deixava clara sua aversão por tudo que fosse lúdico. Vibrava um mau humor constante, que me lembrava de meu estado de rebeldia sem causa antes de chegar no Círculo Mágico. Ela se esforçava para parecer certa, enquanto o mundo estava errado. Eu olhava para ela e me via no passado. Algumas vezes tentei me aproximar para conversar, e ela criou um muro tão sólido entre a gente, que pude ver o que somos capazes de fazer com nossas relações.

Um dia procurei Alva para saber mais sobre Mara, e ela me contou alguns fatos que mexeram comigo.

— Tenho observado essa família, porque criei afeto pelas crianças. Eu evito julgar e não costumo conversar sobre o comportamento de quem não tá presente, mas, como você vai conviver com eles através de Pedrinho, é bom a gente falar sobre isso. Talvez você possa ajudar. Essa menina Mara tinha um irmão gêmeo. Eles eram muito unidos e não interagiam com a comunidade por determinação dos pais. Foram criados numa redoma que os isolava num mundo à parte, com proibições de acesso à internet, jogos, filmes, e aparentemente condenavam o comportamento que se via nos colegas da mesma idade. A alimentação deles também era cheia de restrições. Eu penso que são cuidados importantes, se tiver equilíbrio. O problema é que parecia ter exagero, e, o que era pra ser saudável, virou repressão. Nas poucas vezes que se juntavam aos colegas eles levavam sua própria comida, como se a alimentação normal do grupo fosse ruim pra eles. Cheguei a perguntar pra mãe se os filhos tinham algum problema de saúde, e ela desconversou, dando a entender que não. Então aconteceu uma fatalidade: o irmão gêmeo faleceu em um acidente de carro, na companhia dos pais. Não dá pra ter certeza, mas sinto que toda a crença de que era possível controlar a vida caiu por terra, e a reação veio à tona. Mara se rebelou contra o controle exagerado dos pais e tá vivendo esse momento de negação de tudo. Ela passou um tempo em outra cidade com tios, mas não deu certo e voltou. Percebo que aos poucos ela tá começando a conhecer a vida da qual foi privada pelo excesso de proteção dos pais. Através da rebeldia ela tá conseguindo viver sua vida e tirar suas próprias conclusões. Infelizmente não consegue ser nem mesmo educada com as pessoas, mas nós temos condições de ser pacientes com ela.

— Claro! Podemos suportar seus pontapés, mas vejo que ela tá sofrendo muito e sinto medo pelo futuro dela.

— Sinto a mesma coisa, Ayara, mas não podemos fazer nada, a não ser ter paciência e manter nosso coração aberto. A garota não dá abertura pra ninguém se aproximar. Tem um comportamento egocêntrico e apresenta um complexo de superioridade que é fruto de sua enorme fragilidade interna. Talvez ela se sinta traída, porque os pais se comportavam como se pudessem controlar o mundo, e ela pôde ver que não é bem assim. O melhor é aceitar esse momento dela, sem julgar, porque todos nós estamos sujeitos a nos distrair e ser canal do ódio. Essas energias mais densas são como parasitas que se apoderam e controlam a mente que tá inconsciente. Pode observar. Se tomamos consciência e não damos mais passagem, essa energia se manifesta em alguém próximo, que tá menos atento. Já assisti isso acontecendo como se fosse um jogo de cartas marcadas.

— E a gente não pode fazer nada pra sensibilizar a família?

— Tentei me aproximar dos pais, mas eles também estão com o coração congelado. Não escutam e falam o mínimo, como se quisessem se proteger do mundo. Os pais são gentis com todos, mas não se abrem de verdade. Estão se enganando sobre a possibilidade de deletar o passado pra não sentirem a dor da perda.

— Como assim?

Alva percebeu que aquela conversa seria importante para mim.

— Essa família é do Norte. Uma vez a mãe me contou que brigou com os pais dela, e vieram pra cá na tentativa de apagar essa questão. Não sei bem o motivo da briga, mas não importa. No retiro ouvi o Guru falar muito sobre esse tipo de dificuldade. Quando temos feridas abertas com nossa família de origem, travamos nossa evolução. Se as relações são nossa escola, o núcleo familiar é o ensino básico. Sem concluir esse nível de aprendizado, não podemos ir para os outros mais avançados. É uma lei deste mundo. Quanto mais eles tentam apagar a presença dos avós das crianças por não terem conseguido se relacionar com aceitação, mais a energia dos avós se faz presente, desordenando a vida. Você já ouviu falar em relação sistêmica?

— Nunca.

— É a relação entre pessoas que compõem o mesmo sistema, seja família ou grupo. Existe uma ciência sobre as leis que regem a harmonia desses coletivos. São leis simples, que podem ser vistas como a "ordem do amor", e foram observadas pelo alemão Bert Hellinger, quando ele conviveu por mais de dez anos com tribos Zulus no continente nativo. Na época ele ainda atuava como padre e observou que os componentes de uma mesma família buscavam harmonização através da conexão com sua ancestralidade. Bert foi tocado pela importância do sistema de origem como influenciador do que experienciamos na vida atual e trouxe esse conhecimento pro mundo ocidental. Sou apaixonada por essa prática que floresceu de uma semente do xamanismo tribal. Essa visão tem revolucionado a forma de olhar para as consequências das atitudes dos nossos ancestrais, porque o que eles fizeram no passado vai reverberar por várias gerações.

Fiquei chocada com o que estava ouvindo. Isso era muito sério! E todas as pessoas que colocamos em nosso sistema pela convivência e depois tentamos excluir, por enxergar que não nos fazem bem? Somos completamente inconscientes dessas leis quando temos relações íntimas com quem nem conhecemos. Naquele momento entendi por que andamos com uma penca de fantasmas à nossa volta.

Alva continuou:

— Mais uma vez fica claro que o mundo das energias rege o mundo da matéria. Se excluímos alguém que faz parte, a energia da pessoa se fortalece no sistema. Outra lei da ordem do amor que me toca muito é sobre a ordem de chegada. A importância de quem chegou primeiro. Os pais chegaram primeiro. Eles abriram os caminhos pra vinda dos filhos. Se os filhos se sentem superiores e não carregam gratidão pelos pais terem sido portal, suas vidas podem apresentar desarmonia. O desrespeito aos pais é também um desrespeito à ordem natural.

— Alva, esse conhecimento é fundamental! Deveria ser ensinado nas escolas, você não acha?

Ela riu.

— Concordo, amada, mas de alguma forma sempre escutamos que devemos respeitar e reverenciar os pais, os mais velhos, e esse ensinamento não tem sido muito seguido, né? As pessoas confundem isso com obediência à tradição. Existe uma resistência ao padrão convencional, e eu entendo, porque em muitos casos as pessoas se sentem aprisionadas. Como se estivessem sendo controladas pelo karma familiar ou repetição de padrões de comportamento. Mas reverenciar os pais não é fazer igual. As atitudes de nossos pais precisam ser investigadas para que a gente descubra o nosso jeito de fazer as coisas. Não é saudável ter obediência cega ou simplesmente repetir um mesmo caminho de vida. Vivo dizendo pra minha filha ser capaz de obedecer às regras, mas que questione todas e, se não servirem pra ela, que trabalhe pra transformar o que foi estabelecido. Também aconselho a questionar minha forma de ver e viver o mundo. A que a lei do amor se refere não é fazer as mesmas coisas. É simplesmente aceitar e reverenciar os pais, do jeito que eles escolheram ser, e seguir seu próprio caminho.

— Então é disso que eu tô falando. Se a gente soubesse como as energias funcionam, teríamos condições de enxergar o que realmente acontece. Toda essa conversa me lembrou de minha relação com meus pais. Minha saúde emocional começou a se desequilibrar quando dei vazão à falta de paciência e de humildade com eles. Tenho sentido um chamado pra rever questões da nossa convivência.

Depois de refletir mais um pouco, perguntei:

— Essa ordem de chegada rege todas as relações? Digo, no trabalho ou nos casamentos?

— Sim, se manifesta em todas as relações. Sempre que não nos reverenciamos aos nossos antepassados, povos que nos formaram, profissionais que nos antecederam, abrindo os caminhos ou as relações anteriores dos nossos parceiros, a energia não flui. Sabendo disso, eu desenvolvi o hábito de agradecer a todos que vieram antes de mim. Agradeço internamente e declaro minha devoção, sempre que posso. Minha vida mudou muito depois dessa tomada de consciência. Reverenciar a quem chegou primeiro é uma das chaves para a harmonização.

— Imagino, Alva, e percebo uma enorme coerência em tudo o que você tá falando. Só não entendi como isso funcionaria numa relação amorosa. Se duas pessoas se separam, não podem mais viver sem se encontrarem?

— Sim! Claro que vão poder viver cada um no seu canto. O direito a pertencer se aplica a um reconhecimento interno da importância da história vivida antes. A lei diz respeito ao sentimento de gratidão e também a não tentar bloquear a aproximação do outro que não tá mais na relação. Mesmo que o ex ou a ex não queira, não devem fugir. Devem encarar cada encontro de peito aberto pra esclarecer as questões pendentes, pois a nova relação só vai fluir se todos estiverem em paz com o passado. Vejo muitas atuais esposas ou atuais maridos tentando desesperadamente excluir as relações anteriores, e esse comportamento só fortalece a presença dos que não estão mais ali.

Estava caindo fichas importantes para mim…

— Algumas vezes fingi que aceitava a história da relação que aconteceu antes de mim, mas na verdade sentia vontade de matar a namorada anterior. Tô começando a enxergar que fingir só engana a mim mesma. No mundo das energias não existe possibilidade de enganar. Vale o que a gente vibra, que é a verdade.

— Exatamente, minha flor. Por isso, com a sensibilidade apurada, a gente pode sentir a vibração de conflito da garota que decidiu brigar com o mundo. Só ela sabe o que se passa em seu coração, mas, observando que brigou com os tios, me parece que ela adotou inconscientemente a vibração de desavença dos pais com os avós. Vamos esperar que ela tome a decisão de mudar a história, acordando o coração e trazendo o amor que busca retornar ao seu sistema familiar.

Passei aquele dia pensando em tudo o que havia escutado. E o mais interessante é que tinha consciência que essas mesmas lições não surtiriam nenhum efeito em mim alguns meses antes. De novo eu enxergava que o amadurecimento me abria à compreensão de aprendizados que sempre estiveram disponíveis.

À noite fiz o jantar com um forte sentimento de gratidão por tudo o que estava vivendo. Preparei um risoto de cogumelos enfeitado por flores comestíveis com o máximo de primor, retribuindo um pouquinho das joias espirituais que recebia daqueles dois. Voltei ao assunto da garota rebelde para ouvir também a opinião do Ângelo. Ele trouxe um fato que Alva não havia citado na primeira conversa:

— Me lembrei agora da aluna de yoga que é médium e psicografou uma carta do irmão dessa garota.

— Hã?! Como foi isso? Não sei se acredito nessas coisas – falei.

E Alva fez uma expressão que me pareceu de aprovação para que Ângelo contasse.

— O irmão que faleceu tinha uma mensagem tão importante pra transmitir, que essa necessidade dele falar se plasmou. Alguém sensível canalizou a mensagem. Parece um evento fantástico, mas muitas ciências ensinam que não existe morte. Só mudamos de dimensão. Enfim, essa história me faz pensar sobre a importância da gente dizer as coisas. Falar quando alguma coisa nos machucou ou deixar clara nossa gratidão. Porque, nesse momento, temos um corpo capaz de expressar nossa alma.

— Ângelo tá falando de sermos espontâneos – disse Alva. – Se a gente bloqueia nossa verdade e não entra em contato com ela, podemos nos desesperar quando perdermos o corpo. Não sabemos quando isso vai acontecer. Pode ser a qualquer momento.

— Exato, irmã! Sinto como é importante ser verdadeiro sempre. Não perder tempo com as máscaras, porque o que não foi dito em vida, seja amor ou mágoa, vai permanecer trancado na consciência quando a gente sair desta dimensão. Depois que perdem o corpo, certas almas sentem a necessidade de encontrar alguém que faça o que é preciso, já que não têm mais como fazer isso.

Eu estava chocada com a conversa. Me levantei para pegar suco para todos, mas na verdade queria um tempo mínimo para assimilar o que estava ouvindo. Servi os dois e continuei escutando Ângelo.

— Além da importância de sermos verdadeiros, porque a gente não sabe até quando vai estar aqui, tudo o que acontece dentro da gente tem um propósito. Cada vez que a gente expressa o que sente, nosso corpo fica mais leve, porque faz fluir a energia. As doenças do corpo e da mente são causadas quando a gente trava o fluxo, não falando o que precisa falar, ou não chorando nossas mágoas. Voltando pra história, essa minha aluna médium, que se chama Dáphine, passou dois dias enxergando mentalmente o rosto do garoto, logo que ele faleceu. No segundo dia ela entendeu que ele queria dizer alguma coisa. Pegou caneta, papel e psicografou uma carta pra mãe dele. Dáphine entregou a carta e, depois de alguns dias, recebeu uma mensagem da mãe. Ela me mostrou. Dizia assim: "Li dezenas de vezes. É ele. Obrigada!".

Pela primeira vez eu estava acreditando nesse tipo de coisa. Agora fazia todo o sentido para mim. O fato da vivência ampliar minha visão para coisas que eu nem sonhava que existiam me fazia entender a famosa frase de um dos meus ídolos, William Shakespeare: "Há mais mistérios entre o céu e a terra do que pode supor nossa vã filosofia".

Alva retomou a conversa sobre Mara:

— Com a visita que fiz pra convidar os filhos dessa mãe, percebi que ela ainda tá com o coração trancado. De qualquer forma, a vinda do filho menor já é um sinal que, devagar, as coisas tão mudando. Mara não quis participar do curso, mas vem trazer e buscar Pedrinho todos os dias. Ela não admite, mas acredito que sente vontade de interagir com a gente.

— Você acha que ela não relaxa com a gente ou com os parentes pra não perder o amor dos pais? – perguntei.

— Acho. É muito duro o que alguns pais impõem aos seus filhos. Somos cruéis uns com os outros, sem ter consciência do que estamos fazendo. De novo as relações sistêmicas. Somos parte de um mesmo corpo. Se a gente não encontra meios de liberar as mazelas da nossa alma, envenenamos todo o sistema, até alguém trazer a aceitação capaz de curar a dor que se reflete no grupo. A gente precisa transformar o que nos aflige, pra não passar pros nossos filhos. Sinto que a gente tá aqui pra isso. Somos células de um corpo maior, e se essa célula tá desarmônica, ela fica doente e adoece outras partes desse corpo.

— Mas isso não é injusto? – perguntei. – Uma pessoa escolhe agir de um jeito egoísta, e os outros sofrem as consequências junto?

E Alva respondeu com tranquilidade:

— Se a gente fosse organismos isolados, seria injusto. Mas somos um único organismo. Um único sistema. Não tem como seu dedinho da mão sofrer uma inflamação e isso não se refletir no seu corpo todo. Pois então não importa se somos a célula inflamada do dedinho ou uma célula saudável do dedo ao lado. Os sistemas circulatório, energético, nervoso, e outros, vão nos conectar com a inflamação do dedo doente. As células que estavam saudáveis vão sentir o desequilíbrio, mesmo que não tenham sido responsáveis pelas ações que trouxeram a desarmonia. Temos nossa individualidade, mas, dentro do sistema, somos um.

Mais uma vez a conversa me lembrava da necessidade de retomar o convívio com minha família. Os dois me encorajaram a passar um período com meus pais, assim que pudesse. Enquanto isso não acontecia, eu poderia ir movimentando essa energia do amor e da gratidão, apenas vivenciando o encontro internamente. Como Ângelo havia explicado através da física quântica, tudo no Universo vibra como informação que se propaga para além do nosso espaço físico. Comecei a trazer imagens dos meus pais, irmãs, tios e primos para minhas meditações. Lembrei de muitas experiências felizes e traumáticas da infância. Fui revisitando cada situação prazerosa ou sofrida, com a consciência de que nesses momentos eu havia talhado minha personalidade. Busquei as dores que provavelmente ainda influenciavam meu comportamento, iluminando sem julgar e liberando a mágoa. Também escrevi cartas, abrindo meu coração. Não eram para serem enviadas, mas para manifestar conscientemente o que eu carregava no íntimo. Depois de reler algumas vezes, as queimei, fazendo desse ato um ritual de transmutação do que eu não queria mais levar comigo. Em pouco tempo recebi uma mensagem saudosa da minha mãe. Liguei na mesma hora:

— Mãe! – gritei feliz assim que ela atendeu.

— Oi, filha! Você quer me matar de saudade e preocupação? Por que não responde às minhas mensagens?

— Tô bem, mãe. Desculpe. Tava me recuperando de momentos bem difíceis.

— Eu imagino, filha. E é nesses momentos que podemos correr pro colo da mãe.

— Eu sei, mamãe, mas agora tô ligando. Tô com saudades também. Como vocês estão?

— Estamos bem! Ontem sua prima Lavínia marcou a data do casamento dela. Já avisei suas irmãs, pra dar tempo de todos programarem a vinda pra cá.

— Quando vai ser? – perguntei.

— Daqui a seis meses. Você vai conseguir estar aqui com toda a família? Sua presença é muito importante pra gente, filhinha! Se puder vir antes, também vai ser maravilhoso!

— Claro, mãe! Pra mim também é importante estar junto. Antes acho que não consigo, mas vou me programar pra estar no casamento e passar uma temporada com vocês. Ainda tô precisando do seu colo… – disse isso com os olhos cheios d'água e feliz por manifestar amor por minha mãe, independentemente das nossas temporárias incompatibilidades.

Dessa vez falei sobre tudo com enorme paciência e achando bem importante compartilhar com ela o que estava vivendo. Falei da Água Mater, das aulas com as crianças, dos cavalos que ajudava a cuidar, de Alva e Ângelo. Neste ponto, minha mãe perguntou se eu estava apaixonada, e eu confessei que sim. Saí daquela ligação com a sensação de ter recebido colo e amor. Ângelo estava chegando das baias, e eu pulei no seu pescoço, dando um longo beijo. Ao final ele perguntou:

— O que aconteceu?

— Descobri que tenho uma família maravilhosa e que tô apaixonada por você.

Ele riu, e nos deixamos levar por aquele momento, nos olhando longamente.

— Como você descobriu que tá apaixonada por mim? Porque eu já sabia disso – ele disse.

— Você me lê claramente desde o início. Sou transparente pra você… e gosto de ser. Foi minha mãe. Ela sacou logo.

— Um dia eu vou conhecer sua mãe?

— Daqui a seis meses.

— Sim, senhora. Até lá vou continuar cuidando muito bem de você e, se ainda não percebeu, vou esclarecer. Não costumo fazer declarações. Tô trabalhando o medo que tenho de dizer coisas que são importantes e com isso esvaziar o que sinto. Então vou dizer do meu jeito: tô muito feliz com você.

Meu coração se derreteu ao ouvir aquelas palavras. Apesar dele ter sido meu grande professor sobre falar o que sinto, eu sabia da sua resistência para se manifestar verbalmente. Eram seu olhar e atitudes que afirmavam diariamente seu amor. Vê-lo rompendo essa barreira para se declarar era um gesto muito significativo.

De novo nos beijamos e nos dirigimos para meu quarto. A cada entrada por aquela porta nosso encontro se tornava mais mágico. Inúmeras vezes senti como se aquele lugar não tivesse paredes e fosse o próprio Universo, tamanha era nossa liberdade. Essa era uma das bases que se desdobraria em muitas outras possibilidades de existirmos juntos.

CAPÍTULO 21

O curso de expressão artística estava indo bem, e eu continuava ampliando minha capacidade de interagir com as crianças. Cultivava paciência e buscava a melhor linguagem para cada uma delas. Estava criando laços de afeto que me alimentavam a alma e, por isso, já não sentia tanto a falta do trabalho de atriz. Nascia dentro de mim uma confiança absoluta de que tudo aconteceria na hora certa.

Clara havia voltado definitivamente de Barcelona, e Hugo estava prestes a chegar para passar uma temporada mais longa. Porém, no final daquele dia, entrando na cozinha para fazer um lanche, encontrei Clara e sua mãe conversando. Alva com lágrimas nos olhos. Me fitaram desconcertadas e, diante da minha expressão sem graça e assustada ao mesmo tempo, me tranquilizaram, dizendo que estava tudo bem, me convidando para sentar.

Alva me explicou que havia acabado de conversar com Hugo pelo telefone, que estava há alguns dias sentindo algo estranho da parte dele e que naquela noite teve uma forte intuição de que ele não viria mais. Então ela ligou e pediu para que ele fosse claro com o que estava acontecendo. Ele finalmente assumiu que não ia cumprir o planejado, pois havia retomado sua relação com a colega que namorou depois da separação. Fiquei chocada!

— Como assim? Que cafajeste! Depois de toda sedução, de ter vindo pra Chapada e envolvido emocionalmente Alva! Depois de fazerem planos juntos com a filha! Que mau-caráter!

Eu não parava de falar, até perceber que Clara começava a me olhar feio. Afinal, eu estava falando do pai dela. Me segurei e pedi desculpas. Alva se colocou:

— Eu entendo sua indignação, Ayara. Minha vida toda tive essa mesma reação. Cada vez que era abandonada, sentia raiva e com isso fechava o coração. Mas se eu permitir que isso aconteça, vou condenar todas as possibilidades de relações felizes que posso ter depois dessa. Tomei uma decisão há algum tempo: não vou mais fechar meu coração. Se Hugo foi desleal, e só ele pode saber sobre isso, vou deixá-lo com a deslealdade dele e vou seguir com minha capacidade de amar intacta. Ele foi até seu limite. Se esforçou. Sei que ele me ama, mas talvez não se sinta capaz de sustentar seu lugar do meu lado. Não vou deixar que essa situação envenene meu coração.

E, dizendo isso da forma mais doce possível, se levantou, avisando que ia colher flores para enfeitar a sala. Olhei para Clara como quem quer oferecer apoio, e ela aceitou. Me pediu ajuda na cozinha, e eu prontamente me juntei a ela. Enquanto lavava os pratos em silenciosa companhia, os raios do sol poente invadiram o ambiente, atravessando a janela e limpando as sombras que poderiam se tornar mágoa. Era a natureza iluminando nossas mentes, para que mantivéssemos a alegria de viver. Funcionou.

Durante uns dois meses, diariamente, Alva colhia flores para enfeitar a casa. Fazia isso sempre pela manhã, cantarolando hinos alegres da vivência. Um dia perguntei se aquilo era um ritual, e ela riu.

— Dá pra notar, é? Fiz isso pra impedir que meu coração se fechasse, e deu certo. Chorei um tanto nos primeiros dias, mas deixei fluir e depois comecei a me sentir tão confiante, que parecia que alguém tava pra chegar na minha vida.

— Ahhh... agora tô entendendo. É uma simpatia?

— Você pode chamar assim se quiser, mas eu batizei de "ritual de limpeza do coração". Enquanto eu colho flores e canto. Tô chamando o amor pra minha vida.

Passei a manhã pensando nessa conversa com Alva e, logo que tive oportunidade, contei para Clara, que também riu.

— Qual é a graça?

— Não sei, Ayara. Acho que eu me pareço com minha mãe. A gente não sofre tanto com os relacionamentos. Relaxe.

Durante a janta puxei o assunto, mas ninguém estava muito interessado. Alva disse que já havia mudado o foco. Agora fazia o ritual das flores para simplesmente enfeitar a casa e colorir o dia. Disse que já havia se desapegado da sensação inicial de que alguém chegaria na vida dela.

— Só me lembrei dessa motivação quando você me perguntou sobre isso, Ayara. Tô muito feliz com a vida que tenho hoje. Não sinto que falta alguma coisa.

Eu via que aquilo era a pura verdade. A cada dia que passava, Alva parecia mais leve, pela alegria que irradiava. Transparecia muito prazer em tudo o que fazia.

Numa manhã eu meditava sentada no tapete da sala, quando escutei alguém batendo palmas na porta principal. Olhei para a janela que dava no jardim dos fundos e vi Alva, com a cesta cheia de flores, vindo em direção à casa. Como ela estava ocupada, pensei que seria melhor eu atender a visita.

— Deixa comigo! – disse alto para ela e para Clara, que estava na cozinha.

Vi pelo vitrô da entrada que um jovem aguardava do outro lado. E no momento em que abri a porta, o cumprimentando com um bom-dia, Alva, cheia de flores, adentrou a sala. Vi o rapaz cruzar o olhar com o dela e se iluminar com uma expressão de quem encontra o que procura. Alva sorriu. Assisti àquela cena com a sensação de quem está presenciando algo mágico.

— Oi! Então você veio mesmo! – disse Alva.

— Claro! Costumo cumprir o que prometo. Mas demorou um pouco, né? Queria ter vindo no mês passado, mas resolvi concluir um trabalho antes.

Depois da conversa recente sobre a sensação de que alguém estaria chegando, as palavras dele me soaram como uma profecia que se cumpria naquele instante. Mas ele era tão jovem, que senti medo por Alva. E se fosse um aproveitador? Então me lembrei de que o medo é um dos grandes responsáveis por bloquearmos o fluxo da vida e percebi que algo maior do que eu poderia compreender estava acontecendo. Pedi licença e saí para a cozinha, ainda escutando a conversa em que ele se apresentava.

— Acho que ainda não disse meu nome, né? Sei o seu há tanto tempo. Não é justo. Meu nome é Matias.

Cheguei na cozinha, e Clara me perguntou quem era ele. Antes que eu pudesse responder, os dois entraram e Alva foi fazendo as apresentações:

— Essa que abriu a porta pra você é Ayara, que tá se dedicando aos estudos de iniciação e agora também ministra aulas pra jovens. E aquela é minha filha Clara, que acabou de chegar da Europa pra ficar um tempo comigo. Como ela adora cozinhar, tem sido a responsável pelo almoço, que, aliás, tá com um cheirinho delicioso.

Vendo que eu e Clara estávamos visivelmente surpresas com a visita, Alva continuou:

— Conheci Matias no retiro do Guru. Quer dizer, não cheguei nem a saber o nome dele, mas a gente se encontrou em alguns momentos muito especiais pra mim – e se olharam com intimidade. – Lembro que você disse que tava fazendo um documentário. É isso?

Já conduzindo Matias para se sentar, enquanto deixava a cesta de flores no chão e pegava um suco de pitanga para servir a ele.

— Isso mesmo! – respondeu. – Comecei com o Guru, no último dia do retiro. Fiquei esses dois meses me dedicando a dois episódios, que vão mostrar o trabalho dele na região e também outros centros de cura menores. Deixei pra finalizar com você. Fechar com chave de ouro. Você aceita?

A pergunta soou significativa, e mais uma vez senti algo muito especial vindo daquele garoto na direção de Alva. Vi que Clara também estava atenta a uma energia nova que chegava. Alva seguiu conversa, dizendo que teria enorme prazer em atendê-lo. Que havia lugar para ele ficar na casa e que poderia acomodar mais umas duas pessoas da equipe. Matias agradeceu e disse que não era preciso. Que eles estavam num lugar há quinze minutos dali. Disse que era muita confusão e eles incomodariam o mínimo.

Matias ficou para o almoço e se entendeu muito bem com todos, inclusive com Ângelo, que o convidou para conhecer os cavalos. Passaram a tarde nas baias. Em algum momento passei pelo escritório de Alva e comentei que Ângelo nem havia me chamado para cuidar dos animais, pois Matias já estava ajudando ele.

— É, amada, a vida realmente é um mistério… Parece que Matias já tinha um lugar reservado aqui… como a peça de um quebra-cabeças.

E voltou para a escrita do seu livro.

CAPÍTULO 22

Me sentia guiada por algo maior enquanto escrevia o livro que havia idealizado durante o retiro, e o Guru continuava acompanhando. Apesar de não termos tido mais encontros, me sentia completamente conectada com ele em muitos momentos do dia. Sua figura luminosa me vinha na lembrança, ou eu simplesmente recebia do Universo algum sinal irrefutável sobre a veracidade da nossa ligação. Como no dia em que eu estava pouco inspirada para escrever e resolvi levantar o olhar para admirar o jardim através da janela. Naquele instante vi um beija-flor entrar no quarto e ir para meu banheiro, que estava com a porta aberta, coisa que eu raramente deixava. Fiquei curiosa com o visitante inesperado e fui atrás dele. Cheguei na entrada com todo cuidado para não assustá-lo e vi, encantada, ele mirar-se no espelho. Beijava sua própria imagem e rodopiava como se estivesse alegre pelo encontro com ele mesmo. Permaneci ali algum tempo apreciando aquela cena inusitada e plena de poesia. Recebi essa visita como se fosse uma manifestação da presença do Guru e voltei para meu livro com inspiração renovada. A conexão fez aflorar na história novos caminhos com simplicidade e poder de comunicação.

Momentos depois estava de olhos fechados, mergulhada em reflexões diante do computador, quando Matias chegou, ainda sem a equipe, e pediu licença para entrar e conversar. Queria saber mais sobre o livro. Contei como surgiu a inspiração para escrevê-lo e sobre minha intenção de que ele fosse um singelo guia para aqueles que estivessem começando na busca de autoconhecimento.

— Posso ler? – ele perguntou, me surpreendendo.

— Claro! – respondi num impulso.

Ele então puxou uma cadeira e se sentou ao meu lado, como se já fôssemos íntimos. Muitas vezes eu ficava encantada com seu desprendimento. Aceitei a proximidade e senti sua energia benéfica, sem me cobrar um significado para esse bem-estar. Depois de ler umas duas páginas ele se virou para mim, visivelmente tocado, e disse:

— Que texto inspirador! E é tão simples e verdadeiro, que uma criança pode entender o que você tá falando.

— Sim! – respondi. – Principalmente elas. Tenho esse propósito de me comunicar com as pessoas. Não tenho nenhuma pretensão literária. Minha intenção é tocar os corações. De todos. Iniciados ou não. Talvez eu faça algumas sessões de leitura com amigos e pessoas simples como meu jardineiro, seu João. Quero alcançar a simplicidade dele.

Matias ficou me olhando um longo tempo antes de seguir a conversa.

— Hoje vamos começar a gravar algumas imagens da sua casa. Quero registrar o movimento da luz do sol e das plantas interagindo com seus quadros. As sombras que mudam de acordo com a luminosidade. No pouco tempo que fiquei aqui vi que a casa parece se movimentar... Sinto esse espaço como se fosse vivo.

Fiquei um tempo pensativa e encantada com o olhar sensível dele.

— Você sugere que a gente comece por onde? – ele perguntou.

— Você pode escolher pela luz que for boa pra filmagem. Eu me adapto.

Estávamos conversando muito próximos, e era impressionante como eu me sentia à vontade. Sua espontaneidade alimentava a minha. Sem falar que, quando me olhava, ele estava realmente buscando me enxergar. Quando me ouvia, o fazia com a máxima atenção. E não era só comigo. Era nítido que ele se importava com as pessoas. Qualidade que eu achava rara e com a qual me encantava a cada dia. Com ele, eu não sentia necessidade de me proteger, e isso era sincrônico com meu momento de estar desconstruindo minhas máscaras. Sem dúvida minha decisão de manter o coração aberto para outras experiências havia contribuído para que o Universo trouxesse novos eventos no meu caminho.

Eu havia sofrido um tanto por causa da revelação de que Hugo abandonara os planos de ir para a Chapada. Mas encarei a dor sem medo de ser engolida por ela. Passei algumas noites dormindo mal, investigando o que eu tinha feito de errado. Olhei com cuidado cada momento do nosso reencontro e pude ver que minha capacidade de me entregar de novo era verdadeira. Eu havia pedido ao Universo que me ajudasse a abrir o coração incondicionalmente. O que poderia ser um treinamento melhor do que continuar querendo o bem de quem havia descumprido sua parte no combinado?

Foi perfeito. Havia recebido ele de volta, ressignificado nossa história e me entregado de corpo e alma. Depois disso ele me rejeitou, e eu não morri. Sentia que estava finalmente me libertando do medo de ser abandonada. Minha capacidade de amar estava viva não só para quem quisesse receber, mas para mim mesma. Aos poucos a dor iria se dissolver, dando lugar às novas experiências. Todo o amor que eu desejava só poderia vir do divino, a verdadeira e única fonte. Adotei o ritual de enfeitar a casa com flores e, depois de um tempo, percebi que estava me apegando à expectativa de conhecer outra pessoa. Mais uma vez desfiz a expectativa e foquei no meu livro. Quando eu realmente parei de desejar e me esqueci dessa questão, Matias apareceu. Eu sentia que ele era parte desse novo momento. Sua presença e a do Guru faziam aflorar o que eu tinha de melhor.

Eu falava com o Guru por e-mail constantemente, e um dia ele me perguntou se podíamos nos encontrar de novo. Eu disse que teria enorme prazer, e ele me passou o contato de sua assistente. Ela se chamava Dóris e era de uma boa vontade e gentileza raras. Marcamos um dia em que ele estaria em uma cidade próxima, e assim eu poderia deixar o Círculo Mágico aos cuidados de Ayara. Ele viajava quase o tempo todo.

Matias se ofereceu para me levar de carro, e eu questionei se era uma boa ideia por causa de seu trabalho. Ele respondeu que não haveria problema dar uma pausa curta, e eu aceitei. Por que não? Escolho o SIM! A cada dia que passava aceitava com mais liberdade as oportunidades simples que a vida me dava de ser ajudada, sem achar que isso teria outras implicações. Ele simplesmente queria fazer essa pequena viagem comigo, e eu simplesmente adorava sua companhia.

Foi delicioso. Ele me convenceu a sair algumas horas antes do previsto para conhecer uma lagoa que ele havia descoberto no alto de um platô. Fui pronta para a caminhada que subia por mais de uma hora e não me arrependi. Eu tinha muita disposição para essas aventuras e há muito tempo não encontrava alguém que queria me apresentar novos lugares. Estava nas nuvens. Literalmente. Naquela manhã uma suave neblina havia baixado, trazendo um frescor de montanha. Estávamos aquecidos pela subida e pelo entusiasmo de viver aquele programa inusitado. Mergulhamos na lagoa, que mais parecia um espelho de água transparente. O êxtase pelo contato com a natureza me surpreendeu, pois eu estava acostumada a conviver com a beleza da Chapada. É que, com Matias, os lugares ganhavam novo colorido e aumentava a intensidade do que eu sentia. Eu me observava feliz por me permitir viver aquela experiência tão especial sem me julgar.

Brincamos, saímos da água e descemos, felizes da vida, para meu precioso encontro com o Guru. Matias costumava me olhar longamente e não forçava nada além da amizade. Eu ficava bem tranquila com essa atitude, que percebia como respeito e cuidado. Afinal, estávamos convivendo há pouco mais de uma semana e nos aproximando sem ansiedade, através de longas conversas. Estava agradecida aos céus por poder levar aquela energia boa para o encontro que aconteceria em seguida com o mestre.

Chegamos num hotel-fazenda depois de três horas de viagem por uma estrada extremamente florida de quaresmeira do cerrado. Que lugar aconchegante! Eu havia combinado com a assistente do Guru que aguardaria tranquilamente o horário em que ele pudesse me atender. Ficaria à disposição durante a tarde, pois sabia que ele estava ali para receber uma série de visitantes de outros países.

Almoçamos calmamente, e resolvi pegar um quarto para tomar banho e trocar as roupas, que mais pareciam de mochileiros. Nos divertíamos o tempo todo, e eu sabia que isso era fruto de algumas curas recentes. Desde o retiro, todo impulso de autojulgamento ou culpa recebia amorosamente a mesma ordem interna: não vou fazer isso comigo. Estava claro que até os impulsos de pensar mal do outro eram como maus-tratos comigo mesma. E, quando não conseguia manter essa lucidez, aceitava o deslize e seguia em frente sem me torturar.

De banho tomado e roupas trocadas, estávamos a sós no quarto, e eu não tinha o menor receio disso. Dávamos cada passo sem ansiedade. Eu não fazia nada para seduzi-lo e sentia que, justamente por isso, ele estava completamente envolvido. Eu também. A intimidade ganhava espaço, mas priorizávamos meu encontro com o Guru. Depois de uma conversa relaxada sobre como poderíamos mostrar as atividades do Círculo Mágico no documentário, o aplicativo do celular soou com o recado de Dóris: "Estamos te aguardando na sala Beija-Flor". "Estou indo", respondi. Dei um abraço carinhoso em Matias, que queria ficar descansando no quarto, e saí com o coração acelerado pela alegria do encontro iminente.

O corredor era longo, e de longe vi Dóris que me aguardava em uma das portas laterais com seu sorriso de pura receptividade. Nos abraçamos longamente, e ela indicou que eu tirasse os sapatos para entrar. Assim eu fiz e me despedi dela.

Abri a porta com cuidado, e lá estava meu amado Guru sentado em uma poltrona azul. Em torno dele, as flores combinavam com seu semblante de plena alegria. Me aproximei com uma felicidade que me iluminava por dentro. Sentia amor… intenso. Parei diante dele, e então ele se levantou para me abraçar. Estado de graça que não dava para descrever.

Depois de longos segundos, me indicou uma poltrona vazia à sua frente. Me sentei devagar e me vi dizer sem pensar:

— Você sabe que te encontro todos os dias, né?

— Sei – me disse, fitando com profundidade.

E perguntou:

— Como tem passado? Tá luminosa. Posso sentir o florescimento de algo novo na sua vida – apenas sorri por sua sensibilidade. – Tô gostando do livro. Pode ajudar muitos buscadores que ainda nem sabem que são buscadores.

— Tô muito feliz pela oportunidade de conceber aquela história. A semente floresceu no seu retiro, e sua guiança tem sido importante pro meu autoconhecimento. Os personagens representam facetas da minha personalidade. O vilão é o ego e o herói é o eu superior.

— É uma linda ideia... Eu gosto tanto do seu livro, que quero te fazer um convite.

— Claro! Vou ter muito prazer em poder atender.

— Você cederia sua história pra ser transformada em uma minissérie? Com sua participação na adaptação do texto, claro!

Eu mal podia acreditar no que havia acabado de escutar. Estava me aventurando pela primeira vez como escritora e já teria meu livro como minissérie?

— Uau, sem dúvida! Que convite incrível! Você vai produzir uma minissérie? Como surgiu isso? Quando? Que inusitado!

— Fique tranquila. Vamos esperar você concluir o livro, lançar e então entramos juntos nesse novo projeto. Eu tô reunindo pessoas afinadas com o mesmo propósito de ajudar no despertar coletivo. Já há algum tempo eu procurava alguma história como a sua. Sinto que você coloca sua experiência com muita simplicidade. É exatamente o que a gente tá procurando.

— Então já acharam! – falei, me sentindo abençoada.

Ficamos um tempo em silêncio. Ele me convidou para meditarmos juntos. Que bênção! Meditar com o Guru significava sempre voos mais altos. Senti cada chakra se ativando magicamente e me entreguei àquela experiência extraordinária. Não sei quanto tempo se passou até ouvir o om que concluía a prática. Abrimos os olhos juntos, e pude sentir o amor fraterno pulsando em nossos corpos. Ele disse:

— Estamos juntos.

— Sinto isso de verdade – falei, emocionada. – E em algum momento vou querer aprofundar meus estudos, mais próxima de você.

— Sim. Saberemos quando e como.

Mas uma vez me permiti receber todo o amor que fluía de seu olhar, até sentir que bastava. Disse-lhe:

— Gratidão, por me guiar no caminho do coração.

— Você é bem-vinda sempre.

Recebi suas palavras de peito aberto, me ergui da cadeira e mais uma vez ele se levantou para me abraçar. Saí silenciosa. Fechei devagar a porta atrás de mim, e já havia um homem aguardando sua vez. Me despedi de Dóris cheia de gratidão e andei me sentindo flutuar pelo longo corredor.

Parei em uma janela de vidro que dava para um lindo jardim, típico do cerrado. Um beija-flor se aproximou de mim, e senti como se ele estivesse me olhando. A poesia dessa sincronicidade era poderosa. Voltei para o quarto e encontrei em cima da cama um bilhete de Matias: "Te espero no jardim". Rumei para lá e o vi sentado em um banco, tomando sol, com uma florzinha amarela presa na orelha. Me lembrou os hippies dos anos sessenta. Me acomodei ao lado dele, sem dizer nada. Depois de um tempo encostados um no outro, recebendo o aconchego do sol, ele perguntou:

— Tá feliz?

— Muito... Gratidão, por você fazer parte desse momento.

E ficamos nos olhando sem pressa. Então, quando visualizei o que estava prestes a acontecer, ele realizou o gesto, me beijando em um deleite que me sacudiu dos pés à cabeça. Paradoxalmente, foi o beijo mais delicado e intenso de toda minha vida! Eu me sentia livre. Naquele período de convivência com Matias, havia me liberado do medo de não dar certo. Aliás, o que significa não dar certo? A intensidade daquele beijo me mostrava que já estava dando muito certo e deixava clara a insanidade humana, quando alguém se priva da entrega! Quanto desperdício não viver, não amar.

Depois ele se levantou devagar, me deu a mão e me conduziu para o quarto. Me entreguei. De corpo e alma, plena de liberdade. Meu ego se dissolveu completamente, e pela primeira vez na vida eu vivenciei o êxtase espiritual pela sexualidade. Passamos a noite namorando. Não sentíamos sono nem cansaço, como se estivéssemos flutuando numa outra dimensão, a do amor. Em algum momento me ocorreu que a proximidade do Guru podia estar emanando toda aquela vibração. Através da sexualidade estávamos liberando uma energia amorosa que fluía de dentro para fora, expondo para o outro nossas verdades mais íntimas. Ao ver o dia raiar, Matias se sentou na cama e pediu que eu fizesse o mesmo. Um vento fresco começava a entrar pela janela, e ele cuidadosamente cobriu minha nudez com o lençol. Me abraçou e perguntou me olhando tão próximo, que nossos narizes se tocavam:

— Quer namorar comigo?

E eu comecei a rir. Jamais teria pensado nisso. Eu estava tão determinada a viver o presente, que não alimentei nenhum desejo de nominar o que estava acontecendo. Mas também não era o caso de recusar esse pedido. Aceitaria tudo o que o Universo estivesse me ofertando. Por que não? Escolho o SIM! Pensei e respondi:

— Claro! Sim! Aceito! Aceito você como meu namorado – e recomeçamos nossa dança tântrica.

No café da manhã encontramos Dóris, que se surpreendeu por eu ainda estar no hotel e por ver Matias comigo. Ele logo se adiantou, anunciando que estávamos namorando. Então Dóris nos perguntou se queríamos dar bom dia ao Guru, que descansava em um lugar reservado. Disse que ele ficaria feliz por nos ver antes da viagem. Aceitamos o convite. Ela nos conduziu até a sala ao lado do refeitório, e entramos os três juntos.

O Guru estava de olhos fechados, como se já estivesse iniciado sua meditação, mas nos olhou demonstrando alegria por nos ver e nos convidou para sentar. Falei que estávamos de partida para minha casa, pois tínhamos muito trabalho a fazer. Ele nos disse com ternura:

— Muito bom ver vocês juntos... felizes. Conservem bem essa flor.

E, num impulso, nós dois nos dirigimos a ele e nos ajoelhamos em sua frente para receber a energia luminosa que dele emanava.

Abaixamos a cabeça em gratidão, e ele colocou uma mão em cada um, nos abençoando.

Percebi meu coração pulsar mais forte e não pude conter uma lágrima que brotou involuntariamente e escorreu pelo meu rosto. Senti como se estivesse curando todas as mágoas e medos desta e de outras vidas. Como podia um gesto tão simples conter tanto poder de cura? Perguntei internamente: Todo ser humano tem condições de experimentar esse amor universal? E senti a resposta afirmativa. Nos levantamos emocionados e tocados por uma graça que não sei explicar. Saímos devagar, ainda saboreando cada segundo daquela manhã.

Nos arrumamos em silêncio, entramos no carro e partimos estrada afora... vida afora.

O Círculo Mágico estava a todo vapor! Muitas pessoas frequentando as atividades, o grupo de jovens dirigido por Ayara preparando sua primeira apresentação, e Matias com sua equipe registrava tudo o que acontecia.

Seu documentário era uma série encomendada pelo canal de TV aberta de maior audiência. Por ironia do destino, era justamente a emissora mais influente do país, onde Ayara trabalhara por uma década e para qual recentemente sentira dificuldade de voltar. No entanto, agora ela estava se tornando uma das personagens centrais da série.

Matias estava fazendo episódios de uma hora para passar nos domingos em horário nobre. O primeiro seria com o Guru. O segundo, com centros menores, e mais dois episódios com o Círculo

Mágico Despertar da Luz Divina. O penúltimo episódio seria nosso primeiro, focando na história de Ayara e na motivação da busca pelo autoconhecimento. Já o último episódio traria a minha atuação no Círculo Mágico, revelando como tudo começou.

Decidimos não mencionar a Água Mater, pois isso poderia acarretar uma procura que não teríamos condições de atender, sem falar do cuidado que tínhamos com o aspecto sagrado da experiência.

Matias havia montado uma central de edição em um espaço pequeno perto do salão principal e, quando estava com o primeiro corte de toda série pronto, viajou para finalizar na emissora. Eu confiava muito no trabalho dele. Via diariamente sua seriedade e dedicação para que o conteúdo fosse levado ao público com a máxima fidelidade ao nosso trabalho espiritual.

Pela primeira vez ficamos longe um do outro. Eu recebia mensagens de amor o dia inteiro. Ele me encantava com sua espontaneidade e seriedade ao mesmo tempo. Possuía um sentido de respeito e compromisso com as pessoas. Qualidade rara e valiosa para mim. É, eu estava apaixonada…

CAPÍTULO 23

Alva estava apaixonada. E Matias também. Eu ficava impressionada como nenhum dos dois considerava a enorme diferença de idade. Isso para eles era um mero detalhe. Eu estava aprendendo muito com essa entrega de ambos ao amor. Em pouco tempo ela havia superado a decepção das expectativas com Hugo e agora estava feliz, numa relação especial, simplesmente por ter decidido manter a abertura para outros encontros da vida.

— O medo já me travou muito nesta vida. Não tenho mais tempo a perder. Vou viver tudo o que o Universo me proporcionar. Por que não? Escolho o SIM – me disse ela uma vez.

Aquilo virou mantra para mim. Eu estava vendo a vida tomar rumos que eu jamais teria imaginado. Em uma semana a emissora em que eu trabalhava começaria a exibir a série documental que me mostraria como uma pessoa no caminho da espiritualidade e colaboradora de um centro de expansão da consciência. Que destino surpreendente! Estava nesse momento ajudando Ângelo a colher verduras frescas na horta e resolvi compartilhar com ele meu maravilhamento com tudo o que estava acontecendo. Sua compreensão sobre o funcionamento do Universo me fazia bem.

— Você veio pro lugar certo, meu amor. Aqui você elevou sua vibração e, com isso, começou a plantar coisas novas. Há um ano você não acreditava em nada de bom, e o Universo simplesmente correspondia a sua crença. No momento em que começou a ver beleza e luz, você iniciou o plantio da realidade amorosa que tá colhendo agora. O mundo da matéria começa no plano das energias. Como é que não ensinam isso nas escolas? Acho injusto. Parece que não é de interesse do sistema que as pessoas conheçam seu poder de construção da realidade. O problema é que a pessoa, tendo consciência ou não, está determinando o próprio destino o tempo todo. Você tá aprendendo a fazer isso de forma consciente.

Eu concordava muito com ele e, quando comecei a perceber a importância desse conhecimento, aos poucos criei formas de conversar sobre isso com os jovens. Eu via que a menina problemática Mara aos poucos ia se aproximando e chegava cada vez mais cedo para pegar seu irmão Pedrinho. Um dia eu explicava sobre a natureza da matéria, e ela já se encontrava ali, meia hora antes da aula acabar. Todas as crianças estavam vidradas no que eu dizia. Era muito mais fácil para elas assimilarem esse conhecimento do que um adulto, cheio de falsas crenças sobre como o mundo funciona. Suas mentes abertas possuíam maior capacidade de abstração para considerar conceitos que não podem ser testemunhados com os olhos do corpo. Eu dizia:

— Esse chão e tudo o que existe no planeta são feitos de partículas tão pequenas, que a gente não consegue enxergar. Chamam-se átomos. Os átomos são feitos de outras partículas menores, que são como nosso sistema solar. Não temos o Sol no centro e os planetas girando em volta dele? Então. O átomo tem um núcleo, e tem os elétrons que ficam girando em volta do núcleo como se fossem os planetas em torno do Sol. O que eu acho muito fantástico é que, apesar dos átomos serem feitos de espaços vazios, como é no céu, as coisas que são feitas de átomos parecem ser sólidas. Parece que os átomos são grudados, mas não são! Eles estão flutuando no espaço vazio! Eles estão soltos!

— Mas se estão soltos, o que faz a parede ser dura? – perguntou Mara, que assistia da porta.

— Aí é que está... Existe um mistério – respondi, surpresa e feliz com a participação dela. – Tem uma força que não deixa as partículas se separarem. Essa força é a mesma que sustenta a vida e faz tudo acontecer no mundo.

— Isso não é mistério. É a força da vida. Minha mãe disse que essa força é o que as pessoas chamam de Deus – disse Guido.

Percebi a capacidade de compreensão que aquelas crianças tinham e resolvi avançar:

— É isso mesmo, Guido! Eu concordo com sua mãe. Então vou falar de outra coisa que eu acho um mistério. Os cientistas descobriram que é só quando alguém olha pro elétron, que é esse pedacinho que gira pelo espaço vazio, que ele para pra formar um objeto. E ele vai formar o objeto que você imaginou ver. Quer dizer, o jeito que cada um de nós olha pro objeto pode mudar a maneira que ele vai existir pra aquela pessoa. Como a gente aprendeu a ver uma cadeira da mesma forma, ela é quase a mesma coisa pra todo mundo. Existe um arquétipo, ou modelo de cadeira, que tá registrado no nosso DNA. Mas outros aspectos mais abstratos da mesma cadeira podem ser completamente diferentes de uma pessoa pra outra. Por exemplo, a sensação de sentar nessa cadeira vai ser diferente pra cada pessoa. Por isso, se a gente souber lidar com nossas emoções e pensamentos, qualquer experiência pode ser conduzida de acordo com nossa vontade. Vamos experimentar isso com a cadeira!

Escolhemos uma cadeira e cada um a experimentou do seu jeito. Alguns sentaram e fecharam os olhos, outros sentaram ao contrário, uns sentaram no chão e apoiaram a cabeça na cadeira, e com isso foram inventando várias formas de se relacionarem com ela. Depois fizemos uma roda e cada jovem descreveu sua experiência. Foi incrível. Aquela única cadeira produziu sensações distintas para cada pessoa e poderia ser descrita como uma cadeira completamente diferente para cada um. Relataram sensações boas e ruins. Aquela cadeira parecia ser várias, no entanto era apenas uma. Quer dizer, o aspecto simbólico e subjetivo do objeto tem muito mais poder de interferências no nosso mundo pessoal do que o significado banal de um monte de madeira arrumada para a gente sentar.

Eu senti que eles podiam alcançar essa compreensão com mais facilidade do que eu tive a princípio e expliquei que era esse universo particular de sensações que representava a realidade da vida de cada pessoa.

— Então quer dizer que eu ajudo a criar tudo o que existe? – perguntou uma menina de cinco anos, e eu me emocionei com a simplicidade do óbvio dito por uma criança.

Para eles era fácil acreditar nisso. Ângelo tinha razão: por que esse conhecimento não era ensinado no jardim de infância?! Mudaria todos os paradigmas! Imagina cada um de nós criando conscientemente a própria experiência de vida, baseado no bem, na alegria, na prosperidade, na união e tudo o que nos faz felizes, sem ter que engolir a miséria do mundo por achar erradamente que "tem que ser assim".

— Sim, Lalá. Cada um de nós ajuda a criar tudo o que existe. Depende de como a gente escolhe olhar pras coisas. A gente cria através do que a gente sente e pensa. Se você fechar os olhos e se imaginar vivendo qualquer situação, sentindo que aquela experiência é real, mais cedo ou mais tarde vai viver de verdade o que você imaginou. As pessoas fazem isso o tempo todo, só que elas não prestam atenção de que são elas que tão fazendo as coisas acontecerem.

— Eu sei como é – disse Pedrinho, levantando a mão. – Quando meu irmão morreu e a gente ficou triste, aconteceu um monte coisa ruim. Ainda tá acontecendo. E eu ainda tô triste. Meu pai tinha dito que ele e minha mãe iam sofrer muito. E tá acontecendo. Às vezes eu até quero parar de ficar triste, mas vejo minha mãe chorando e não consigo.

— O que aconteceu com seu irmão é realmente triste, Pedrinho. Mas vocês têm que buscar um entendimento pra aliviar o coração e ficarem bem de novo. Não existe morte como a gente aprendeu. A existência do seu irmão ainda não acabou. Ele só não tem mais corpo, mas ainda existe como energia, como consciência. Assim como ele pode sentir sua tristeza, também pode sentir sua alegria. O que você prefere mandar pra ele?

— Alegria – respondeu, sorrindo.

Vi naquele momento que uma luz chegava para iniciar a cura no coração daqueles dois irmãos que me ouviam e agradeci a oportunidade de ser canal daquelas palavras.

— Tudo o que pensamos e sentimos acontece. Pensar e sentir alegria fazem coisas alegres acontecerem. Pensar mal do outro ou da gente mesmo faz coisas ruins acontecerem. A gente cria tudo o tempo todo. A gente sempre pode mudar o pensamento e o sentimento pra mudar a realidade.

— E é só pensar em coisa boa, que acontece na hora? – perguntou Jânia, uma menina de oito anos.

— Às vezes sim, mas geralmente é preciso um tempinho pro pensamento virar uma realidade. Porque o mundo da matéria é regido pelo tempo. O melhor é a gente aprender a sentir só coisas boas. Se acontecer algo triste, você chora e sai logo desse lugar de dor. Fica um tempo e depois começa a olhar outras coisas. As flores... o céu... a música...

— Eu tenho uma tia que tinha câncer e se curou de repente. Minha mãe diz que foi um milagre – contou Guido.

— Sim, amado. É um milagre. Tem milagre que a gente acredita e outros que a gente não acredita. Mas eles existem mesmo assim. Por exemplo, como é que uma sementinha pode virar uma árvore enorme e depois essa árvore fazer aparecer uma fruta? Como é que um bebê cresce na barriga de uma pessoa? Como é que a gente come uma manga e ela vira energia pro corpo? Vocês não acham que isso parece milagre? Só que a gente aprendeu que não é milagre, que é normal. Mas outras coisas, como a cura de uma doença ou... que mais? – perguntei e todos começaram a gritar.

— Falar com quem já morreu!

— Ganhar o presente que queria, sem ter pedido pros meus pais!

— Fazer nascer banana na mangueira!

E todos riram com a mágica das frutas.

— Nascer fruta diferente do pé seria um milagre bem raro, porque existem algumas leis na natureza. Mas essas leis podem ser aplicadas na existência de uma dimensão diferente, um mundo paralelo onde a consciência habita depois que sai do corpo. Essas leis também podem explicar como a gente consegue se comunicar com a dimensão dos mortos, e, como neste mundo que a gente vive, conseguimos transmitir o que queremos, sem dizer uma palavra. Tudo pelo pensamento, e pra isso ter força precisamos acreditar no que a gente pensa. Jesus Cristo acreditava em muita coisa que a gente acha impossível e ele fazia acontecer. Fez pão se multiplicar, andou sobre as águas, curou doentes, fez gente morta reviver, fez cego enxergar...

— Então a gente só precisa começar a acreditar! – disse Mara, feliz como se tivesse achado a chave que sempre procurou.

— Isso mesmo. A física quântica prova cientificamente que nada é impossível. Somos nós que provocamos tudo o que acontece – eu disse, me deleitando com os olhinhos que espelhavam muitos pensamentos novos chegando naquelas cabecinhas que eu tinha aprendido a amar.

Vi que era um bom momento de encerrar a aula, e o fiz. Saíram conversando sobre tudo de fantástico que poderia acontecer na vida deles. Eu estava nas nuvens pelo sentimento raro de realização. Fui até às baias encontrar o Ângelo e contei sobre a aula. Ele encilhava Peralta para passear no pôr do sol e me convidou para ir junto:

— Depois dessa aula sobre nada ser impossível, vamos montar os cavalos sem medo?

Ele estava certo. Já era mais do que a hora de mudar minha relação com aqueles animais que eu admirava tanto. Ajudei-o a encilhar o Pacífico, e saímos pelo pasto. Que de-lí-cia! Quantas vezes sonhei com essa cena? Estava acontecendo. Ainda sentia um friozinho na barriga, mas até achava bom. Começava a gostar de encarar tudo o que me desafiava, e de forma tranquila. Sem exigir vitória a qualquer custo. No caso de cavalgar, percebi que era muito mais uma entrega para que Pacífico me conduzisse do que uma imposição da minha vontade sobre a dele. Aos poucos fui me tranquilizando e sentindo nossos corpos se harmonizarem no movimento cadenciado. Era só o começo de uma relação que ainda me ensinaria muito. Decidimos voltar para casa e descansar, pois no dia seguinte haveria vivência, e eu já estava com saudades daquele mergulho.

Acordamos muito cedo, e começou a movimentação para preparar os alimentos que levaríamos para o Círculo Mágico. Matias havia chegado na madrugada e estava eufórico pelo sucesso do primeiro episódio que foi ao ar, conquistando enorme audiência. Mostrava uma parte do trabalho do Guru, que estava vivendo seu momento mais consistente como líder espiritual, e com certeza isso havia contribuído para o interesse do grande público.

Eu me sentia muito bem perto de Matias e Alva. Parecia que aquela parceria dos dois havia potencializado as qualidades de cada um. Clara parecia feliz por ver sua mãe em uma relação completamente nova e dando certo. Depois de muita conversa, saímos esbaforidos para não chegar atrasados na vivência. Esse estado agitado não era comum. A recomendação era se tranquilizar, respirar conscientemente e silenciar, mas vivíamos aquele momento de muitas realizações, e Alva estava se permitindo manifestar a alegria livremente. Parecia que quanto mais ela amadurecia menos rígida ficava.

Tudo ia se desenrolando com a organicidade de sempre até a hora em que todos bebiam sua porção de água Mater, guiados pela condução de Alva Mãe. Mais uma vez eu estava iniciando o mergulho em direção à minha essência. Fechei os olhos escutando o rufar dos tambores e senti meus dedos dedilhando os acordes no violão, enquanto minha voz se unia ao coral. Aos poucos eu me sentia entrando em conexão com os outros músicos, como se fôssemos um corpo só. Em um dado momento olhei para o corpo de violões, e nós cinco movíamos as mãos e os dedos exatamente igual! Era minha primeira vez como parte da banda que havia embalado as experiências mais transformadoras da minha vida. Me sentia realizando mais um sonho.

O turbilhão começou, mas a função de tocar e cantar me trazia firmeza. Me ocorreu que também é assim na vida. O que nos apoia nos momentos desafiadores é estar a serviço de algo maior e conectados harmonicamente ao coletivo. Sentia a intensidade de sempre, mas o fato de estar no coral era como um canal para a vitalidade, que, em vez de me sacudir, simplesmente se transformava em música e mantras de poder. Alguns hinos eram cantados por uma única pessoa, à capela. O coralista ou a coralista deveria sentir se realmente estava na conexão, para manifestar o hino em todo seu esplendor. Nos comunicávamos pelo olhar e, naturalmente, pela telepatia. Como meu transe estava muito alto, resolvi ficar quietinha nos hinos que deveriam ser cantados por uma única pessoa, mas então aconteceu algo difícil de explicar. Uma força que vinha do alto me impulsionou a cantar, e eu senti como se não houvesse outra opção. Minha voz rompeu a pausa, e o hino começou a ser cantado por mim. Era como se uma outra pessoa estivesse cantando. Eu estava sendo canal da força que se manifestava pelo meu aparelho vocal, trazendo de dentro uma voz divina, que eu nunca havia escutado. Eu não controlava a força, e nem queria. Estava vivendo a mágica da arte como há muito tempo não acontecia.

Depois da vivência, várias pessoas vieram me dizer que aquele foi um momento poderoso de cura e presença celestial. Eu começava a entender o que era mediunidade e o que poderia significar estar a serviço da força da vida no meu trabalho como artista. Sem dúvida aquela experiência revolucionaria minha forma de atuar. A partir de então eu buscaria essa abertura de alma para manifestar minha natureza em sua maior potência, que muitas vezes chegava, surpreendentemente, pela delicadeza. Começava a entender o que Alva dizia sobre estar com o coração aberto. Tanto nas relações como no trabalho, podemos exercer essa receptividade para manifestar o dom pessoal, que recebemos de um lugar ainda misterioso para a maioria de nós.

Algum tempo depois dessa experiência, Alva me ensinava astrologia, quando me mostrou a indicação de que naquele período eu estaria descobrindo novos talentos ligados às expressões artísticas. Também havia no meu mapa a previsão de que eu passaria por uma profunda transformação de valores. E era exatamente isso que estava acontecendo. Resolvi perguntar algo que me deixava intrigada há algum tempo:

— Alva, pra que serve o livre-arbítrio, se já tá tudo escrito?

— Boa pergunta. Comecei a pensar sobre isso anos atrás e tenho observado que realmente certos eventos precisam acontecer pra que a gente cumpra o plano de evolução da nossa alma. Sinto que esses eventos que estão programados foram escritos por nós, antes da gente nascer. Tenho uma forte intuição de que, quando fazemos a passagem e saímos dessa dimensão em que temos a percepção bastante limitada, passamos a enxergar nosso propósito. Então, com essa re-lembrança, sentimos o chamado incontestável pra voltar e experienciar os ensinamentos que ainda não foram vividos. Isso é bem coerente com a visão de que os desafios da vida são oportunidades de expansão dos nossos limites do Ser. Se temos essa consciência, podemos ter maior aceitação e, através dessa abertura, nos dedicar à evolução. Tem muita coisa que plantamos agora e outras que plantamos antes de encarnar. No fim das contas, somos sempre nós que plantamos o que precisamos colher.

— Quer dizer que, conscientemente, só podemos escolher como receber os acontecimentos?

— Sim, mas isso não é pouco. Na verdade é tudo, porque também é um ato criativo. Dependendo da nossa receptividade ou resistência em aceitar, nossa vida poderá fluir ou ficar travada. Um mesmo fato pode ter efeitos opostos em duas pessoas diferentes, pela forma como cada uma delas decide perceber e lidar com o que aconteceu. Por exemplo: diante da morte dos pais, um filho pode afundar em depressão e pessimismo, se sentindo vítima ou culpado, enquanto seu irmão decide transformar a perda em força motriz pra honrar a própria vida, fazendo valer a existência dos seus antepassados. Pra isso, a gente precisa ter autoconhecimento e liberdade pra alterar a forma de ver as coisas. De repente algo que você sempre acreditou ser seu defeito vira uma grande qualidade em determinado momento, e você precisa estar aberta pra enxergar isso.

— Como assim? – perguntei.

— Por exemplo, você tem um forte componente sexual na sua imagem pro mundo. Durante algum tempo você tava distante da sua essência, por falta de autoconhecimento, e permitiu que a luxúria comandasse você e suas relações. Você sofreu muito com os jogos de dominação e criou uma ideia de que seu magnetismo sexual era uma característica prejudicial e destrutiva. Mas hoje, com a maturidade que você tá adquirindo, você pode rever essa crença. Na verdade, esse seu magnetismo te traz uma enorme capacidade de atrair a atenção das pessoas e, com isso, pode compartilhar seu aprendizado. Pode usar seu poder de atração pra servir ao outro, em vez de dominar.

— Você tem razão...

— Eu já sofri com minha timidez e hoje vejo que essa tendência de me isolar me trouxe intimidade com meu universo interior. Hoje eu aproveito o gosto pela introspecção, justamente pra me aproximar e criar intimidade com as pessoas. Cada vez mais minha busca interna alimenta minhas relações.

— Você tem razão... – repeti. – Mas o que a física quântica diz sobre a gente poder se libertar das antigas crenças e materializar coisas inéditas no mundo?

— Durante muito tempo eu também fiquei confusa com ensinamentos de fontes diferentes, até entender que eles são complementares. Quando a física quântica afirma que você é capaz de criar qualquer coisa nova, ela tá certa. Mas você não vai criar sozinha. Você vai cocriar com o coletivo. O campo morfogenético traz informações de tudo que já foi vivido pela família humana, e, como você faz parte desse corpo estendido, você recebe as influências dessa consciência única. Tenho um modelo pra explicar isso. Eu sempre gostei de dançar minha dança livre. Mas esse gosto ganhou novo sabor quando acompanhei um curso de dança de salão que aconteceu no Círculo Mágico há alguns anos. Na dança com um parceiro, os dois formam um novo corpo. Se você é a dama, vai receber o comando do cavalheiro e vai realizar o passo que ele pediu, do jeito que você escolher executar. Vai ser criativa considerando o estímulo inicial que recebeu e tendo liberdade pra transformar. Esse corpo que surge da união precisa se mover de forma harmônica. Se você resiste ao comando, pode cair ou deixar a dança fora de compasso. Mas se você aceita e cria junto, a dança cresce e vira algo mágico. Então, voltando à questão da cocriação, se você ouve a música do Universo e aceita seus comandos, vai estar coreografando com o próprio criador, dançando com Shiva. Qualquer acontecimento vai ser transformado e ressignificado por sua participação nessa dança da vida. Você vai estar trabalhando em harmonia com as pessoas, com os acontecimentos, com os astros... Sabe o que significa a palavra "desastre"?

— O quê?

— Sem os astros.

Essa explicação bateu forte em mim. Fazia muito sentido. Havíamos acabado a leitura do meu mapa, e eu pedi licença para ir meditar no jardim.

Antes de me aquietar, me deleitei respirando o perfume das flores que Alva cuidava com tanto amor. Me sentia um tanto transformada. Quanto mais eu me libertava dos desejos e de planos pré-determinados, mais aconteciam coisas surpreendentes. Uma delicadeza que eu não conhecia estava sendo ancorada dentro de mim. Compreendi então como provavelmente se dava a vibração pacífica e firme que Alva emanava. Era diferente das pessoas que conheci a serviço da paz, pois na verdade eram passivas, e não pacíficas. Diferentemente, Alva era cheia de atitude. Acolhia a todos com determinação, criava um ambiente onde as diferenças pudessem conviver em harmonia e trabalhava duro para transmitir para as pessoas a possibilidades de fazerem o mesmo. Pregava a automotivação diante dos desafios da vida. Sem culpar ninguém, nem esmorecer. Uma vez ela me disse:

— O desafio tem o poder de te paralisar, porque ele aponta sua fragilidade. É o ponto fraco, a kryptonita do Super-Homem. Mas você tem outra opção: transcender seu próprio ponto frágil. No meu caso, eu descobri que recuava sempre que aparecia a necessidade de ser firme e impor limites numa situação de abuso. Eu preferia ficar na zona de conforto e não me expor, fingindo que tava tudo bem. O medo de me posicionar foi algo herdado de muitas gerações de mulheres sufocadas, que não se sentiam no direito de se colocar. Mas, seja eu ou um ancestral que adquiriu o trauma, o fato é que ele interfere na minha vida. Resolvi superar essa fragilidade, fortalecendo meu guerreiro interno. Aprendi que existe a guerra do ego, que não leva a nada, mas existe também o bom combate, que precisamos encarar em alguns momentos da vida. Não pra nos satisfazer, mas pra proteger pessoas ou nos proteger. Não é por vingança, e é desagradável ter que fazer isso. Essa é a diferença. Quem não tem consciência impõe sua vontade sobre os outros, sem nenhum sofrimento. Acha isso certo. A pessoa consciente age apenas por defesa e pela correção de uma situação de opressão. Mas preferia estar em união, em harmonia.

— Como é esse guerreiro interno? – perguntei, bem interessada.

— É nosso centro de poder. Pra agir a partir desse centro, a gente precisa se conectar à compaixão, à intuição e ao nosso ponto de equilíbrio, que corresponde ao olho do furacão. Ali você permanece estável e forte dentro da turbulência da guerra e pode até harmonizar o conflito. Às vezes temos que enfrentar nosso medo e agir com firmeza, pra trazer de volta a conciliação. Se o guerreiro é consciente, ele age pela construção da paz.

Os últimos episódios da série documental foram ao ar, e logo depois me convidaram para participar de uma novela. Resolvi conversar com Alva e Ângelo sobre essa possibilidade. Estavam felizes com minha conquista, mas eu tinha dúvidas. Será que eu perderia a paz de espírito que havia alcançado na Chapada Cristalina?

— Não é o Círculo Mágico que te garante a paz de espírito, Ayara, e sim você estar em fluxo com sua vida – disse Alva.

— Concordo com minha irmã. Esse convite pra fazer novela significa que um novo ciclo tá prestes a começar. Se você negar o caminho que tá se abrindo, pode perder a paz, justamente por ficar aqui no momento que é pra seguir adiante.

— Fico tão feliz por você me incentivar a alçar voo, meu amor! É a primeira vez na minha vida que um homem me dá tanta liberdade, e, por isso mesmo, sinto vontade de estar do seu lado – confessei. – Mas e as crianças? E o curso? Vou abandonar tudo?...

— Você não precisa viajar amanhã – constatou Alva.

E naquele momento nos viramos para a porta, pois Clara vinha da horta com uma cesta de verduras. Nos olhamos, e um pensamento comum emergiu daquele instante. Alva disse:

— Filha, você chegou bem na hora. Topa começar a assistir e participar das aulas de Ayara, pra ficar no lugar dela por um tempo?

Ela quer aceitar o convite pra fazer novela, que vai durar alguns meses, e depois ela pode voltar, se quiser.

— Claro, mãe! Vou amar ensinar música pras crianças! E as outras coisas posso aprender com Ayara.

— Maravilha! – comemorou Alva. – Viu, amada? Tudo vai se encaixando quando a gente confia e se abre pra enxergar as soluções. Vai ser importante você revisitar esse lugar de estar em evidência e ver como vai lidar com o mundo, agora que carrega conteúdos importantes pra serem compartilhados. Tudo o que acontece tem um propósito. Não foi à toa que você se tornou uma figura pública. Sua maior contribuição neste plano pode estar só começando.

Ficamos um tempo nos olhando em silêncio. Ângelo complementou:

— Todas as pessoas que são capazes de sustentar uma nova visão de mundo vão ser solicitadas em sua maior potencialidade neste momento de transformações pessoais e coletivas. Não vai ter patrão, ou namorado, ou marido, ou esposa, ou filho, que consiga impedir o fluxo dessas vidas, porque não se trata de uma realização pessoal, mas de contribuições fundamentais pra materialização de um plano maior de evolução.

Ângelo acabara de transmitir a mensagem que meu coração precisava escutar.

CAPÍTULO 24

Ayara estava visivelmente mais segura, e meu irmão ampliava sua admiração pela mulher que ela estava se tornando. Eu também vivia a melhor relação íntima da minha vida. Parecia que nossa casa vibrava afeto. Ver meu irmão namorando e feliz, ter Clara vivendo comigo e compartilhando minha vida com Matias, isso era como estar no céu. Eu tinha plena consciência do valor daquele momento, depois de ter atravessado tantos desafios. Sentia que o amor transbordava, como se eu o estivesse recebendo direto da fonte. Cada vez mais me disponibilizava para as experiências sem medo de ser feliz, e isso era como um diálogo com o Universo, que correspondia abrindo os caminhos. Estava conectada com uma frequência de luz que me ajudava a criar abundância e união. Tudo fluía. Então, sincronicamente, Matias trouxe um senhor que ensinava de forma apaixonada noções de mecânica quântica naquela região. Ele se chamava Samuel e também fora retratado no documentário. Eu já havia ouvido falar de suas ideias, que eram explicações científicas para o que todos nós vivenciávamos através do contato direto com o mistério. Durante uma palestra para nossos buscadores, Samuel compartilhava suas reflexões:

— O que é Deus? Tenho estudado há quase quarenta anos sobre como as coisas realmente acontecem no nível subatômico e tenho encontrado na mecânica quântica provas da existência de uma consciência única, que também pode ser chamada pelos muitos nomes atribuídos ao Criador. Eu escolhi chamar de "consciência única". Porque de fato é uma única e indivisível consciência. Vamos lá: a física quântica provou que o átomo que compõe a matéria densa é partícula e onda ao mesmo tempo. Como onda, o átomo é informação, ou consciência. Se tudo o que existe é manifestação dessa onda primordial, tudo faz parte dessa consciência única. Tem uma organização fundamental que rege tudo com perfeição. Essa consciência única se manifesta em cada pessoa e contém seu poder criativo original, mas vai estar submetida a algumas leis do mundo da matéria, como às leis do campo eletromagnético.

— Como assim? – alguém perguntou.

— Vou voltar um pouco. Como disse, todo átomo é massa e onda ao mesmo tempo e é um campo eletromagnético, assim como o Universo. E essa energia eletromagnética, que está nos átomos que nos compõem, vibra em diferentes frequências. No nosso campo, essa vibração muda de acordo com o que sentimos. Quando estamos sentindo raiva, desejo de vingança ou disputa de poder, vibramos em frequências baixas, mais densas. É como se você estivesse nadando em um mar de lama espessa. Às vezes a pessoa nem nota, porque se acostumou. Não importa se a pessoa tá sentada em um trono de ouro ou em uma cadeira velha, sua vibração significa sua realidade. Se é um rei vibrando ódio, ele mora na lama. Se é alguém em um casebre vibrando união, ele vive no conforto de um coração amoroso e rico. Cada pessoa tá vivendo a realidade da sua vibração e se comunicando com quem tá na mesma frequência, como ondas de rádio. Pra alguém sair da agonia de estar vibrando baixo, basta vibrar no amor, compaixão, começando pela gratidão. Por exemplo, tem alguém aqui apaixonado?

E uma onda sonora divertida se espalhou pelo salão do Círculo Mágico. Alguém gritou:

— Pela vida!

— Maravilha! – disse Samuel. – Sei de casais apaixonados aqui, mas se apaixonar pela vida tá na mesma ordem de grandeza. Imagino que vocês podem notar a diferença de quando estão pulsando amor ou raiva. É o céu e o inferno. O que ninguém disse é que você pode escolher outro sentimento pra mudar sua frequência e sair do inferno. Mas, acredite, tem gente que conhece tão bem o seu inferninho, que prefere ficar nele.

Todos riram, concordando com aquela constatação.

— E agora chegamos no ponto que eu queria. No Universo tudo é expansão, movimento, um eterno fluir, e isso se assemelha ao sentimento de amor. Quando estamos no amor, nada nos trava. Eu falo do amor verdadeiro, e não do sentimento de posse, claro. Quem vibra no amor incondicional tá em constante crescimento ou expansão. Quer dizer, essa pessoa tá na mesma vibração do Universo.

— Você quer dizer que o Universo vibra na frequência do amor? – perguntei, sabendo que a resposta seria afirmativa.

— Exatamente isso. Amor no sentido de abertura, de entrega, amor como atenção com o outro, cuidado, colaboração com o fluxo da vida. O amor receptivo nos fortalece, é punção de vida. Tudo o que fazemos pensando só em nós mesmos, ou baseados em medos e carências, trava o fluxo, é punção de morte, pois se move em sentido contrário à própria natureza. E, não se comunicando com a natureza maior, perde o poder criativo. É como nadar contra a correnteza. No entanto, se você tá na mesma vibração do Universo, que é a sintonia do amor e da entrega, sua potencialidade criativa se multiplica. Tudo acontece de forma harmônica, e você tá receptivo, de braços abertos, confiando no fluxo dessa consciência maior. Você perde o medo e recebe muito mais do que esperava. Na verdade você começa a não ter mais expectativas, porque tudo o que acontece extrapola o que você achava possível. Você passa a enxergar as bênçãos que recebe, e a vida se torna surpreendente. Então você apenas observa e agradece os acontecimentos na certeza de que tudo tem um propósito e que não lhe cabe determinar nada. Você passa a sentir só plenitude. Acabam as carências, e você passa a colocar o melhor de si a serviço do outro... da vida.

Eu podia sentir o salão se encantar com aquelas palavras. Samuel ainda falou sobre a existência das várias dimensões, descobertas pela mecânica quântica. Há muito tempo eu gostava de estudar sobre isso e às vezes citava em minhas palestras. Pelo que eu sabia, Samuel nunca havia experimentado atravessar para outras dimensões como nós durante a vivência, mas falava delas como se estivesse estado lá.

— No momento estamos vibrando neste plano, mas, se mudamos nossa frequência, podemos nos comunicar ou visitar outras dimensões.

— Já visitei o umbral e o paraíso durante nossas vivências com a Água Mater – disse Ângelo.

— Pois é. Se a gente muda a vibração atômica de um ambiente, podemos abrir portais pra outras dimensões. Mas o que importa mesmo são as pessoas aprenderem a mudar sua própria vibração. Aprenderem a sentir a vibração do outro. Temos essa e outras capacidades que ainda não desenvolvemos. Qualquer pessoa com o mínimo de autoconhecimento vai saber lidar com o mundo das energias. A ciência de ponta poderia despertar a curiosidade de todos sobre esse universo invisível. Como não difundem isso nos meios de comunicação, a população de um modo geral continua no jardim de infância, espiritualmente falando. Achando que o criador desse Universo de vastidão imensurável fica de olho em cada pessoa pra punir ou premiar. Na realidade não existe julgamento moral nenhum. O que é crime em uma sociedade, na outra pode ser normal e até desejado. Nós é que nos punimos, nos sentindo culpados e atraindo coisas ruins através do campo eletromagnético. Ou nos premiamos, nos sentindo merecedores, e, com isso, atraímos boa aventurança. Mas fazemos isso de forma inconsciente. Nossa capacidade criativa tem sido comprovada pela física quântica há décadas, mas existe um sistema que consegue ocultar esse conhecimento. Já vi professores de física falarem que ainda existem mistérios não explicados na física quântica e por isso eles não ensinam pra seus alunos. Ah, por favor! Mistérios existem o tempo todo, em todo lugar! O que a física faz é apontar mais mistérios e fazer uma correlação entre eles pra encontrar algumas respostas através das similaridades. As correlações provam a existência de uma inteligência suprema, muito além da nossa capacidade de percepção. Mostra um pouco como funciona a realidade última e como participamos dessa construção. O que acontece com a gente não tem nada a ver com punição ou pecado. Esse esclarecimento é um direito que tá sendo roubado. Preferem ter pessoas com visão limitada, fáceis de serem manipuladas. Imaginem todos saberem que não existe morte da consciência, mas apenas da matéria? Que quando desencarnamos, apenas o corpo feito de matéria densa fica aqui nessa dimensão e nossa consciência passa pra outras, seguindo o processo evolutivo? De cara, não ia existir mais suicídio, já que se matar não vai livrar a pessoa dela mesma. As pessoas iam parar de se distrair com cerveja no boteco, porque iam ter consciência de que há um trabalho a ser feito nesta vida. Não existe descanso eterno. Essa é uma das muitas falácias do nosso limitado sistema de crença. Como eu disse, o Universo é expansão constante. Ampliação do campo de informação, ampliação de consciência. Não para nunca. Esse desejo de descanso vem do cansaço do corpo físico, mas esse cansaço acontece porque vivemos travando nossa própria evolução, desconectados dos seres de luz. Entregamos nossa energia vital a vampiros disfarçados que cruzam nosso caminho, por não sabermos como funciona o mundo das energias. Como eu disse, muitos de nós nadam contra a maré do crescimento. Sustentar nossas ilusões é que cansa. O que é real não exige esforço.

Samuel parou para beber um gole d'água e deixar essas informações assentarem. Continuou:

— Portanto, o melhor é a gente seguir nosso caminho, buscando elevar cada vez mais nossa vibração pra estar conectados com seres desta e de outras dimensões que também vibrem na frequência da luz.

As energias da sombra são inteligentes e focadas no propósito de sugar e enfraquecer pra dominar. Se a gente não estiver firme no amor e na consciência do que é real, podemos ser facilmente manipulados. Qualquer sentimento negativo nos jogará pra baixo, e a gente nem vai saber de onde ele veio. Orai e vigiai. Obrigado por esse encontro.

Estávamos com a cabeça borbulhando e queríamos conversar mais. Deixei Samuel atender calmamente a todos que iam ao seu encontro e o convidei para tomar um chá e contemplar o pôr do sol na nossa casa. Ele aceitou. Fomos eu, ele, Matias, Ângelo e Ayara. Clara ficou no Círculo Mágico para as atividades de yoga.

Foi um final de tarde especial. Samuel, que era muito sensível, comentou que a vibração do nosso grupo estava em sintonia criativa e que manter esse fluxo, sem tentar engessar para perpetuar o momento, seria nosso grande desafio.

Conversamos sobre o sucesso do documentário de Matias que havia retratado o trabalho importante de cada um de nós. Samuel o elogiou pelo cuidado e comentou que estávamos vivendo um momento de despertar importante no planeta, em que muitas informações estavam chegando para nos acordar, e que os mensageiros da luz precisavam se organizar para levar informação de todas as maneiras possíveis. Falei de um sentimento meu, com o intuito de saber como a visão da física quântica poderia contribuir:

— Sinto que, além da falta de consciência sobre a realidade do Universo, as pessoas carregam muita culpa e por isso tentam se anestesiar ou se destruir, inconscientemente. Conheço alguns caminhos pra cura, mas nem todo mundo acredita ou tem acesso a essas práticas.

— Sim, existem alguns caminhos... Por exemplo, existe a possibilidade das pessoas refazerem seu passado, e, com isso, o presente também se transforma – disse Samuel.

E, diante do nosso silêncio ávido por explicação, continuou:

— A mecânica quântica prova que existem várias realidades ou várias possibilidades de realidades acontecendo ao mesmo tempo. São dimensões sobrepostas. Nós colapsamos uma dessas dimensões. Quer dizer, escolhemos uma, mas as outras coexistem potencialmente, prontas pra novas escolhas do cocriador, que somos nós. Colapso da função de onda é a intenção do observador, materializando a energia atômica. Pelo sentimento e pensamento, fazemos a escolha do que a gente quer e, assim, elegemos uma das infinitas possibilidades. Então, se alguma coisa na nossa escolha passada nos faz sofrer, a gente pode voltar até aquele momento. Seja a lembrança do passado ou a projeção do futuro, na dimensão maior da nossa consciência, não existe divisão de tempo, só o agora. Sabemos que tudo o que não é o momento presente só existe na imaginação. São fantasma que nós injetamos vida pra que perdurem e não morram. Se esses fantasmas só existe em nossa memória e nós os reavivamos, então também podemos transformá-los. Até porque nossa lembrança é uma visão particular. Uma outra pessoa pode descrever um sentimento completamente diferente sobre o mesmo evento. Pra ter esse acesso a gente se concentra, vai até o instante fatídico que perdura dentro da gente e altera nossa ação, fazendo algo diferente do que fizemos antes. Essa experiência vai mudar o que estamos vivendo no presente. Mas a gente precisa ter essa experiência pelo sentimento, e não apenas na mente. Essa é a chave.

— Sério? Como uma viagem no tempo? – Ayara perguntou, com os olhos arregalados.

— Exato! Você também pode ir no futuro pra fazer algo acontecer. Primeiro você entra em sintonia com o Universo, quer dizer, vibra em harmonia, pra potencializar seu poder criativo. Pode ser através de uma meditação, pra acalmar a turbulência da mente e pacificar as energias. Depois sente, com todo o seu ser, que está vivendo a mudança que deseja pra você, agradece e solta, desapega do resultado. Deixa tranquilamente o Universo decidir quando aquilo deve acontecer. Confie e aguarde.

Nos olhamos chocados e crédulos naquela explicação. Ele continuou:

— A divisão do tempo é uma crença completamente equivocada, que serve pra limitar o poder criativo das pessoas. No campo quântico todas as possibilidades estão acontecendo ao mesmo tempo, aqui e agora. É só você acessar esse campo e escolher o que quer viver. Mas é claro que isso exige prática e energia focada no propósito. Quem leva uma vida de distrações tá mais longe de acessar esse poder.

— Tem razão. A gente gasta muita energia defendendo pontos de vista que não têm nenhuma importância pra nossa evolução. Guerra de egos. A gente devia estar mais ocupada com nossas curas pessoais e coletivas – Ayara disse, e concordamos com ela.

Estávamos vivendo uma forte polarização no mundo. Nações e famílias divididas para defender histórias criadas por uma cúpula muito inteligente e com intenção clara de dividir para enfraquecer. Um grupo de pessoas assumia a intolerância e o outro acusava e condenava o comportamento do primeiro, mas eles próprios estavam manifestando essa intolerância que tanto condenavam. Será que ninguém enxergava isso? Ali no nosso Círculo Mágico a divisão não estava acontecendo e, por estarmos à parte da polarização, ficava claro que cada grupo que julgava o outro estava na mesma vibração de ódio e não aceitação das diferenças. No mundo das energias, eram iguais!

Adivinhando meus pensamentos, Ângelo trouxe este assunto, dizendo exatamente o que eu havia pensado:

— A gente tá vivendo um momento único, em que quem entra na guerra tá do lado da sombra, e quem observa com consciência e aceitação tenta equilibrar com seu amor a balança que hoje aparentemente pende pro ódio.

— Acho que finalmente vamos viver o nascimento de uma nova raça – disse Samuel.

— Você acha que essa maioria em guerra tá fazendo o que é preciso pra extinção deles mesmos?

— Sim – Samuel respondeu a pergunta de Ângelo. – Quem ficar na vibração da guerra vai desaparecer. Não vai ter mais espaço pra vibração densa. Existe muita energia sutil aportando no planeta pra trazer consciência. Não vai ser uma seleção pelo julgamento moral. As historinhas de cada pessoa, criadas pra apoiar o sentimento negativo, não importam. Agora só importa a qualidade do que sentimos. As pessoas que conseguirem vibrar no amor vão estar aptas a se harmonizar com as novas frequências do planeta.

— E o que as pessoas abertas à mudança precisam fazer? – perguntou Ayara.

— Precisam sustentar essa receptividade e a paz interna, apesar da turbulência. Abrir caminho pros seres mais evoluídos que estão chegando e se alinhar com a consciência deles. Os que estão resistindo à mudança, à evolução, vão pra um lugar de purificação mais desafiadora. Se não querem viver em união, tudo bem. É preciso respeitar o livre-arbítrio deles. É tempo de amadurecimento no planeta, e só vai ficar aqui quem estiver em sintonia com esse propósito e consequentemente com essa vibração mais alta.

Aquela tarde me rendeu uma semana inteira de profundas reflexões. Me dei conta de que, mesmo não tendo entrado na onda das polarizações coletivas, por estar mais atenta, fui testada em algumas relações pessoais importantes, das quais não pude fugir, e precisei encarar minha intolerância, ceder e me transformar. Olhando para trás, agradeci ao meu "eu superior" por ter escolhido o caminho do perdão e da conciliação. Esse seria o grande aprendizado nesse ciclo evolutivo, e, rememorando os momentos de lucidez, respirei aliviada.

Eu havia terminado o livro e já o estava revisando. Com a exibição do documentário, uma editora que possuía muitos títulos de espiritualidade havia me procurado com uma proposta de publicação muito boa para mim. Eu havia aceitado e marcado o lançamento que aconteceria dali a um mês, na maior feira literária do país. Ainda dava tempo de fazer alguns ajustes, incluindo novos *insights* acerca do autoconhecimento. Um dos mais importantes que tive foi sobre o ego.

Sempre achei que o ego deveria ser destruído e desmontado, até me abrir para uma nova compreensão, que foi como uma chave. Por causa das explicações científicas sobre a existência das muitas dimensões e dos seres negativos, compreendi que, para fazer o trabalho da luz nesta dimensão, precisamos, sim, de um ego forte, mas que esteja a serviço do coletivo, a serviço da luz, como é dito no início da nossa vivência. A evolução nessa vida é uma tarefa muitas vezes árdua, e precisamos ter coragem para encarar os desafios. O ego fraco é facilmente manipulado pela sombra e não consegue cumprir sua missão. Usando a metáfora de que o ego é como os cavalos da nossa carruagem, ele precisa, sim, ter força e coragem para enfrentar os obstáculos, mas precisa estar domado. Obedecer ao cocheiro, que é nossa consciência. O que vemos hoje são egos desgovernados, agindo em benefício próprio, e infelizes. O ego conduzido pela luz da consciência encontra seu propósito divino e aprende a servir, se unindo ao Poder Superior em direção à evolução.

CAPÍTULO 25

Viajaríamos em poucos dias para o lançamento do meu livro. Estávamos eufóricos. Matias já havia gravado entrevistas exclusivas comigo e com Ayara para alguns canais de televisão: comigo, sobre o livro; com Ayara, sobre a novela que ela ia protagonizar. Depois do meu lançamento, ela iria com Ângelo passar uns dias com seus pais, e então partiriam para uma temporada juntos na mesma cidade. Enquanto ela gravava a novela, ele já havia se comprometido a levar seu método para um importante centro de yoga.

Ayara veio me agradecer por tudo o que estava acontecendo na vida dela. Disse que estava experimentando a sensação maravilhosa de estar fazendo sucesso e no fundo sentia que realmente não precisava disso para se sentir realizada.

— É porque agora você desenvolveu outros canais de expressão da sua arte e vê o sucesso como oportunidade de compartilhar consciência. Oportunidade de servir, e não de ser servida, bajulada e aplaudida. Você experimentou a realização através do serviço e conheceu a potência dessa entrega. O prazer pela doação não se esgota, porque é você que tá dando o que recebe abundantemente do Universo. É você quem tá decidindo fazer o movimento, e essa sensação de não depender de nada lá fora pra ser feliz é o maior bem que se pode ter. É a verdadeira liberdade. Eu também te agradeço pela companhia nessa jornada – e nos abraçamos, sentindo o aconchego daquela amizade.

Clara me acompanharia nesse primeiro lançamento e voltaria para ministrar as aulas com a turma de Ayara, até ela retornar. Matias ficaria comigo registrando a sequência de lançamentos por seis capitais.

Decidimos viajar no mesmo carro, pois a vontade de ficarmos juntos antes da separação temporária era grande. De qualquer forma, sabíamos que a conexão amorosa seguiria forte.

Antes da nossa viagem fizemos uma grande ceia de confraternização com todos do Círculo Mágico. Algumas famílias do vilarejo também vieram. Foi uma das noites mais incríveis da minha vida. Se é preciso estar vibrando alto para potencializar nossa comunicação com o divino, eu me sentia a própria deusa, no melhor sentido da palavra. Minha gratidão transbordava. Havia passado por tantos desafios e, ainda assim, conseguira preservar o coração livre de ressentimentos. Matias era um presente dos céus. Minha filha, meu farol mais poderoso, a certeza da presença do amor na minha vida.

Fui dormir embalada pela música dos anjos. Aquilo era possível nesta dimensão, e eu sentia que estávamos todos na mesma sintonia. Aliás, viver essa frequência coletivamente a deixava ainda mais potente.

Acordamos cedo. Havíamos deixado tudo pronto para pegar a estrada. Tomamos o café da manhã em clima de festa, fechamos a casa e partimos.

Chegamos no hotel algumas horas antes do lançamento. Só teríamos tempo de tomar banho, nos arrumar e comer alguma coisa antes de nos dirigirmos para o evento.

Uma hora depois estávamos todos prontos na recepção. Clara pediu para ir com um amigo. Beijei minha filha, pressentindo coisas boas, e saímos.

A feira literária era em um pavilhão gigantesco. O stand da minha editora estava lotado para a sessão de autógrafos, seguida de bate-papo sobre autoconhecimento. Havia uma fila enorme diante da mesa, que me aguardava com um lindo banner idealizado por Matias: uma foto minha montando o Pacífico, em alusão ao empoderamento feminino, universo mágico e arquetípico da história.

Durante o percurso tivemos que parar algumas vezes para Ayara atender a seus fãs. Como eu estava feliz por vê-la de volta ao seu ofício de atriz, agora dando passos firmes e lúcidos! Meu irmão a ajudava a administrar o carinho das pessoas, com o contentamento estampado no rosto. Matias nos acompanhou até a mesa e me deu um beijo, com os olhos brilhando de admiração.

— Vou ficar por perto pra registrar tudo. Aproveite sua vitória, minha amada – disse e se afastou para documentar a movimentação intensa e surpreendente.

Ayara e Ângelo assistiam a cena, radiantes pelo que estávamos vivendo. Se aproximaram, e nos demos as mãos. Eu estava recebendo algo de valor imensurável e ainda tinha alguns minutos para saborear aquele momento de deleite que criamos em nossas vidas. Havíamos atravessado um deserto juntos e passado por noites que deram lugar ao dia luminoso que se apresentava agora. Foram inúmeros desafios e lições, que continuariam, mas estávamos concluindo uma etapa de enorme valor evolutivo para nós três. Naquele triângulo, em que podíamos sentir a pulsação sublime do amor, o mundo em nossa volta se dissolveu por alguns segundos, dando lugar à realidade. Uma dimensão na qual estávamos entrelaçados, regidos por uma inteligência única, que nos conduzia com maestria.

Depois dos longos caminhos percorridos desenhando histórias, compartilhávamos a mesma percepção de que era hora de soltar os conteúdos… Já não precisávamos das definições mentais. Éramos mais extensos do que as caixinhas em que elas cabiam. As amarras se diluíram, e nos sentimos leves… Os pensamentos foram liberados para que ganhássemos o céu de um coração maior. O acúmulo de significados havia servido para que a bolha explodisse e nos libertasse dos limites da pele. Sem o véu da ilusão, foi possível alcançar a verdade: nosso elo ia além daquele que unia a todos. Éramos mais do que amigos ou irmãos. Antes distribuídos em três, agora estávamos conscientemente unificados pelo plano divino.

A serviço da luz!

Que a compreensão da energia feminina floresça em todos os corações, de homens e mulheres. Que tenhamos maturidade para receber uma geração de homens plenos de seus dons sutis e que as mulheres do novo tempo possam enxergar e exercer sua potência na receptividade amorosa, protegidas por sua própria consciência e a de todos. Que o relacionamento íntimo esteja fundamentado no precioso casamento alquímico entre as energias primordiais feminina e masculina dentro de cada um de nós.

Para a canalização dessa história agradeço a cada mensageiro que, independentemente de seu papel em minha vida, iluminou sentimentos fundamentais para a lembrança de meu Ser.

Guilherme Liberato Leindecker
Sri Prem Baba
Ana Vitória Vieira Monteiro
Leona Cavalli
Fernando Belatto
Yubertson Miranda
Anita Mafra
Luciana Tanure
Emmanuel Mirdad

E todos que trouxeram alegrias ou desafios importantes para o florescimento da consciência nesse ciclo da minha jornada.